정한식 수필집

회상

회상 65

펴 낸 날 2019년 8월 12일

지 은 이 정한식
펴 낸 이 이기성
편집팀장 이윤숙
기획편집 이민선, 최유윤, 정은지
표지디자인 이민선
책임마케팅 임용섭, 강보현
펴 낸 곳 도서출판 생각나눔
출판등록 제 2018-000288호
주   소 서울 마포구 잔다리로7안길 22, 태성빌딩 3층
전   화 02-325-5100
팩   스 02-325-5101
홈페이지 www.생각나눔.kr
이 메 일 bookmain@think-book.com

• 책값은 표지 뒷면에 표기되어 있습니다.
  ISBN 979-11-90089-54-8 (03810)
• 이 도서의 국립중앙도서관 출판 시 도서목록(CIP)은 서지정보유통지원시스템 홈페이지
  (http://seoji.nl.go.kr)와 국가자료공동목록시스템(http://www.nl.go.kr/kolisnet)에서 이
  용하실 수 있습니다(CIP제어번호: CIP2019027972).

정한식 수필집

회상

65

고맙고
감사함을
전합니다

나는 회사 생활을 하였고, 그 후로는 쭉 대학에서 학생을 가르치고 연구하며 시간을 보냈다. 2019년 8월 31일이면 정년퇴직을 한다. 예순다섯, 지금까지의 시간을 이 책에 담아내고자 한다.

가만 돌아보면, 나의 모든 것들은 부모님으로부터 시작되었다. 나는 가끔 '농부의 아들'이라고 외치곤 한다. 특히 아내가 조금 힘든 일을 부탁하면서 어려워할 때는, 농부의 아들에게 이 정도는 문제없다고 하면서 큰소리친다. 험난한 상황을 마주치거나 어려운 일이 있을 때, 나는 이것을 버팀목으로 삼았다. '농부의 아들'인 나는 얼마든지 이런 어려움을 헤쳐나갈 수 있다고 말이다. 나는 부모님의 모습을 마음속에 그리면서 힘을 얻고 지금까지 지내온 것이다.

1980년 12월에 학생 신분으로 결혼하였다. 고등학교 음악 선생님을 아내로 맞이하였기에, 피아노를 배워서 멋진 피아노

연주를 꿈꾸었으나 일찌감치 포기하고 말았다. 기계공학도인 나에게 음악적인 재능이 없다는 것을 새삼 알게 되었다. 세 아들을 두고 두 며느리를 맞이하였다. 그리고 손자도 두 명이 있다. 이 정도면 자식농사를 잘 지었다고들 한다. 아들 셋은 아빠를 만나서 힘든 지난 시간들을 보냈다. 물론 즐겁고 보람된 시간의 추억장도 있다. 그런 시간들을 여기에 담으려고 하였다. 직장인으로서 동명중공업(주), 대림자동차공업(주), 창원기능대학, 통영수산전문대학 그리고 경상대학교 교수직을 거쳤다. 각 기업과 대학을 거쳐오면서 참으로 좋은 인연을 만났다. 특히, 나의 학문적인 바탕은 나를 아껴주고 사랑으로 가르쳐주신 선생님과 교수님들로부터 온전히 이어받은 것이다. 이제 한 분 한 분을 만나서 감사 인사를 해야겠다.

경상대학교 열유체연구실과 인연을 맺은 박사 학위자가 48명이다. 학위논문에 지도교수로 표기한 제자는 41명이다. 창원기능대학에서의 제자부터 타 대학 학부 출신들도 꽤 많다. 중국, 방글라데시 그리고 인도네시아에서 유학 온 학생들도 있었으며, 학부 과정과 석사 학위 과정에서도 많은 사제간의 인연을 가지고 있다. 모두가 열성으로 공부하고 연구하였다. 이 책을 통하여 이들에게도 고마움과 감사함을 전하고 싶다.

교수로서 국내외의 단체를 만들고 진행한 경험이 새록새록 떠오른다. 국내에서는, 산학연이 함께한 에너지기술개발교류회와 산학연 기술교류회인 냉열기술포럼을 창립하여 운영하면서 기술과 학문 교류 그리고 우정을 나누는 기회로 삼았다. 국제학술회의로는, 2005년에 창립한 ICCHT(International Conference on the Cooling & Heating Technologies)와 2012년에 창립한 ISFT(International Symposium on the Fusion Science & Technologies)가 있다. 이들 단체를 통해 국내외의 여러 학자와 교류할 수 있었다.

정말 고마운 사람들이 많이 떠오른다. 이 책을 통하여 그동안 인연을 맺어온 많은 분께 감사한 마음을 전하고 싶다.

2019년 8월
경상대학교 해양과학대학 에너지기계공학과 교수 연구실에서

정한식

고맙고 감사함을 전합니다

제1부
인 연

제2부
가르침과 배움

제3부
세계 기행

제4부
그때의 시론

제5부
가정 경영

제6부
회 상

제1부

인 연

환생한 석부난초를 바라보면서, 고맙고 더욱 감사한 마음으로
오늘 아침에도 새로운 분무기에 손길이 간다.

금정사

· · · · · · · ·

동백기름으로 단장하고, 머리 묶어 비녀 꽂고
눈부신 새 모시 차림의 어머니는 금정사 가는 채비이다
혹시나 날 두고 가실까 치맛자락 붙잡고
들려주시는 동화 나라 이야기에 다리 아픈 줄도 모른다.

고갯길을 넘으면 저 멀리 금정사가 살짝 얼굴을 내밀고 있다.
당신의 손을 놓칠세라 총총걸음으로 산길을 따라 걸으면
너 왔느냐고 물어보는 스님의 표정 아래
당신은 연신 합장을 한다.

대웅전에서 드리는 당신의 치성(致誠)이
무슨 영문인지도 모르는 나는 그저 따라서 절하고 있다.
찬 기운이 서린 딱딱한 마룻바닥에서
선(仙)을 한답시고 나는 앉아서 졸음을 쫓고 있다.

보살이 주는 공양(供養)을 받고는
자비 가득한 부처님의 은덕을 가슴에 넣는다.
불단(佛壇)에 놓인 과일과 떡을 두 손 가득 받아들고
동승(童僧)된 양 기쁜 마음으로 쫑알거린다.

온갖 풀벌레의 재잘거림이 가득한 산 중턱에 앉으면
부처가 저만치서 "요놈" 하곤 하지만
당신의 손길은 큰 바위와 같다.
당신의 품속에서는 내가 왕(王)이다.

하늘바람의 한들거림이 코끝을 스치고
이름 모를 들꽃들은 발끝을 간지럼 한다.
언덕을 넘으면 저 멀리 수평선으로 쪽배가 나간다.
양지바른 산모퉁이 한쪽 풀숲에 당신을 두고 떠난다.

01

가을 산행

끝없이 높아지는 하늘, 계곡에서 반겨주는 청아한 바람결 그리고 산등성을 서서히 붉게 물들여가는 조화들은 가을 산행의 즐거움이다. 특히 우리나라의 남녘 산행은 가을이 제맛이다. 한평생을 같이하는 친구들과 가을 산을 오르다 보면 세상의 시름을 금방 잊게 된다. 정상이 얼마 남지 않았다는 하산길 등산객들의 믿거나 말거나 하는 격려 속에 땀방울을 연신 닦아내면서도 정상에 무엇인가 좋은 일이 있는 듯 무거운 발걸음을 재촉한다. 숨이 차고 헉헉거리지만 30여 분을 오르다 보면 조금씩 산천이 주는 신선함으로 몸이 가벼워진다. 자신의 몸이 자연과 조화가 되는 것이다. 잠시 쉬는 길목에서는 세상살이 어려움도, 구수한 입담도 즐긴다. 자식 장가며 시집보내는 데

돈 걱정부터 시작하여, 매출이 오르지 않는다는 사업하는 친구의 고충, 사업 확장을 하여 금년 실적이 좋았다는 소식 등등을 접하게 된다. 부부가 평생을 살면서 일어나는 소소한 다툼 그리고 그 화해한 이야기들에 박장대소를 하기도 한다. 그리고 가끔 야한 이야기 속에 빠져들 때는 점잖은 친구도 귀가 쫑긋하여지고, 동행하는 사모님들은 못 들은 척하는 인심도 쓴다.

또한, 가을 산천에는 초목의 신비함이 있다. 단풍이 물들어 가는 초목을 유심히 보다 보면 자연의 섭리를 볼 수 있다. 물이 마르고, 세상에 찬 기운이 내려앉으면 우선 작은 가지를 더욱 가늘게 한다. 최대한 몸을 움츠려 세상의 삭풍을 피하려고 한다. 그러나 그것이 부족할 때에는 멀리 있는 잎사귀부터 붉게 물들게 하고 생명줄을 이어 간다. 그 와중에도 아름다운 자태를 잃지 않는다. 단풍의 아름다움은 초목의 모진 생명의 끝자락 모습이다. 나는 그 생명의 고귀함을 세상의 멋으로만 보는 착각을 하는 것은 아닌지? 그들은 찬바람이 귓불을 아리게 하면서 사랑하는 자식 같은 잎사귀를 땅에 떨어뜨려 원초의 세상으로 돌려보내는 것이다.

이게 세상의 이치 아니겠는가? 생명의 길이 차이는 있을지언정 세상사 한평생의 모습은 다를 수 있겠는가? 50대 후반을 달리는 세상살이에서 찬바람이 불어오면 몸을 움츠려야 하는데도, 고개를 뻣뻣하게 하여 세상을 극복하니 또는 앞서거니 하면서 오만함을 가지지는 않았는지? 더욱 삭풍이 불면 무엇인가 버려야 함에도 욕심이 가득하여 하나 더 가지겠다고 몸부림치지는 않았는지? 원초의 세상으로 돌아갈 날들이 나에게도 오고 있음을 모르고 살아가는 것은 아닌지? 찬 기운이 오면 가는 가지를 움츠리고 그런 중에도 아름다운 자태를 잃지 않는 것이 자연의 섭리인데, 만물의 영장인 사람으로 태어난 나는 과연 차가움이 불어올 때 어떻게 살아왔는가? 더욱 매서운 찬바람이 불면 사랑하였던 잎을 땅으로 보내는데, 나는 과연 땅으로 돌아갈 마음을 먹고 있는가? 그리고 의젓한 자태를 견지하고 있는가?

정상에 다다르면 모든 시름이 다 날아가버린다. 무거운 다리도, 머리도 모두가 가벼워진다. 정상에서 맞는 가을바람, 그 바람결이 없다면 가을 산 정상의 멋은 없을 것이다. 멀리 눈을 돌려 보면 매일의 모습을 달리하는 산하, 그리고 하늘과 맞닿은 능선의 의젓한 자태들이 산악인들의 눈앞에 펼쳐진다. 한 폭의 그림이며, 세세한 움직임이 있는 영화이기도 하다. 정상에서의 점심 식사! 입맛이 없어서 밥술을 머뭇거리는 사람이 어디 있는가? 도시락을 열면 집집이 다양한 음식이 가득하다. 정상에서는 나누어 먹는 음식의 재미가 쏠쏠하다. 소주 한 잔씩을 기울이고 함께 이야기하다 보면 어느덧 하산길에 접어든다.

산의 정상에서 권력과 재물을 생각하는 사람은 없다. 자연의 위대함에 경외심을 가질 뿐이다. 정상에 서면 하산을 생각한다. 그리고 그 하산길이 더욱 보람과 즐거움으로 가득하다. 귀소본능일까? 출발지를 향하여 콧노래를 부르며 발걸음을 옮긴다. 하산길에도 조심조심하여야 한다. 자칫하다 보면 관절에 무리가 가서 몇 날을 고생하는 일도 흔히 있다. 우리의 인생살이에서도 정상을 향하여 쉼 없이 달려간다. 나름의 정상이 다르겠지만, 우리는 정상에 도달한 줄도 모르고 계속 정상을 향하는 것은 아닐까? 나 스스로 정상이 어딘지를 알고 있을까? 언제 하산을 하여야 하는지도 모르는 것은 아닌가?

나의 하산길은 언제부터인가? 아니 지금 하산하고 있는 것은 아닌가? 발걸음을 조심조심 옮겨야 하는데도 온갖 탐욕과 지난 세월에 대한 아쉬움 그리고 서운함만 생각하지는 않는가?

02

성철 큰스님 유감

연화대에서 타오르는 성철 큰스님의 법구를 바라보면서 문득 '이러한 사대부중의 모습을 큰스님께서 보셨다면 무어라고 말씀하셨을까?' 하는 생각을 해보니 부질없는 중생들의 삶의 한 모습이려니 하는 생각에 사로잡힌다. 큰스님께서 손수 20년이나 준비하신 불쏘시개에 불이 들어가 굴참나무 1백 짐을 태우고 큰스님을 하얀 재로 변화시키는 데 꼬박 하루가 걸렸다.

사실 큰스님을 한 번도 뵌 적이 없다. 감히 뵌다는 것은 꿈도 못 꾼 게 더 정확한 표현일 것 같다. 열반에 드신 후에야 자유스럽게 큰스님께서 남기신 언어며, 생각을 속인(俗人)의 입장에서 편리한 대로 해석할 수 있어서 좋기도 하다. 누더기 한 벌로 평생을 보내면서 떨어지면 다시 덧붙여서 덕지덕지한 옷을 즐겨 입으셨다 한다. 이 세상에서 가장 죄가 많은 사람이라서 좋은 옷을 입을 자격이 없다고 하신 그 큰스님을 부처님께 삼천 배를 해서라도 뵈려고 애쓴 불자들이 많았다고 하니 대부분의 사람은 큰스님의 겉치레인 옷을 보는 게 아니라 큰스님의 설하시는 진리를 가까이하고 싶어서가 아니겠는가?

속세의 범인도 외양을 중요시하면 속내가 퇴색되는 법이다. 호화스러운 옷이나 사치스러운 치장은 육신에 무게를 더해 영혼이 맥을 못 추는 법이다. 그래서 나약한 동물들이 더 소란스럽게 짖어대며 자기 힘의 부족함을 그것으로 메우려고 하지만, 천하를 호령하는 호랑이나 사자들은 이미 그 모든 것을 다 알고 있으니 낮잠을 자다가도 하품 한번 하면 토끼들은 이리저리 도망치지 않을 수 없다. 만일 큰스님께서 겉모습에 신경을 쓰셨다면 그 깊은 뜻은 그것들에 짓눌려졌을 것이다. 겉옷을 입은 우리가 우러러보는 것은 사치스러운 우리들의 그 옷을 벗어던지기가 그리 쉬운 것이 아니기 때문이다. 그러나 큰스님께서는 "구름 걷히면 햇빛 나는 법, 구름 따로 있고 햇빛 따로 있느냐?" 하시면서 중생이 본래 부처임을 유난히도 강조하신 것을 보면, 그 진리의 길도 그리 어려운 게 아닌 듯하다. '단지 흙 속에 묻혀있는 진주를 흙덩어리가 아니라는 사실만 안다면 되는 게 아닌가?' 이렇게 생각을 정리해보니 해탈의 길도 멀리 있지만도 않은 것 같은데, 큰스님께서 자신의 말은 모두 거짓말이라고 하신 것을 보면 꼭 쉬운 것은 아닌 것 같다.

실로 큰스님의 8년간의 장좌불와나 10간의 동구불출의 수행 경력은, 속인들이 도저히 꿈도 못 꿀 용맹정진의 표상이 아닌가? 그러한 수행을 거친 후에야 자신을 거짓말쟁이고, 그것이 수미산에 닿을만하다고 하셨으니 도대체 얼마만큼의 수행을 해야 참언어를 할 수 있을까? 큰스님께서 살아오신 과정을 가만가만 살펴보면 용맹정진의 필요성을 몸소 보여주신 것 같다.

삶의 고비 고비를 참되고 성실하게 넘어가기 위해서는, 적당히 요령껏 피하기만 해서는 안 된다. 그래서 연연하지도, 만족하지도 말라고 가르치신 것 같다. 그 대표적인 것이 종정 추대식에 보낸 법문인 "산은 산이요, 물은 물이다."인 것 같다. 이 선문답 같은 언어로 인하여 큰스님의 명성이 속계(俗界)에 드높아지신 것 같다. 원래 법어를 해설하거나 논평하는 것을 금기시하는 것이 선가(仙家)의 상식인데 어떻게 이런 단순해보이는 언어가 그 뒷면에 숨어있는 뜻으로 인하여 많은 사람의 마음을 사로잡았을까? 하는 의문을 떨칠 수가 없었다. 사실은 '산은' 하며 시작하는 문구보다 조금 앞에 있는 '보이는 만물은 관음이요, 들리는 소리는 묘음이라'는 이 말씀에 더욱 의미는 두신 것은 아닌지? 어떻든 종정 추대식의 거창한 식장에 박수를 받으면서 나타나지 않으시고, 법문 하나로 세상 사람들을 사로잡았으니 진리를 설하면 누구나 알아주나 보다. '말 많이 하지 마라'고 가르쳐주셨는데, 사실 큰스님은 말로써 크게 히트 치신 분 같다. 그러나 큰스님께서 우리에게 남겨주신 것은 말이 아니라 우리 속에 있는 불성을 깨닫게 해주신 것이 아니겠는가? 깨달음의 길이 곧 삶의 길이듯이. 깨달음의 방법론이 한창 논쟁의 대상이 되기도 하였으나 역사는 숙제의 연속이고, 큰스님도 생자에게 숙제를 남기시고 이승을 떠나셨다.

구도의 완성은 없을지라도 구도의 길은 확실히 있는 듯하다. 밖에는 비가 내리고 있다. 큰스님께서 열반에 드신 후에는 계속 천지가 눈물에 젖어있다. 7일장 동안 30만 명의 조문객이 찾았다고들 한다. 해인사에 이르는 길이 막혀 비행기도 동원되고, 트럭도 동원되었다고들 한다. 해인사가 창건(서기 802년)된 이래 한꺼번에 이렇게 많은 사람이 모인 게 처음이라 하니 큰스님은 살아생전보다 사후에 그 명성이 드높아지신 것 같다. 물론 그중에는 인기 관리상 방문한 정치인도 있을 것이고, 대목을 노린 장사꾼도 있을 것이다. 큰스님께서는 이들 모두도 부처라 하셨으니 무슨 목적으로 해인사를 찾았건 그것은 별문제로 삼지 않을 성싶다. 큰스님의 말씀을 생각하면 할수록 더욱 깊이 되새기게 되는 것 같아, 소위 교단에서 가르친다는 사람으로서 부끄러움이 또한 크다. 종교와 학문의 차이라고 자위

할 수도 있으나 가치철학이라는 한계에서 보면 학문하는 사람의 마음가짐도 자신을 성찰하고 제자를 인도하는 면에서 최소한의 신앙인의 가슴을 가져야 할 게 아니겠는가?

그런데 참으로 '스승'으로서 교단에 서기가 그리 쉬운 게 아니다. 필자의 경륜이 부족하고 학문의 깊이가 낮아서 그러하기도 하겠지만, 결국 교육은 그 대상이 사람이기 때문에 영혼의 대화가 없이는 훌륭한 교육도 실현될 수가 없기에 어려움을 느끼는 것 같다. 큰스님은 멀리서나마 가르침을 받고 싶어 하는 중생들이 그리도 많다고들 하는데, 날마다 교단에서 분필 가루 날리며 나름대로 열변을 토하지만 그저 수업이나 빨리 마쳐주었으면 하는 학생들의 마음을 읽노라면 가르치는 나 자신의 배움이 부족함을 더없이 크게 느끼게 된다. 혹시 얕은 지식을 그저 나열하고 그것이 진리의 길인 양 학생들에게 잘못된 가치관이라도 심지는 않았는지? 혀끝에서 굴러다니는 언어가 아닌 가슴에 담긴 진실을 얼마나 학생들에게 전달했는가? 큰스님의 가르침을 생각하면 교단에 선 자신의 부끄러운 부분들이 여지없이 드러나는 것 같아 잠 못 이루는 밤들을 보내게 된다.

퇴설당 승방에 가지런히 정리된 큰스님의 유품 몇 점을 바라보며, 우리 곁에 오셨던 부처를 보내고 또 다른 윤회를 기다리는 속인의 마음으로 극락왕생을 빌어드린다.

03

백세친구

나들이 산행을 할 때는 이것저것 세상살이 이야기를 나누는 일행이 있는 것이 좋다. 산행에서 누구라도 동행인이 있어야 재미가 있고, 그중에서도 속내를 탁 터놓을 수 있는 친한 사람이 있으면 더없이 좋다. 산을 30분 정도를 오르면 숨이 가빠지고 땀이 흐르기 시작한다. 다리가 마음을 따라오지 않을 때가 많다. 이때쯤이면 산행 동지와 시원한 나무 그늘에 털썩 주저앉아 세상살이 이야기를 한다. 자식 혼사, 친구들의 소식, 옛날 직장에서의 무용담 등등의 이야기를 하다 보면 다시 힘을 얻고 산행에 나선다. 산행 중의 이야기에서 요즘은 부쩍 건강 이야기가 많다. 그만큼 나이가 들었다는 증거인지? 다들 건강한 노후를 지내고 싶은데, 그리 쉬운 것이 아닌 듯하다.

나는 산행에서 문득 100세까지 살자고 제안하였다. 이제 40년만 잘 버티면 되니 그간의 지난 시간을 반성하면서 지내면 그리 어려운 일도 아닐 것 같다. 많은 친구가 호응하였다. 특히 동행한 친구의 아내들이 좋아하였다. 집에 와서 곰곰이 생각하여 보아도 좋은 아이디어이다. '100살까지 살아가는 친구들' 좀 길어 보여서 '백세친구'라고 약칭을 만들었다. 그래도 모임이니 기본 원칙 또는 회칙이 있어야겠다 싶어 대상을 생각하였다. 기본적으로 100세까지 살아야 하는 것이 회원의 의무 사항이다. 본 의무를 지키지 못하면 회원의 자격을 상실하는 것이다. 따라서 그간 납부한 회비에 대한 권한이 소멸하는 것이다. 100세까지 살아가되 산행 또는 산책 정도는 하여야 한다. 치매도 없어야 회원들을 구별할 수 있을 것이다. 따라서 100세까지 건강하게 살아가기 위한 전략을 세워야겠다. 본 전략이 만들어지면 이를 회원들의 행동 강령으로 만들어야 하겠다.

무엇보다도 현재의 건강 상태를 잘 살펴보아야 한다. 그리고 그 결과를 바탕으로 하여 현재의 생활을 반성하고 고칠 것은 고쳐야 한다. 그간 담배를 자주 피운 회원은 담배는 끊어야 할 것이다. 또한, 과음이나 폭음을 하는 친구는 음주를 자제하여야 하며, 회원 상호 간에도 건전한 취미 생활을 유도하여야 할 것이다. 둘째로는 긍정적인 사고를 하는 것이 중요하다. 뒤돌아보면 서운하고 힘든 생각이 더 많을 수 있다. 직장에서 힘들었던 일들, 자식 키우면서 겪었던 고통, 그리고 부부간의 사소한 말다툼 등등 어느 하나 마음 편한 것이 없을 수 있다. 그러나 직장이 있었기에 돈 벌고 자식 교육도 시키고, 어디 가서 명함도 돌리고, 한때는 부하들에게 큰소리도 치지 않았는가? 세상 이치가 많이 변하다 보니 이제는 무능한 사람으로 보이지만, 그래도 참 잘 나가는 때가 있었다. 나의 동료들만은 그 모두를 기억하고 있는 것이다. 애먹이는 자식이 있었으니 열심히 돈 벌고 뒷바라지하여서 그 재미도 보았지 않았는가? 이제는 자식의 모습을 먼발치에서 보면 보람의 대상이 아닌가? 평생 친구 아내가 있었기에 이만큼 건강한 모습으로 살아온 것이 아닌가?

셋째는 철저한 노후 자금 대비를 하여야 한다. 사실 이 대목에 들어서면 쉽지 않은 방정식이다. 퇴직 후의 생활 양태를 그려 보아야 하는데, 차일피일하다 보면 어느 날 퇴직이란 것을 맞이한다고들 한다. 많은 선배가 이 부분을 충고하지만 나 역시 자식 셋을 두었고 현재 모두가 학업을 하고 있으니, 아직은 그러한 생각을 할 여유가 없는 것이 솔직한 심정이다. 그러나 능력 있을 때 노후 준비를 하여야 한다는 평범한 진리가 있다. 특히 100살까지 살려면 남한테 폐 끼치지 않고 버텨나갈 정도의 자금이 확보되어야 한다. 젊었을 때 그래도 잘살고 자식들에게 큰소리치던 어르신들이 지금은 말 못할 어려움을 가진 경우를 종종 보게 된다. 나도 예외가 아닐 것 같다. 잘 챙겨야겠다고 다짐하지만, 이것도 쉬운 일이 아닌 듯하다. 넷째는 100세까지 같이 도란도란 이야기 나누면서 지낼 친구들이 있어야 한다. 주변에 우애를 나누고 서로의 안부를 나누는 친구들이 있어야 한다. 친구는 금방 만들어지는 것이 아니다. 지금부터라도 잘 챙겨주고, 서로의 상처를 보듬어주고, 기쁨을 같이하는 나의 자세가 필요할 것이다. 노후에는 자식보다도 친구가 더 좋다는 선배의 말씀이 많이 생각난다. 그러나 그간 친구들을 제대로 보살피지 못하였다는 것을 고백하지 않을 수 없다. 고향을 떠나 공부하고 직장 생활한다는 핑계로 친구들을 제대로 챙기지 못한 사람이다. 기껏해야 길흉사 때 얼굴을 내미는 것이 전부였다. 초등학교 시절 같이 뛰놀던 친구들이 생각난다. 동네 골목길에서 굴렁쇠 놀이하던 친구, 딱지치기하던 친구 그리고 소 풀 먹이러 산길을 오르면서 산딸기 따 먹던 시절, 해거름에 소를 잃어버려 울며불며 산 능선을 헤매던 시절 등을 생각하여 보니 입가에 웃음이 나온다. 나는 그러한 추억 어린 친구들이 많다. 그러나 세월이 흐르면서 몇몇 친구는 벌써 저승살이를 시작하였고, 병환에 힘들어하는 친구도 있다. 이제부터라도 친구들을 나의 소중한 보배로 생각하여야겠다. 나의 동료, 선후배, 제자 모두 나의 백세친구가 될 수 있을 것이다.

이것저것을 챙기면서 '백세친구'는 서서히 그 모습을 드러낸다. 그럼 백세친구들과는 무슨 일을 하는 것이 좋을까? 서로 간의 경쟁이 없는 것이 좋다. 무슨 게임을 하는 것은 결국 경쟁을 하게 되고 실력의 차이로 인하여 마음이 편하지 못할 수 있다. 나는 제대로 하는 스포츠 하나 없으니 더욱 그러하다. 지금 즐기는 산행, 둘레길 산책 또는 음악을 듣거나 영화를 즐기는 일 등이 생각난다. 육체적인 움직임과 정신적인 활동을 같이하는 것이 좋을 것 같다. 그리고 서로 베풀 수 있는 것을 찾아야겠다. 사진을 잘 찍는 친구는 우리가 노는 모습을 카메라에 담고, 글을 잘 쓰는 친구가 있으면 우리의 삶을 기록으로 남겨서 추억장을 만들면 좋겠다.

그럼 나의 백 세 인생은 어떠할까? 연금을 받을 계획이다. 그간 교육자로서 사회의 도움과 성원을 받으면서 꼬박꼬박 기여금을 부은 것이 이제 노후의 밑천이 될 것 같다. 사실 이외에는 뾰족한 대책이 없다. 나에게 이러한 노후 설계를 할 수 있도록 하여준 국가와 사회에 고마울 뿐이다. 퇴직하면 부모님의 산소 근처 햇볕 잘 드는 언덕에 조그마한 집을 하나 마련하고 싶다. 아침저녁으로 논밭을 갈고 채소를 심어서 쌈밥을 즐기고 싶다. 구수한 된장을 띄워서 찾아오는 자식과 친구들에게 밥을 대접하고 싶다. 막걸리를 담아서 술 한 잔도 나누고 싶다.

이제 '백세친구'의 발족을 위하여 본격적으로 회원가입을 요청하여야겠는데, 과연 몇 명이나 가입할지 은근히 걱정된다.

04

산에서의 배움

딱히 취미 적기에 쓸거리가 없어서 입사 원서를 비롯한 각종 서류에 머뭇거리기 일쑤였던 나였는데, 이제는 취미란에 '등산'이라고 쓰고 있다. 산을 오르기 시작한 지가 10여 년 되었으니 그렇게 써도 될 성싶어서 그렇게 하고, 주변 사람들에게도 등산을 많이 권하는 편이다.

10여 년을 같이 산을 오르다 보니, 동행인들의 집안 사정이며, 아이들의 이름도 모두 알게 되었다. 자연히 가족들 간의 우의를 다지는 기회도 되었고, 다른 사람들 사는 모습도 곁들을 수 있어 좋다. 한 달에 한 번 진솔한 친구들과 벗하는 산행은, 그 어느 것보다도 나의 삶에 향기와 여유를 가져다주는 일이다. 나는 산에서 참으로 소중한 것을 많이 배운다. 산은 과식과 위선을 거부한다. 오로지 겸허한 마음을 가진 자만을 환영한다. 등산 날 아침에는 간단하면서도 필요한 준비를 한다. 물론 프로 산악인이 아닌 만큼 거창한 장비는 가지고 있지 않다. 도시락 한 개, 물 한 통, 오이 두 개를 준비하면 등산 준비는 끝난다. 이런 간단한 준비는 등산에서 오는 피로를 줄여줄 수도 있고, 자연환경을 보호하는 측면에서도 이롭다. 산을 오르기 시작하면 자연과 동화되어야 한다. 마음씨 좋은 사람들과 여유로운 자연이 주는 포근함 속에서의 출발은, 그 자체가 복이라 아니할 수 없다. 산행길은 쭉 뻗은 평평한 길보다 돌부리가 적당히 있고, 간혹 로프에 의지하는 곳도 있어야 좋다. 또한, 출발부터 너무 급하게 오르면 쉬 피로한 법, 체력 여유가 있어도 쉬엄쉬엄 걷는 게 좋다. 또한, 동행들보다 너무 앞지르거나 너무 처져도 재미가 없다. 더불어 오르며 서로의 삶의 무게를 나누는 자리가 더욱 좋다.

우리의 삶도 이와 같으리라. 돈과 권력 또는 학문이 풍부하다고 너무 급하게 달리다 보면 쉽게 지치는 법, 꾸준히 자기의 세계를 개척하고 동료를 생각하면서 서로 격려하며 살 수 있다면 그 얼마나 복된 삶이겠는가? 그리고 간혹 중턱에 앉아서 멀리서 불어오는 청정한 공기를 마시며 살아온 세월 그리고 살아갈 세월을 잠시 느껴보는 것도 참으로 좋은 기회다. 살며 느끼는 피로도 씻고 현재 자신이 하고 있는 일을 정돈하는 시간 그리고 다음을 설계하는 생활의 지혜도 여기에 있는 법이다. 정상에 서면 참으로 뿌듯함을 느낀다. 지나온 세월의 아픔이나 피로가 한꺼번에 가신다. 심호흡을 하고 묵념의 시간을 갖고 "야호!"를 몇 번 외치고 나면 정상에서 만나는 사람들은 순간 다들 친구가 된다. 그곳에서 어떻게 권력의 높낮이를 생각하겠는가? 오로지 자연에 대한 경외심만 있을 뿐이다. 보통은 조금 늦은 시간에 동료들과 점심을 함께한다. 각자가 챙겨온 도시락을 같이 먹으며 서로의 음식을 나누다 보면 우리는 어느덧 하나가 된다. 자기가 이룩한 업적을 나누어 가지고 서로를 위로하는 자세를 가진 자만이 정상에 선 사람의 자세일 것이다.

산에서 내려오는 것도 오르는 것 못지않게 중요하다. 영원한 삶이 어디 있겠는가? 사람도 전성기가 있고 쇠잔하여지면 내려갈 줄을 알아야 하는 법이다. 산에서 내려올 때 조급하면 다리를 다치기 쉽다. 산에서만 느낄 수 있는 자연의 소리를 들을 줄 알아야 한다. 냇가에 다다르면 발을 담그고 손으로 받아먹는 물 한 모금으로 육신의 티끌을 씻어낼 줄도 알아야 한다. 조용한 산사가 있으면 더욱 좋다. 들릴 듯 말 듯 한 풍경 소리를 들어보라! 마음의 욕심을 멀리하는 것은 스님들만의 것이 아니라, 중생들의 몫도 있음을 알 수 있다. 차창에 기대어 세상으로 다시 돌아옴을 느낄 때 나는 다시 생활인이 된다.

05

다시 한 해를 보내는
창가에서의 상념

연구실 창가를 묵묵히 지켜주며, 언제나 기상 높게만 느껴지던 소나무도 찬바람에 못 이겨 푸른 잎마저도 하나둘씩 떨어지고 있다. 또 한 해가 저물어가는 연말을 향하고 있다. 매년 맞이하는 때이지만 이맘때면 한 해의 지나온 발자취가 새삼 되뇌어지고, 그 속에는 후회스러운 일도, 보람 있는 일들도 있다. 한때는 퍽 보람된 나날을 보낸 기억도 있다. 밤을 새우며 책과 씨름하여 성적을 높이 받는 적도 있고, 연구를 부지런히 하여 1년의 결산을 하여 보면 그 크기가 꽤 커 보이는 때도 있었다. 그러나 요즘에 느끼는 한 해의 마무리는 무엇인가 부족하고, 내 생각과는 다르게 다른 사람에게 마음 편하지 못한 일들을 만든 것이 자꾸 생각난다.

사철 같은 기상으로만 살 것 같았던 소나무도 봄이면 송홧가루를 날리고, 여름이면 시원한 그늘을 만들어주고, 가을이면 조용히 솔방울을 선물하고, 겨울이면 삭풍을 맞이한다. 가만히 생각하여보니 사람도 비슷한 삶을 사는 것 같다. 한평생의 흐름을 생각하면 봄은 한창 학업을 진행하는 학창 시절이고, 여름이란 이제 갓 사회에 나와서 무서운 줄 모르고 밤을 지새우는 청년기쯤 될 것이다. 가을이란 50세쯤을 넘기는 시기가 될 것이고, 겨울이란 60세를 넘긴 세월쯤으로 생각 든다. 각 계절에는 그때의 독특한 멋도 있지만 그렇지 못한 점도 있다. 봄에 볼 수 있는 송홧가루는 멀리서는 아름답게 느껴지지만, 그 밑에 서 있으면 불편한 점도 많다. 여름의 시원한 그늘에는 온갖 벌레들이 진을 치기도 한다. 가을에는 그윽한 솔향기를 풍기지만 왠지 쓸쓸함이 배어난다. 겨울에는 다들 잠들어가는 들녘을 혼자만 지키는, 외로움 가득한 것이 소나무 같다. 소나무의 멋은 그래도 겨울에 있다. 푸른 초록 세상을 볼 수 있게 하여 주고, 솔향기가 자연의 향기를 그대로 간직하고 있다. 그러나 그 향기는 열심히 평생을 살아온 결과로서 나타나는 것이다. 어린 소나무에서는 은은한 솔향기를 맡을 수 없다. 이러한 세월의 흐름은 물론 사람으로 치면 연륜이라고도 하겠지만, 정신과 마음에 더욱 달려있다고 생각한다. 나는 과연 지금 어느 때를 살고 있을까? 여름일까? 겨울일까? 그것은 어떠한 생활을 하는지에 따라 달라질 것이다. 한평생을 내내 겨울로 지내는 사람도 있을 것이다. 기본적인 활동 외에는 조직을 위하여서도, 남을 위하여서도 살려고 하지 않는 사람은 겨울의 인생을 사는 것이다. 우리 주변에는 60세에도 청년기를 살고 있는 사람이 있다. 무엇인가 새로움을 추구하고 나이 타령 이전에 새롭게 도전하는, 도전 의식이 충만한 사람들이 있다. 이들은 봄이나 여름의 무성함을 살고 있는 것이다. 가는 세월을 탓할 것인가?

세월의 가치를 스스로 창조하는 자만이 자신의 세월을 사는 법이다. 창조는 가만히 있어서는 이루어지지 않는다. 발상의 전환 속에서 끝없는 추구를 해야만 결과를 얻는다. 가만히 세워둔 자동차는 금방 망가진다. 적당히 움직이고 필요할 때마다 부품을 교체하고 새로운 윤활유를 넣어줄 때 10만km, 20만km를 달릴 수 있다. 움직이고 달리는 속에는 새로운 환경을 볼 수 있고, 새로운 세계를 접할 수 있는 것이다.

이제 또 다른 새해가 다가온다. 그동안 창고에 넣어두고는 투덜거리던 내 생각 보따리를 다시 꺼내어 세월의 대열에 두어야겠다. 더불어 사는 세상에 아름다움과 행복을 나누어 가져야겠다. 조금은 부족하여도 불평하거나 두려워 말아야겠다. 세상의 이치를 조금이라도 배워야겠다. 한평생을 이승에 살도록 하여주신 은혜에도 보답하여야겠다.

06
살아온 길
그리고 살아갈 길

지나간 세월을 반추한다는 것은 한 60여 년 정도는 살고 나서 생각하는 것이다. 그런데 40대 중반밖에 안 살아온 사람이 지나온 세월을 이야기한다면 조금은 건방지다는 소리를 들을까 걱정이 된다. 그러나 40대 중반이라는 나이는 인생의 절반은 넘어선 것 같아서 지금 지나온 세월을 되돌아보고, 앞으로 살아갈 길을 생각하여 보는 것도 의미 있는 일이라고 자위한다.

나는 전형적인 촌놈이다. 농군을 부모로 모신 것이나 농촌에서 쇠꼴(소먹이 풀)을 베면서 유년 생활을 보냈으며, 그곳에서 초등학교와 중학교 과정을 마쳤다. 그 당시는 도시를 그리워했고, 도시에 있는 동갑내기들의 하얀 얼굴을 보면 나의 그을린 얼굴이 싫었다. 3남 1녀의 막내로 태어난 나의 처지를 보면 부모의 가업인 농사일을 하는 것 외에는 별수 없으리라는 생각이 언뜻언뜻 머리를 스치곤 하여, 어떻든 이곳을 탈출해야만 행복이 있을 것으로 생각하였다. 그러던 중 나는 대도시인 부산에 있는 고등학교로 유학 가는 행운을 잡았다. 나는 그곳에서 도시인으로 살기는 했지만, 방황의 시간도 많이 가졌다. 출가(出家)의 뜻을 품고 산사를 찾기도 하였고, 그 덕에 고등학교를 늦깎이로 졸업하였다. 대학생일 때의 방황도 컸다. 고시 열풍에 휩싸여 보낸 시간이며, 가정교사로 틈틈이 문학도의 꿈을 꾸기도 하였다. 그러하니 전공인 기계공학하고는 영 거리가 먼 생활이었다. 대학원을 진학한 것은 순전히 대학 때 농땡이를 부린 것에 대한 자기 학대였다.

주변의 만류에도 불구하고, 다니던 회사를 팽개치고 가족을 떠나 실험실 구석에 살림을 차린 게 어쩌면 무모할 지경이었다. 그런데 세상은 참으로 묘하다. 조금 참고 자기 할 일을 하다 보니 나에게도 세상이 열렸다. 좋은 교수님을 만나게 되었고, 도움 주는 은사와 동료들을 만나게 되었다. 세월이 흘러 나보다 큰 키를 가진 아들도 두었으니 이 또한 나에게는 괜찮은 결실이었다. 어느덧 대학생을 가르치는 사람이 되었고, 또 마음씨 좋은 사람들을 두루두루 만나게 되었다. 그러나 대학교수가 되고 보니 이 또한 쉬운 길은 아니다. 뭐라 해도 부족한 실력이 문제이다. 새로운 학문을 하고 복잡한 문제를 해결해나아가는 동료 또는 후배들을 바라보면 지금부터 다시 학문을 시작해야겠다는 생각이 가득하다.

초보 운전일 때에는 백미러를 볼 줄 모른다. 그저 앞만 보고 다니다 보면 간혹 접촉사고가 나는 법이다. 이제야 백미러를 통하여 살아온 인생을 쳐다보니, 나는 확실히 머리가 둔한 게 틀림없다. 그동안 나를 가르쳐주고 인도하여준 사람이 너무나 많았고, 그분들을 일일이 생각하여 보니 세상은 참으로 좋은 사람들로 가득 차있다. 간혹 백미러를 보며, 자동차를 일일 점검하듯 하면서 삶을 살아왔다면 이러한 글을 쓸 필요가 없었으리라고 여겨진다. 앞으로 갈 길이 조금 남아있다. 자동차를 좀 점검하여야겠다. 이제 후학들을 위하여 길도 닦고 힘이 부족한 자동차가 있으면 견인도 할 준비를 하여야겠다. 그게 지금까지 나의 자동차가 무사히 여기까지 오게 한 데 대한 보은이리라. 새롭게 이정표를 세워야겠다. 그래도 초보자보다는 자기 자리에 놓을 수 있는 주차 실력은 약간 있다. 그리고 후방 기어를 넣을 줄도 안다. 장거리 운행을 할 때면 쉬었다 가곤 한다. 창가에 스치는 세월의 빛깔을 볼 수 있다. 목적지에 다다랐을 때는 학문적 성숙도 하지 못한 못난이라는 손가락질만은 받지 않도록 하여야겠다. 그리고 혹시나 교만해지는 것을 항상 경계하여야겠다. 사람은 세월이 흐르고 나면 겸손미가 없어지고 쓸데없는 아집에 사로잡힌다. 이러한 것을 배척할 수 있는 용기는 대단히 중요하다고 생각한다. 자식을 인형이 아닌 인격체로 키우고, 세 아들 교육 잘못시켰다는 말을 안 듣도록 엄할 때는 엄하고, 자상해야 할 때는 자상해야겠다. 삶이 피곤한 후배가 있으면 기꺼이 소주잔도 나누어야겠다. 가만히 주차장에 머물러만 있는 자동차는 고장률이 높다. 그렇다고 과속하거나 쉬지 않고 달리는 자동차도 위험하다. 항상 조급하지 않게 바른 운전을 하여야겠다.

앞으로 살아갈 때는 그래도 좀 폼이 있으리라 생각했는데, 이 또한 많은 사람의 도움이 필요한 것 같다. 아무리 생각해보아도 이 세상에는 고마운 사람들이 많고, 나는 그 속에 사는 사회적인 동물인가 보다.

07

골프 애환

2016년 8월 21일 제31회 리우 올림픽 여자 골프 경기에서 박인비 선수가 금메달을 땄을 때 그 환호와 축하가 대단하였다. 116년 만에 올림픽 정식 종목으로 채택된 여자 골프에서 금메달을 딴 것이다. 4라운드에서 버디 7개와 보기 2개를 묶어서 5언더파 66타를 기록하였다. 특히 한국인 최초로 캐리어 그랜드 슬램과 골든 커리어 그랜드 슬램을 기록한 것이다. 골프는 영국에서 시작하여 유럽 그리고 미국 등지에서의 고급 운동쯤으로 여겨왔는데, 우리나라 여성이 세계 1위를 하였다. 이제 우리나라의 골프 붐은 더욱 세차게 일어날 것이다.

농촌에서 어린 시절을 보낸 나는 운동하고는 거리가 멀었다.

유년 그리고 어린 시절에는 놀이 기구 또는 운동이라는 것 자체가 나에게는 와닿지 않았다. 소를 몰고 뒷산을 오르면 저 멀리 간간이 나타나는 자동차 보기 게임 또는 잔디를 뭉쳐 던지는, 요즘 말로 하면 피구 같은 것을 하고 놀았다, 운동이라기보다는 농촌 생활에서의 지루한 시간을 보내는 방법이었다. 35가구 정도의 작은 농촌이라서 팀을 나눌만한 조건도 되지 않았고, 마땅한 장소도 없었다. 요즘처럼 라디오나 TV가 있었으면 매체를 통한 운동경기를 즐겼을지도 모른다. 나는 학교에 다니면서도 체육 시간이 재미없었다. 작은 체구도 그렇고, 운동을 해본 경험이 없는 나로서는 배구, 축구, 농구 등의 종목이 나오면 생소하기 짝이 없었다.

고등학교와 대학 그리고 사회인이 되어서도 운동과는 거리가 멀었다. 핑계를 댄다고 하면 아르바이트, 대학원 그리고 직장인 등의 이중, 삼중의 직업 속에서 운동할 기회가 제대로 주어지지 않았다. 요즘은 프로스포츠로 인하여 누구는 롯데를, 누구는 해태를 응원하고, 그로 인하여 친구들과 즐거운 시간도 보내지만, 나는 운동의 룰을 잘 모르고 특별히 응원할 대상도 없으니, 스포츠 채널은 나의 관심거리가 아니었다. 1987년에 박사 학위를 받았는데, 그때 즈음에 대학가에 골프 바람이 불기 시작하였다. 그때도 골프는 나와는 전혀 상관없는 일이었다. 지도교수님은 나에게 큰 스승으로 존경의 대상이고, 벤치

마킹의 대상이기도 하였다. 당시 모교의 학과 교수님들도 대부분 골프를 하기 시작하였으나 유일하게 나의 지도교수님은 골프를 하지 않으셨다. 그러나 골프 용어는 훤히 알고 계셨다. 또한, LPGA의 누가 몇 승을 하였는지 또는 국제 대회가 언제 있는지를 너무나 잘 알고 계셨다. 지도교수님은 교수의 골프 운동을 탐탁하지 않게 생각하셨다. 골프 하면서 연구는 언제 하느냐 또는 그렇게 비싼 운동을 하는 것은 교수에게 부담된다는 말씀을 간간이 하곤 하셨다. 직간접적으로 제자들의 골프를 금지하는 말씀을 많이 하셨다. 그 교수님의 1호 박사 학위자인 나의 현실도 그분의 생각과 너무나 맞았다. 그 핑계가 나의 부족한 운동 실력을 대신하여 줄 수 있었다. 골프를 제대로 하지 못하는 것에 대한 핑계를 지도교수님에게 돌리면, 아마 '요놈!' 하실지 모르겠다.

대학에서 전임 교수 생활을 시작한 것이 1988년이니 햇수로 따지면 28년이란 세월이 흘렀다. 박사 학위를 받고 전임 교수가 되겠다고 서류를 들고 이 대학 저 대학을 많이도 다녔다. 그때 흔히 하는 말로는 이력서 한 트럭을 써야 전임 교수가 된다고 하였다. 나 역시 좀 크게 과장을 하면 한 트럭 분을 썼다. 물론 많은 분이 이 부류에 속하지 않을 것이다. 전임 교수의 세계에 발을 들여놓기가 나에게는 쉬운 것이 아니었다. 처음으로 전임 교수가 되었을 때의 각오도 대단하였다. 부지런히 연구하고, 공부도 하고, 인적 교류도 활발하게 하였다. 국내외 수많은 학회도 뛰어다녔다. 동료 교수들과의 연구 협력도 많았고, 서로 격려하는 대학 문화가 잘 맞아서 교수가 된 것에 정말 감사하였다.

같은 시기에 전임강사가 된 여덟 사람이 모여서 밤샘하면서 공동 연구 주제 토론도 하고, 밤을 새우는 연수를 통하여 소속 대학의 미래 전략에 대하여 주제 발표와 토론을 하기도 하였다. 낚시, 등산, 여행 등등 공감대가 형성되는 많은 일을 같이하였다. 이제 세월이 흘러 같이하였던 분 중 저승에 먼저 간분도 있고, 여러 대학으로 흩어져서 교수로서 생활하며 다들잘 지내고 있다. 40대에 지금의 대학으로 옮기게 되어 또 다른타향살이가 시작되었다. 지리도 설고, 사람도 모르는 곳으로옮겨, 이곳에서 또다시 정 붙이고 산 지도 벌써 25년이란 세월이 흘렀으니, 이제 이곳이 고향인 셈이다. 식물들은 한곳에서뿌리내려 평생을 살아가고, 많은 물고기들은 고향에 돌아가서산란하기도 한다는데, 나는 한곳에 살지도 못하고, 고향으로돌아가서 살기도 그리 쉬워보이질 않는다.

세월이 흐르면서 나에게도 서서히 위기가 오기 시작하였다. 그 위기는 골프 위기였다. 2010년 인도네시아로 안식년을 가면서 마음속으로 다짐하였다. 안식년 동안은 골프를 배워서 동료들과 어울리는 실력자가 되어야겠다고 말이다. 아내와 같이 처음으로 큰돈을 들여서 골프 클럽을 구매하였다. 운동을 위하여 이렇게 큰돈을 들인 기억은 처음이다. 다들 안식년 1년 동안에 골프 실력이 부쩍 늘어오는 모습들을 보았고, 그 모습에 나를 대입시킨 것이다. 그러나 이것 역시 여의치 못하였다. 안식년 장소인 인도네시아의 반둥공과대학교(ITB)의 소속 학과 교수 아무도 골프를 하지 않았고, 현지에서 골프 레슨 강사를 찾아보니 엄청 비쌀뿐더러 말이 통하지 않으니, 어쩔 수 없었다. 게다가 매일 출근하고, 실험을 진행했으며, 교내외의 각종 강연까지 있었기에 차근하게 골프를 배울 수 있는 시간도 없었다. 게스트 하우스 잔디밭에서 책을 보며 스윙 연습도 하고, 아내와 같이 골프공 굴리는 게임을 하면서 몇 개월 지나고 나서야 레슨을 받을 기회가 주어졌다. 하지만 레슨을 받은 지 얼마 되지 않아 갈비뼈가 아팠다. 침대에서 돌아누울 수가 없었다. 파스를 붙이고, 온갖 처방을 하여도 잘 낫지 않았다. 심한 고통을 하소연할 곳도 없었다. ITB 교수들은 골프에 대하여서는 문외한처럼 보였기 때문이다. 차일피일 골프 클럽은 집안의 장식품으로 전락하였다.

그러나 투자도 투자고, 주변에 골프 배운다고 큰소리친 것도 있으니, 아내와 같이 인근 골프장을 몇 번 들락거렸다. 발에 맞지 않는 터덜거리는 신발에 남루한 의상을 한 흑인 노인 캐디의 자발적인 필드 코치가 우리에게는 그래도 괜찮았다. 그러나 골프장 가는 날에는 골프공을 수없이 잃어버리는 신세이니, 그리 재미를 붙이지는 못하였지만 그래도 어쩌겠는가? 그럭저럭 1년을 채우고 귀국을 하니 참으로 골프 대중화(?)가 확실하게 되어있었다. 주변에 골프 운동하는 사람들이 꽉 차있다는 표현이 맞을 것 같다. 아내와 함께 노닥거리는 운동과는 차원이 달랐다. 세상이 참으로 많이 변했음을 느꼈지만, 여전히 나에게 골프는 거리 먼 운동이었다. 또한, 돈을 주고받는 게임을 해보지 못한 나로서는, 라운딩하면서 돈내기를 한다는 소식을 접한 후 나에게 이 운동은 맞지 않는 것으로 생각하며, 골프 클럽을 장식장에 가둘 수밖에 없었다.

그러나 세상은 나에게 그리 호락호락하지 않았다. 어느 날 지인이 '운동하느냐'고 물어와서 운동하지 않는 사람이 어디 있느냐고 하면서 조금은 한다고 하였다. 다음에 들어보니 골프를 두고 한 말이었다. 사실 나는 운동에는 배구, 축구, 야구, 피구 등등 수많은 운동이 있다고 생각하였는데, 알고 보니 주변 지인들이 운동이라고 하면 골프를 지칭하는 것을 알게 되었다. 대학에서 보직을 수행하는 중에도 운동하는 사람과 하지 않는 사람으로 구분되기도 하였다. 이제 골프 운동하는 것은 운명으로 받아들여야 하는 것이 아닌가 하는 생각이 들었다. 세상은 나와는 다르게 움직여갔다, 이 세상에 운동은 골프로 통한다는 사실을 너무 늦게 안 것이다. 아내를 설득하였다, 연습장에

돈만 내고 한두 번 가고 마는 그러한 자신을 다시 챙기자고 몇 번을 다짐하였으나 바쁜 일상 그리고 교육 일선에 있는 아내 역시 시간이 허락하지 않았다. 방학을 이용하여 틈틈이 한다는 것도 쉽지 않았다. 특히 요즘 손자 둘이 집에 와서 같이 지내면서 아내는 모든 시간을 손자들에 쏟고 있으니, 시간 내기가 힘들어보인다. 참으로 신기하기도 하다. 지인들은 언제 그렇게 운동을 하였는지가 문득문득 궁금하기도 하지만, 나의 부족한 운동 능력을 탓하여야 하지 않겠는가 하는 생각이다.

세상은 참으로 빠르게 변화하고, 그곳에서 인간관계를 연결하는 활동도 다양하다. 세상이 바뀌면서 그에 빨리 순응하며 따라가야 하는데, 나는 그러하지 못하였다. 막내로서의 신체적인 조건, 유년 시절의 환경, 지도교수님의 영향 등은 모두 나의 핑계에 불과하다. 나의 게으름과 성실성 부족이 오늘의 100점짜리 골프 점수가 아니겠는가?

석부난초

아내가 갖다 놓은 석부난초는 참으로 멋있고 아름다웠다. 딱딱하고 차디찬 돌덩어리에 붙어서 아름다운 난향(蘭香)을 발하고 있으니, 그 모습은 자연의 단편을 갖다놓은 양상이다. 소중한 석부난초를 거실에 놓고는 매일 바라보면서 그 아름다움에 몰입하였다. 베란다에 있는 난초며, 행운목이며, 해마리아들이 질투가 날 만큼 나는 석부난초를 좋아하였다. 2~3일에 한 번씩 물을 분무하면서 그의 멋진 모습을 즐겼다.

동이 트는 아침이면 아내는 아침 식사를 준비하고, 나는 그를 감상하고 물을 분무하기도 하였다. 거실의 석부난초는 나에게 수많은 이야기를 하였다. 세찬 파도를 이겨낸 어부의 형상이기도 하고, 히말라야 최고봉을 등산하는 산악인이 되기도 하였다. 전장(戰場)에서 승리한 군인이 되기도 하고, 차도르를 입은 이슬람 여인이 되기도 하였다. 갖은 풍파를 겪고도 꿋꿋이 오늘을 살아가는 선지자(先知者)이기도 하였다. 식물은 땅에 뿌리를 두어야 살아갈 수 있는 법인데, 차가운 돌덩어리에 배를 붙이고는 공기 중에 있는 아주 적은 양분(養分)을 섭취하여 그 생명을 유지한다고 하니 그 용감하고도 끈질긴 생명력에 경의(敬意)를 가질 수밖에 없었다.

한 달여를 지났을까? 그가 시름시름 시들기 시작하였다. 가만히 보니 벌레가 생긴 것이다. 정성으로 벌레를 잡고 살충제도 뿌렸다. 그의 회생(回生)을 기원하며 분무기를 자주 갖다 대었다. 그러나 그는 계속 시들어갔다. 급히 화원으로 가져가니 난초를 살릴 수 없으며, 물도 부족하고 공기도 탁하였다고 한다. 그는 나를 원망하며 이승의 세월을 마감하였다. 관리 주인인 나로서는 죽어간 그에게 할 말이 없었다. 횅하니 남은 돌덩어리를 보니 그냥 버리기도, 그렇다고 그냥 두기도 어려웠다. 화원에 가져가서 새로 난초를 붙이기로 하였다. 실(絲)로 엉성하게 얽어맨 난초 뿌리가 돌을 감싸고 새 둥지를 틀 것인지가 영 믿기지 않았다. 그러나 내가 할 수 있는 일은 열심히 바라보고 분무를 하여 주는 수밖에 없었다. 환경을 바꿨다. 다른 난초가 있는 베란다로 옮겼다. 그리고는 분무기를 새로 구매하였다. 이번에는 공기 압축을 가하고 손잡이를 잡으면 연무가 퍼져 나오는 분무기를 구매하였다. 시간이 흐르면 뿌리가 새로 내려 돌을 움켜잡고, 현재의 뿌리는 서서히 말라서 죽는다고 화원 주인이 귀띔하여 주는 것을 믿었다. 열심히 그의 새로운 주인 노릇을 하였다.

이제 매일 아침이면 베란다에서 새로 돌아온 석부난초부터 챙겼다. 이 친구가 빨리 새 생명을 잉태하여 환생(還生)된 모습을 보여주길 기도하면서 뿌리와 줄기에 정성을 담아 분무를 하였다. 한 보름이 지났을 때이다. 제법 굵고 하얀 뿌리가 봉곳이 얼굴을 내밀었다. 그리고 원래의 뿌리는 서서히 마르기 시작하였다. 나는 더욱 정성을 기울여 매일 같이 분무를 하였고, 한 달을 지나서야 제대로 된 석부난초가 되어 제법 자태(姿態)를 뽐내었다. 단아(端雅)하고도 알차게 환생한 난초가 고맙고 감사할 따름이었다. 사람도 세월 흐르고 나면 과거는 잊히는 법, 새로운 뿌리로서 세상을 살아가야 하는 것인가? 말라가는 뿌리를 뒤로하고 하얗고 통통한 뿌리와 찬란한 잎이 도리어 나를 위로하였다.

동이 트는 이른 아침이면 그와 내가 만나는 소중한 시간이었다. 사랑하면 얼굴도 예뻐진다고 하였던가? 그는 나의 사랑을 외면하지 않았다. 참으로 귀한 난초화를 피우고 있는 게 아닌가? 나는 아내를 급히 불렀다. "우리의 석부난초가 꽃을 피웠다!"라고 외쳤다. 낭떠러지에 붙은 그는 네 줄기 꽃대를 살며시 내밀고 하얀 꽃잎을 피워서 살짝 수줍음을 보여주고 있었다. 사람이 꽃이 될 수 있는가? 꽃이 사람이 될 수 있을까? 환한 미소 띤 꽃잎은 근심과 걱정을 다 버리고 아름다운 세상의 소야곡만 연주하고 있었다. 아내와 나는 너무나 흥분된 아침을 맞았다.

저승 간 석부난초가 생각났다. 가만히 생각하여 보니 모두가 나의 불찰이었다. 거실의 탁한 공기 속에 두었으니 밤새도록 숨 쉬기도 어려웠을 것이다. 꽉 막힌 거실에서 무슨 양분을 받을 수 있었겠는가? 2~3일에 한 번씩 그것도 조금밖에 되지 않은 수분을 공급하여주었으니 얼마나 목이 말랐겠는가? 많은 친구 화분들과 같이 지내는 것을 외면하고 오직 나의 거실을 지키라고 하였으니 그 원망이 얼마나 컸겠는가? 그는 순전히 나의 잘못으로 저승으로 간 것이다.

나는 그가 나의 소유물인 양, 거실에 놓고 애지중지하였다. 그것은 사랑이 아니었고, 나의 욕심이었다. 그가 살아가고 싶은 곳과 마음을 헤아리지 못한 것이다. 나는 인간의 한계 속에서 자연의 섭리(攝理)를 잘 몰랐다. 더욱 아름다웠을 석부난초를 나의 무식 때문에 저승으로 보낸 것은 아닌가를 생각하여보니 미안한 마음이 더욱 깊어진다.

환생한 석부난초를 바라보면서, 고맙고 더욱 감사한 마음으로 오늘 아침에도 새로운 분무기에 손길이 간다.

주례로서 나의 바람

아직 새까만 내가 결혼 주례를 한다고 하면 의아해할지 모르겠다. 그래도 지금까지 10여 건의 주례를 섰고, 나의 주례로 결혼하여 다복한 가정을 이루고 있는 후배들을 만나는 것도 생활에 보람이다. 10여 년 전에 30대에 첫 주례는 참으로 많이 떨렸고, 결혼식이 가까워올수록 밤잠을 설쳤다. 주례로서 예식에 임한다는 게 이렇게 어려운지는 예전에는 참으로 몰랐다.

주례로 임하는 마음은 신랑 신부 못지않게 조심스럽다. 혹 몸이라도 불편하면 어쩌나? 감기라도 들어서 목소리라도 어색하면 어쩌나? 결혼식 당일 시간이라도 늦으면 어쩌나? 등등 참으로 걱정도 많다. 예식 중에는 주례사가 문제다. 여기서 신랑 신부에게 당부도 하고, 인생 선배로서 노하우도 알려주어야 하는데 그게 그리 쉬운 게 아니다. 특히 공학하는 사람인 나는 말주변이 부족하고, 인생의 경험도 많지 않으니 여간 곤혹스러운 게 아니다. 나는 나의 살아온 과정에서의 느낌과 나의 바람을 이야기한다. 특별한 수식이나 유명한 인용은 하지 않는다. 그저 다정한 사람들과 진솔한 대화를 하듯 한다.

흔히 나는 자동차의 운전을 많이 생각한다. 자동차는 길이 없으면 갈 수 없다. 이 길을 갈 수 있도록 길을 만들어준 부모님들께 감사하라는 당부를 한다. 자동차는 예방정비를 잘해야 한다. 고장이 나면 고치기도 힘들뿐더러 비용도 많이 들지 않는가? 즉 평소에 건강을 잘 돌보라는 당부다. 운전자와 동승자는 혼연일체가 되어야 한다. 옆에 앉는 사람과 다툼이라도 하면 운전은 매우 위험하게 된다. 부부가 서로 화합하고 사랑하는 마음이 있을 때 그 자동차는 목적지에 도착할 수 있고, 운전자의 피로도 훨씬 덜하다. 운전을 잘하는 사람은 후사경(백미러)을 적절히 보며 방어 운전을 하는 사람이다. 지나온 세월을 가끔 돌아보며 반성하고, 앞으로 닥쳐오는 세월에 대한 적절한 대비가 강구되어야 한다. 다음으로는 연료를 충분히 갖추어야 장거리 운전을 할 수 있다. 연료를 적절히 주유하지 못하고 달리다가 기름이라도 바닥나면 얼마나 낭패인가? 저축이다. 삶의 여정에는 절제와 검소함으로 내일을 기약하는 저축 없이는 환란을 극복할 수 없다. 장거리 운전을 할 때는 적절한 휴식과 주변의 풍물을 즐길 줄도 알아야 한다. 삶이 피곤할 때에는 휴식을 통하여 소진한 에너지를 충전하고 더불어 사는 지혜가 필요한 법이다. 이 정도의 운전 자세를 갖추고 있으면 그 운전자와 자동차는 정말 멋지게 목적지에 다다를 수 있지 않겠는가?

결혼식을 치르고 나면 또 걱정이 생긴다. 혹 주례가 좋지 않아서 매사가 잘 안 된다는 소리는 듣지 않아야 하지 않겠는가? 신혼살림은 제대로 하는지, 부부간에 화합하고 서로 변치 않은 사랑을 나누어야 할 텐데, 아기는 빨리 생겨야 하는데 등등. 건강한 자식을 데리고 인사하는 신혼부부를 만나면 이제야 나의 주례가 끝난 기분이다.

지난주에 결혼한 제자가 결혼사진을 나의 연구실에 걸어준다. 부디 사이좋게 다복하게 살아주길 바라는 마음 가득하다. 특히 내가 주례한 신랑 신부들에게 항상 행복한 나날이 오길 오늘도 간절히 기도한다.

10
인 연

곡절이 많았던 고등학교 시절의 많은 경험도 그리고 사춘기의 힘겨운 시간도 지나가고 있었다. 부산시 영도구 청학동이 나의 고등학교 자취 생활의 근거지였다. 대도시 객지에서 학업과 자취 생활을 한다는 것이 특별한 모습은 아니었다. 친구의 집은 나의 자취집에서 언덕으로 조금 더 올라가면 바다가 훤하게 내려다보이는 곳에 있었다. 한국전쟁 때 월남하신 친구의 아버님과 어머님은 전형적인 북한 말투를 쓰셨다. 온 가족이 다정다감하고 아들의 친구를 자신의 친아들과 똑같이 사랑으로 챙겨주는 부모님이었다. 나는 그 친구 집에 종종 들리게 되었고, 인심 좋은 그 어머님은 소고기 듬뿍 든 미역국을 내놓고는, 반쯤 먹고 나면 얼른 소고기를 더 얹어주기도 하였다. 다락방에서 친구와 밤을 지낼 때는 당시 귀한 삶은 달걀을 초등학생으로 기억되는 어린 여동생을 통하여 올려주기도 하였다. 명절이 되면 북한식 만둣국을 실컷 먹을 수 있는 기회도 있었다. 친구 가족들 덕분에 객지 생활의 고단함을 잊고 지낼 수 있었다.

친구네 집은 독실한 기독교 집안이었다. 반면에 나는 불교 집안에서 자라 종교적으로는 조금씩 다른 모습이 있었다. 그러나 주일이면 친구를 따라서 교회에 나가서 찬송가도 부르고, 설교도 들었다. 친구는 늘 나에게 하나님의 말씀을 전하고, 믿음이 없는 나를 안타까워하였다. 종교보다 더 소중한 친구의 가족들이기 때문에 친구 집에서 하는 기독교 행사에 전혀 거부감이 없었다. 친구 아버님은 우리를 모아놓고 북한에서의 생활 이야기며, 월남 당시의 회상을 많이 하였다. 남한에 정착하여 힘들었던 생활도 말씀하여주시곤 하였다. 마음이 늘 넉넉한 분이었다. 그 아버님이 별세하였을 때 우리 친구들은 밤을 같이 지내고, 찬송가를 수없이 불렀다, 목사님의 설교를 듣고, '아멘'도 끝없이 외쳤다. 친구들과 함께 아버님의 시신을 우리의 손으로 운구하고, 묘소에 하관도 우리의 손으로 하였다.

그리고 친구는 미국 이민 길에 올랐다. 김해공항의 배웅하는 자리에서, 나오는 눈물을 주체할 수 없어서 먼 산으로 고개를 돌리고는 친구를 떠나보냈다. 명절이면 혼자 계시는 친구 어머님께 인사드리는 것이 우리 가족의 중요한 일상이 되었다. 친구 어머님께 우리 온 가족이 큰절을 올리면 반가움에 눈물을 글썽이기도 하고, 멀리 있는 손자들을 보듯 우리 아이들을 보듬기도, 어루만지기도 하면서 반가워하였다. 우리 가족은 그 어머님 집에서 한참의 시간을 보내기도 하고, 기도와 찬송도 하였으며, 손잡고 인근을 산책하기도 하였다. 만나면 늘 기도를 요청하였고, 참으로 간절한 기도로 응답하여주셨다. 방문을 마치고 떠나올 때는 불편한 몸으로도 대문 밖에 나와서는 우리의 떠나는 모습을 끝까지 바라보시는 그 어머님이, 나에게는 하나님 존재 이상이었다. 우리 가족을 위한 간절한 기도는 지금 생각하여도 감사하고, 다시 듣고 싶은 목소리이다.

나의 셋째 아들이 어린 나이에 미국 유학길에 오르게 되었다. 친구의 여동생 부부가 있는 곳으로 떠나게 되었고, 그곳에서 유학 생활을 시작하였다. 셋째는 그분들로부터 부모를 대신한 사랑과 보살핌을 받았고, 그곳에서의 학업을 잘 마칠 수 있었다. 미국 방문길에 나의 친구 집에 우리 온 가족이 머무르는 시간을 가졌다. 친구 부부와 아들과 딸 그리고 우리 부부와 아들 셋이 같은 공간에서 3박 4일을 지내면서 몇십 년을 건너온 시간표를 다시 돌리고 있었다. 세월이 흘러 각자의 가정을 꾸리고, 머나먼 곳에서 생활하고 있는 친구의 집에서 보내는 시간, 언제 다시 이러한 시간이 오겠는가 하는 생각이 절실하였다. 친구와 같이 산책하고 호흡하면서 지나온 시간에 대한 추억을 나누었다. 손을 잡고는 한참을 걸으면서 아무런 말을 하지 않았다. 그래도 무슨 생각을 하고 있는지를 서로가 알 수 있는 것 같았다. 나의 아들은 그러한 덕분에 미국에서 박사 학위까지 학업을 마치고, 이제 교수의 길을 걸어가고 있다.

친구 어머님이 천당에 가시는 날, 미국에 있는 친구와 그의 형제들을 만날 수 있었다. 그 어머님이 베풀어주시고, 간절히 기도하여주신 그 음성을 듣는 것 같은 빈소에서 한참을 일어날 수 없었다. 옛날 친구 아버님을 떠나보낼 때의 친구들이 다시 모였다. 평생을 같이하여 온 나의 친구들이 이제는 노인이 되었다. 친구들의 삶이 나의 삶의 역사이다. 가까이 있건 멀리 있건 같이 하여온 친구들이었다. 이제 그 친구는 사위를 보았고, 손주도 생겨서 노후의 행복한 시간을 보내고 있다고 한다. 사진으로 그 모습을 보기도 하고, 짧은 글을 주고받기도 한다. 이제는 너무 멀리 있는 탓에 직접 만나지는 못하지만, 사이버 공간이 만남 이상의 역할을 하여주고 있다. 나 역시 며느리도 보고, 손자도 있는 할아버지의 시간이 되었다. 10대의 시간에서 60대의 시간이 흐르고 있다. 이제 친구의 부모님과 나의 부모님은 모두 저승에 계신다. 이제 우리들의 시간이 그분들이 우리에게 보여주던 그러한 시간이 된 것이다. 아니 벌써 그 시간보다 더 흐른 시간이 되었다.

48여 년 전에 고등학생으로 만난 그 친구와 이제는 태평양을 사이에 두고, 간간히 소식만 나누고 있다. 나에게는 너무나 소중하고 고마운 그 친구가 늘 그리워진다. 다시 한 번 만날 수 있을는지.

(2018년 제1회 남국문학상 수필부문 우수상, 싱가포르)

인연으로 사는
삶에서의 감사

오늘 아침 태국 방콕 BTS의 붐비는 지상 전철 안에서, 아기를 안고 서있는 가녀린 여인을 위하여 나는 자리를 마련하고 앉기를 권하였다. 가슴에 품고 있는 아기가 어제 태어났다는 이야기를 듣는 순간 나는 마음속에 '아~!' 하는 탄성이 나왔다. 이 갓난아기에게 나는 몇 번째의 인연일까? 그리고 아속(Asok)역에 내리는데, 전화가 왔다. 제1회 남국문학상에 출품한 수필이 우수상에 당선되었다는 소식이 전화기 너머로 들려왔다.

'인연'과 '그리운 선생님' 두 편은 모두 나의 인연에 관한 내용이고, 누구나 이러한 인연 속에 살고 있을 것이다.

고등학교 때 친구의 부모님, 친구 그리고 나의 아들과의 연결고리 속에 삶의 축이 만들어졌고, 오늘 같은 존재의 의미를 더하고 있다. 같이한 그 시절의 '애친회' 그리고 그리움으로 안부를 전하는 '전선교' 친구에게 감사함에 이 조그마한 선물을 보낸다. 초등학교 6학년 때의 담임선생님은 내 삶의 그릇을 만들어주셨다. 보릿고개 시절인 1967년, 농촌의 초등학생인 나는 무서운 영웅을 만난 것이다. 선생님의 호령 속에 숙제까지 마치고 집으로 가는 밤길에 혹시 도깨비를 만나면 어쩌지 하는 생각들로 십 리 길을 달음질하던 시절이 문득 생각난다. '김종달' 선생님 덕분에 남국문학상을 받았으니, 저승에서 제자에게 값진 선물을 또 주신 것이다. 고맙고 그리움으로 선생님에게 이 상을 드린다.

아무리 생각하여도 수필로서 아직 덜 성숙한 작품이다. 이제 글쓰기를 열심히 하라는 선배 문인들의 채찍으로 받아들이고, 주신 상에 답하는 것은 부지런히 삶의 타래를 풀어서 세상살이를 공유하고 아름다운 인연을 만들어가라는 말씀으로 여겨야겠다. 덕지덕지한 구석이 많았을 작품을 우수상으로 받아주신 심사위원님들, 남국문학상 운영진 그리고 (사)한국문인협회 싱가포르지부 관계자들에게 깊이 감사드린다.

태국 방콕에서 정한식

회상
65

제2부

가르침과 배움

교수님의 책을 대하면서 더 큰 가르침을 받았습니다.
다시 반성하고 더욱 성실하게 삶을 살아가겠습니다.

서해 선상에서의 하루

너를 잉태한 새벽이
서서히 얼굴을 드러낸다.
이 반가운 만남으로부터 하루를 연다.

바다의 유희는 너울이 되고
너의 가슴은 생명을 만들어 내니
온 세상이 너뿐이노라
세상을 둘러보아도 하나뿐인 우리
이제 같이 세상의 역사를 쓰자

선수(船首)가 열어주는 너의 포옹
선미(船尾)에 펼쳐지는 하얀 파노라마
가만히 들려주는 너의 음성
나의 손에 잡힐 듯
멀리 떠나가는 아쉬움

수평선 너머로 흔적을 보내고
뱃고동 소리로 반향을 만들어 주니
이방인의 외로움도 너 속에 있구나
사랑하는 자여
이 광야에서 펼쳐지는 연주를 듣는가?

너의 음악은
사랑이 되고
하늘도 가슴 속으로 들어오니
오늘은 우리만의 세상이구나

석양에 걸린 너의 영혼
군상들 속에서 이별을 고하고
너의 쪽빛 영롱한 얼굴 위에
사랑의 흔적을 남기는구나

사랑하는 자여
우리의 또 다른 만남은 내일에 있다.
가슴을 활짝 열어다오

- 2007년 4월 29일 서해를 운항하는 경상대학교 새바다호 선상에서

01

아리한 창원기능대학
에서의 감사함

1987년 8월에 박사 학위를 받고 1988년 3월 창원기능대학 열설비학과 조교수로 임용되어 강의에 나섰다. 이때가 34살이었는데, 상당수 학생이 나보다 나이가 많고, 현장 경험이 풍부한 분들이었다. 창원기능대학의 입학 자격이 '기능사 1급 자격자로서 현장 경험 6년 이상'인 자로 한정되어 있었으며, 입시 경쟁도 치열하였다. 당시 대부분의 학생이 고등학교를 졸업할 때 기능사 2급 그리고 2년 실무 경험 후에 기능사 1급을 취득할 수 있었으니, 입학생의 나이와 실무 경험이 많을 수밖에 없었다. 당시 전임 교수로 같이 임용된 교수가 8명이었는데, 우리는 대학의 연구 활성화와 대학의 발전을 도모하기 위하여 '창원기능대학 88팀' 또는 '창원기능대학 88 교수회'라고 칭하면서 친목 도모, 연수회 및 연구 발표회 등을 활발하게 하였다. 창원 기능대학은 박정희 대통령에 의하여 기술사관학교를 세운다는 목표로 창원기계공단의 중앙에 세워진 대학이다. 교수 사택, 교내 수영장, 테니스 코트, 기숙사 등이 잘 갖추어진 캠퍼스였다. 지금 보아도 아름다운 캠퍼스이다. 「기능대학법」이 있었고, 그 법으로 대학의 재정 지원 및 학사 운영의 법적 뒷받침을 하였다. 재학생이나 교수들의 자긍심도 높았다. 특히, 대학 교수 체제가 이론 중심 교수와 실기 중심 교수로 구분되어 실기가 대단히 심도 있게 이루어졌으며, 졸업생들은 회사의 간부 등으로 취업하는 비율이 대단히 높았다.

열설비학과장, 학보사 주간 그리고 장기발전위원회도 맡아서 대학의 장기적인 발전 비전을 만들고, 교내 언론도 활성화하고자 애쓴 기억이 생생하다. 학교 운영 체제는 학장-교학처장-교무과장-학생과장-연구개발과장-총무과장 등으로 이루어졌으며, 교무과장을 맡았다. 그런데 얼마 뒤 정부에서는 기능 또는 기술 교육에 대한 여러 가지 내용이 검토되었다. '(가칭)한국기술훈련대학교'를 창원시에 설립하는 내용이었다. 창원기능대학을 놔두고, 비슷한 목적의 또 다른 대학을 같은 도시에 설립하려는 정부 방침에 반대하는 학생들의 소요가 일어났다. 엎치락 뒤치락이 많았으며, 결국 설립 장소를 다른 도시로 옮겨 'H 대학교'가 설립되었다.

그리고 기능 인력 양성 체재를 변경하는 정부 방침이 정하여
졌다. 당초의 2년제 학제를 1년제로 변경하여 더 많은 기능장
을 배출한다는 정책이었다. 대학을 1년제로 운영한다는 데 대
하여 학생과 교수들은 반발하게 되었으며, 장기간의 소요가 진
행되었다. 당시의 학장님도 1년제 대학에 반대하는 성명을 발
표하였고, 스스로 학장직을 그만두셨다. 혼란이 거듭되었다.
대학 소요 사태로 인하여 자의든, 타의든 대학을 떠나는 교수
들이 많이 생기게 되었다. 교무과장으로서의 책임감 그리고 더
이상 소요 사태가 이어지면 심각한 문제가 생길 것이라는 판단
으로 나는 깊은 고민에 빠졌다. 그리고 결국 대학에 사표를 제
출하면서, 전체 교수님들에게 이제 소요를 접고 대학이 정상화
되길 바란다는 개인 서신을 남겼다.

그 후 지금과 같은 한국폴리텍대학교가 설치되었고, 노동부
산하의 직업훈련 기관들을 폴리텍대학으로 흡수하여 전국 곳곳
에 폴리텍대학이 생기게 되었다. 이전의 창원기능대학의 역할인
기능장 양성에 대한 학제는 다시 2년제로 환원되어 현재 운영되
고 있다. 창원기능대학의 기능 기술 교육 제도는 효율성 및 성과
가 큰 것으로 기억하고 있다. 현장에서 적어도 6년 이상을 근무
한 사람이 대학에 와서 재교육을 통하여 새로운 기술과 이론을
배우고, 다시 현장에서 중간 간부로서 산업 기술을 견인하는 시
스템은 지금 생각하여도 좋은 교육 제도이다.

교내에서 숙식하면서 학생들과 같이 데모하던 시간, 정부 방침에 반대하는 기자회견을 하고 이임하신 학장님에 대한 눈물의 송별식, 본인의 의사와 관계없는 보직 발령을 받으면 사표를 제출하면서까지 정부 방침에 반대 의사를 분명히 하며 대학을 떠난 교수님들, 자의든, 타의든 많은 교수님이 대학을 떠나 다른 직장을 찾거나 실업자가 되었다. 심지어 얼마 지나지 않아서 유명을 달리한 동료 교수들이 생겨났고, 빈소에서 아무런 안부도 나누지 못한 채 눈물만으로 인사를 대신했던 그 시간을 떠올리면 지금도 가슴이 아파온다.

02

사제지간

이제는 캠퍼스가 깊은 잠에 빠져드는 듯, 일주일 후부터 시작되는 시험 준비로 모두 숨을 죽이고 있다. 며칠간 계속된 학생들의 시위에서 "어용교수(御用敎授)!", "무능교수(無能敎授)!"라고 외치던 학생들의 합창도 뜸해졌고, 또 어용학생회장(御用學生會長)을 찾는답시고 교수 연구실 앞 복도를 이리저리 헤집고 다니며, 연구실 문짝을 두드려대던 학생들도 이제 찾을 수 없다. 데모 없는 대학에 임용되었다고 축하해주던 친구들을 생각하니 가슴이 답답해온다.

그렇다. '친구들을 만나면 교수들을 어떻게 매도했느니, 혹은 교수 연구실 문짝을 어떻게 두드렸느니 하는 이야기들은 안

해야지.' 하고 생각을 정리하고 나니 한결 기분이 전환된다. 며칠이 지났을까? 이제 정말 교수님 몇 분의 성명이 학생들이 써 붙인 대자보 위에 올라있다고 동료 교수가 뛰어와 귀띔해준다. 가볼까 하다가 그분들이 누구인가를 생각하고 싶지 않았다.

과연 특정 교수만 매도되는 것일까? 그렇지 않다는 결론을 얻고 나니 이제 등 뒤에 서늘한 바람이 스쳐오며, 오늘날 교육 현장의 아픈 상처가 뼈저리게 느껴져 온다. 제자에게 매도되는 스승, 교육 현장이 이래도 되는지 한심스러운 마음이 가득하다. 그래도 시험은 예정대로 치른다고 하니 다행이고, 빨리 시험문제를 출제해야겠다.

그런데 그놈의 시험이란 게 야속한 건지, 사람이 약삭빠른지는 모르되, 학생들이 '인사차'라는 고마운(?) 말과 함께 나의 연구실을 계속 찾아든다. 뭐, 시험문제 출제 경향을 알려달라는 솔직한 학생도 있었다. 학생들이 돌아가고 나니, 과연 나의 위치가 어딘지 혼돈 속으로 자꾸 엉금엉금 기어들어 간다. 옆 연구실에 와있던 학생들은 아직도 교수님과 따뜻해보이는 사제지간의 격의 없는 대화를 하는 듯하다.

'시험 기간 중 학생 출입금지'
하얀 백지에다 이렇게 써보았다. '연구실 출입문에다 붙이면 혹시 그 무슨 오해라도 하지 않을까?' 생각하다가 정말로 문제

출제도 해야겠고, 생각도 좀 정리할 겸 하여 연구실 출입문 중간에 붙였다. 그 종이쪽지를 붙이면서 위를 쳐다보니 누구 연구실이라는 명패도 없어졌고, 호실도 어둑어둑해서 잘 구별하기 힘들어보였다. 그런 곳에다 하얀 백지에 몇 자 붙이니 그게 꼭 명패 같아 보여 모양이 여간 좋지 않았다. 그러나 그대로 두기로 했다. 그래도 학생들은 계속 내 연구실 문을 노크하며 '인사'라도 하고 싶단다. 문밖에서 학생들의 인사를 받고, 시험 끝나고 나면 다시 찾아오라고 일렀다.

'시험'이 없어도 서로 만날 수 있는 사제지간, 학생들의 시위 때도 나의 연구실을 '인사차'라고 방문하여 주는 사제지간, 이러한 사제지간을 바라는 것이 나의 욕심인지 생각하며 다시 한 번 흰 종이쪽지를 쳐다본다.

03

74학번의 캠퍼스 회상

세상이 새로웠다. 꽉 짜인 고등학교 시절에서 탈피했다는 것과 자유와 어른스러움이 여기저기 배어나고, 무엇보다도 청춘 남녀가 한데 어울려 학사 주점이며, 통기타 음악이 흐르는 강촌에서 온(溫) 두부에 막걸리를 마시는 모습에서는, 참으로 여유와 멋이 풍겼다. 500원을 내고 참여하는 티 미팅이며, 딸기철의 딸기 미팅, 같이 등산을 즐기는 등산 미팅, 토마토 미팅, 고고 미팅 등 고등학교 시절에는 감히 상상하기도 어려웠던 일들이 즐비하게 이루어졌다. 미팅 후의 애프터(After)란 미팅 후에 다시 만나서 정식으로 데이트하는 것인데 그게 어디 쉬운 일이던가? 그래서 우리 과 친구들은 미팅을 대비하여 단체로 목욕

탕에 가서 광내고 양치질하는 일들도 있었다. 여학생 파트너가 생기면 몰래 데이트를 하였다. 도서관에 자리를 정해놓고 옆에 앉아서 공부하는 일이나 시간을 정해놓고 영화관 앞에서 만나 영화를 보는 일 등, 왜 그때는 그리도 여학생 만나는 것을 숨기려고 했는지 모르겠다.

아르바이트로 스스로 삽비를 벌 수 있다는 것도 좋았고, 한두 살 아래인 고등학생이나 학부모들에게 선생님 소리를 듣는 것도 싫지 않았다. 아르바이트 월급날이면 친구들을 초청하여 그동안 얻어먹었던 것을 갚기도 하고, 다음 학기의 등록금을 위하여 적금을 넣기도 하였다. 스스로 벌어서 대학을 다닌다는 자부심도 한쪽 곁에는 있었으나 그래도 늘 호주머니 사정이 빠듯하였다. 대학 시절의 서클(동아리) 활동도 빼놓을 수 없는 즐거움이었다. 타 전공 학생들을 만날 수 있었고, 축제 때면 전시회나 각종 공연에 참여할 수도 있었다. 새로운 세계와의 만남이 이루어졌다. 군에 가는 친구가 있으면 밤새도록 술을 마시고 길거리에서 노래 부르며 다니는 일도 떠오른다. 각종 시험은 지금보다는 엄격했다. 커닝이 종종 있었는데 부정행위에 걸리기라도 하면 보통은 정학 처분을 받고, 그 사실이 커다랗게 교내 게시판에 공고되곤 하였다.

여름 방학 때면 농촌 봉사활동이나 서클 수련회도 많았다.

사실 아르바이트를 계속한 나는 농촌 봉사활동이나 수련회에는 참석하지 못하였으나 새마을 연수회에 참석한 기억이 난다. 나는 그곳에서 유신 헌법을 합리화하려는 논리들을 들을 수 있었다. 한국적 민주주의가 어떤 것인지, 대통령 선거 제도를 왜 바꾸어야 하는지 등등 지금 생각하여 보면 참으로 우스꽝스러운 현실이 그때에는 엄연히 존재하고 있었다.

가을 축제에서 쌍쌍 파티는 대학 축제의 절정이었다. 그때까지 파트너를 구하지 못한 친구들은 야단이다. 급한 김에 동생을 데리고 나타나기도 하고, 하루만 파트너 해달라고 사정하여 하루를 즐기는 친구들도 있었다. 운동장에서 모닥불을 피워놓고 밤하늘의 별을 세는 즐거움, 찬바람이 등을 스치는 가을밤의 추억을 다시 한 번 느끼고 싶다. 1979년 6월 제대를 하고 1980년 3월 복학할 때까지 9개월 동안의 학원 선생 생활에서는 가르친다는 즐거움을 만끽할 수 있었다. 그래도 제법 폼이 있었던 것 같고, 이러한 경험들 덕분에 후일 교단을 계속 지키게 된 것은 아닐까? 복학한 다음 1년이 흐르고 1981년 2월에 졸업했는데, 사회가 혼란스러운 시절이었고, 취업에 대한 어려움도 많았다.

이제 와 생각해보니 대학에 입학하였던 것이 벌써 45년 전의 일이다. 같이 입학했던 친구들은 어디서 무엇들을 하는지 궁금하고, 보고 싶은 친구들도 참 많다. 추억이 서려있는 모교의 캠퍼스며, 가르침을 주시었던 교수님들, 옛날의 갈대밭, 막걸리 마시던 강촌, 모두가 추억 속의 페이지들이다. 낭만 가득했던 대학 시절, 아련한 추억들이 뒤엉켜 그리움으로 가득하다.

04

그리움 가득한 선생님

초등학교 입학을 한다는 것 자체가 큰 설렘이었다. 동네 밖의 세상이 늘 궁금하던 나에게 매일 10리 길(4km)을 나갈 수 있는 기회가 왔으니, 그 기대는 참으로 컸다. 신작로를 따라서 아랫동네의 어귀를 지나고, 산모퉁이를 돌아서면 멀리 한려수도가 눈앞에 들어왔다. 섬들 사이를 사이좋게 떠다니는 어선들이며, 남해의 섬 자락이 구름을 품고 있기도 하는 매일의 모습을 즐기는 것은 초등학생이 된 나의 특권이었다. 그러던 나에게 6학년의 담임선생님은 무서운 모습으로 다가왔다. 소문으로는 유명한 선생님을 모시고 왔다고들 하였다. 그 선생님이 우리 학교 오시고 나서는 교실 분위기가 삼엄하게 바뀌기 시작하였다. 교실에서 당일 완성하여야 하는 숙제가 있었고, 그 숙제를 끝내고 선생님에게 합격 검사를 받아야 집에 보내주었다. 학교 수업을 마치고 나서 어두운 밤길을 걸어가는 일이 다반사로 일어났다.

체육대회 때 텀블링을 하라고 하는 선생님의 말씀도 거역할 수 없었다. 텀블링은 단체 기계체조의 한 모습이다. 나는 열심히 운동하고 친구들과의 팀워크도 잘 이루어나갔다. 온몸에 땀이 흠뻑 배게 그 일에 매달렸고, 체육대회에서 멋진 집단 기계체조의 모습을 선보일 수 있었다. 선생님은 운동회 때 나에게 백군 응원단장을 시켰다. 매일같이 반복되는 응원 연습에 급기야 목이 쉬어서 말도 제대로 나오지 않았다. 그러나 운동회 날에는 사력을 다하여 응원에 나섰고, 그때 어머니는 처음으로 학교에 오셨다. 그날 선생님과 함께 저 멀리서 빙긋이 웃으시며, 박수를 보내는 모습을 보았다.

선생님은 정년하시고, 홀로 되어 노년의 시간을 보내었다. 아내와 같이 들르는 날에는 아코디언 연주, 시조창, 창작한 노래도 들려주었다. 스스로 정한 일정 속에 바쁜 일상을 보내고 계시었다. 경향 각지에 있는 초등학교 동기생들과 같이 선생님을 모시고 식사 자리를 하였다. 그때 동기 한 사람이 선생님에게 "선생님이 그때 저를 정말 많이 때렸습니다. 회초리에 맞으면서 공부한 시간들이 생각납니다. 그리고 이제 그 덕분에 이렇게 잘 살고 있습니다."라고 하며, 눈시울을 붉히던 일이 새삼 생각난다. 선생님의 혹독하였던 가르침에 대한 추억담이 늦은 밤까지 이어졌다. 그렇게 무서웠던 선생님도 세월의 흐름을 거역하지 못하고, 거동하기도 어려운 병환의 시간을 보내고 있었다. 그러나 그 불편한 몸으로도 방문하는 제자 부부 앞에서는 당당한 모습을 보이려고 애쓰시는 모습이 더 큰 가르침이었다. 어느 설날 세배하러 선생님을 방문하였을 때에는, 선생님의 건강이 급속하게 나빠져있었고, 치매가 와서 우리 부부를 잘 알아보지도 못하였다. 선생님의 자녀들을 만나게 되었고, 건강에 대한 우려와 걱정을 같이 나누었다. 돌아서면서 '오늘이 선생님을 뵙는 마지막 날이구나.' 하는 생각을 안고, 선생님 사시는 아파트 창문을 올려다보면서 차에 올랐다.

아내에게로 전화가 왔다. 선생님의 아들이었다. 며칠 전에 선생님이 별세하였으며, 유품을 살피는 중에 선생님의 수첩에서 나의 이름을 발견하였고, 아내의 전화번호가 있어서 전화하였다고 하였다. 극락왕생을 기원하는 49제를 지내는 사찰을 찾았다. 초록이 무성한 산속 도로에는 간간히 산새들이 날아올랐고, 그들의 세상 속에서 나는 초등학생 시절 그리고 현재의 나를 조망하는 시간을 가졌다. 감사하고 고마운 선생님과 영원히 이별하는 의식에 가는 길이다. 잔잔한 미소 띤 선생님의 얼굴이 부처님 옆에 놓여있었다. 스님의 청아한 독경, 목탁

소리 그리고 설법이 대웅전을 가득 메웠다. 대웅전 청마루에 엎드려서 절하고 기도하였다. 제자의 기도가 선생님에게 다다르기를 바라는 마음뿐이었다. 영정을 앞세워 선생님의 고향으로 향하였다. 발아래로는 선생님의 고향 마을 풍경이 수채화가 되어 눈앞에 들어오고, 뒤쪽으로는 푸르름으로 가득한 소나무 숲이다. 청명한 하늘에는 구름이 아무런 대화도 없이 조용히 움직이고 있었다. 농네 어귀를 놀아서 선생님의 고향 뒷산 양지바른 곳, 선생님 묘소에 다다랐다. 덜 자란 잔디들의 어색한 감촉이 아직은 선생님과 교감할 수 있도록 시간을 정지시켜 둔 것 같았다. 그간 선생님과 나눈 대화의 장면들이 주마등이 되어 눈 앞을 가렸다. 묘소 앞을 지키는 비문을 천천히 만지면서 보았다. 비문 뒤편에는 선생님의 일대기와 나와 나눈 소중한 시간 여행도 그 속에 기록으로 남아있었다. 비문의 끝자락에 이러한 글귀가 나의 눈에 들어 왔다. '제자 정한식'으로 되어 있었다. 저승 가시는 길에 부족한 이 제자에게 남긴 가르침이었다. 나는 비문을 어루만지고 또 어루만졌다. 선생님 가족들과 함께 묘소에서의 마지막 행사를 같이하였다.

'철부지 나에게 자신감과 꿈을 꾸게 하신 그리운 선생님이 이곳에 잠들었습니다. 감사함이 가슴을 저미어옵니다. 한없이 부족한 저를 다시 돌아보는 시간입니다.'
등 뒤에 있던 아내가 나의 등을 두드려주었다.

05

나의 은사

김종달 선생님

선생님!

가만히 손꼽아보니 1966년이었습니다. 제가 선생님을 만난 것은
행운이었습니다. 선생님께서 저에게 베풀어주신 사랑과 가르침을
생각합니다. 초등학교 때 응원 부장을 하였던 생각이 납니다. 어
찌나 응원 연습을 많이 하였던지 막상 운동회 날에는 목이 쉬어
서 제대로 말도 못하게 되었습니다. 그날 저의 어머님께서 처음으
로 운동회에 나오셨고, 어머님께서 저승 가기 전까지 선생님의 존
함을 기억하고 종종 말씀하시곤 하였습니다.

선생님!

세월이 흘렀습니다. 저는 이제 아내와 아들 셋을 두었습니다. 아이들에게 선생님의 말씀과 선생님의 교육상을 종종 들려주었습니다. 큰 아이는 서울대학교 법학부 4학년에 재학하고 있습니다. 둘째는 서울대학교 경제학부 3학년에 재학하고 있습니다. 막내는 현재 미국에서 고등학교 과정을 금년에 마치고 미국에서 대학 입학원서를 넣는 중입니다. 아내는 사량중학교 음악 교사로 재직하면서 경남대학교에서 박사과정을 금년이면 수료합니다. 선생님께서 저에게 심어주신 교육 철학의 힘이 오늘날 제 가족이 있게 하였습니다. 선생님을 이제야 찾아서 만나게 되었습니다. 예를 제대로 갖추지 못한 저를 용서하여주십시오.

김종달 선생님!

선생님의 깊은 교육철학을 생각합니다. 선생님께서는 농촌 교육에 헌신하셨고, 농촌에서 학업 기회를 제대로 얻지 못하는 저희에게 용기를 심어주셨습니다. 때로는 엄하셨고, 때로는 따뜻한 선생님의 손길이 생각납니다. 이제 저도 교육 현장에 서게 되었습니다. 선생님께서 그러하셨듯이 가정환경이 어려운 학생들에게 잠재 능력을 발견하고, 그것을 신장시키기 위하여 노력하고 있습니다. 그러나 그것이 참으로 힘들고 어렵다는 것을 알게 되었습니다. 아직 선생님과 같은 모습은 되지 못하였습니다만, 선생님과 같은 모습으로 저의 제자들에게 비추어지기를 바라고 있는 것이 솔직한 심정입니다.

존경하는 김종달 선생님!

선생님의 연락처를 접하고 많은 고민을 하였던 것도 사실입니다. 선생님은 현재 어떠한 모습일까? 선생님이 나를 기억하실까? 그동안 연락드리지 못한 것을 어떻게 설명할까? 등등으로 잠을 설치기도 하였습니다. 막상 통화하고 난 후에 선생님의 목소리를 듣고 흥분된 기분으로 오늘을 기다렸습니다.
오늘 선생님을 만나게 되었습니다.

선생님!
선생님께 엎드려 감사의 인사를 올립니다.

선생님은 저에게 영웅입니다.

부디 건강하시고 보람으로 하는 나날을 기도드립니다.
선생님! 감사합니다.

2004년 12월 10일

제자 정한식 드림

06

나의 선생님

그리고 나

"**여러 번** 고려(考慮)한 후에 이제 글을 쓰고 있습니다. 오늘부터 정 교수(鄭敎授)도 나에 대한 배려(配慮)의 짐을 벗어주길 바랍니다."라는 선생님의 편지를 받고는 한참을 멍하게 앉아있을 수밖에 없었다. 올해가 74세인 노 스승에게 스승의 날에 보낸 꽃다발에 대한 화답(和答)이라고 보기에는 조금은 무거운 편지였다. 선생님을 만난 것은 29년 전으로 거슬러 올라간다. 1980년 대학은 데모로 점철되고 사회정의가 무엇인지 가치관이 혼란스러운 때였고, 그때 나는 군대를 제대하고 복학하여 무급 조교로서 선생님을 만났다.

대학을 졸업할 즈음에 선생님을 처음으로 시내에 모셔서 식사를 대접하는 기회를 가졌다. 지난 나의 대학 생활에 대한 성과를 말씀드렸다. 학업과 아르바이트 등 그리고 대학을 무사히 마치고 취업에도 성공할 수 있는 나의 성공담을 이야기하고 이에 감사의 말씀을 드렸다. 그러나 선생님은 의외의 대답을 하셨다. "만일 정 군이 학업에만 더욱 열중하였다면 현재보다도 더욱 성공적인 사회 출발이 가능하였을 것이다."라는 말씀이었다. 이 점을 매우 아쉽게 생각한다면서 자신의 실력을 쌓는 데 소홀하지 말고 계속 정진(精進)하라는 당부도 하였다. 당시에는 큰 충격이었다. 학원 강의, 과외 선생 그리고 자질구레한 일들로 생활한 나의 대학 생활에 대한 선생님의 평가는 부정적이었다.

결혼, 취업 그리고 대학원 진학을 거의 같은 시기에 하게 된 것은 그날 선생님 말씀 덕분(?)이었다. 선생님의 주례로 결혼하게 되었고, 석·박사 지도교수로서 가르침을 받았다. 미국, 중국, 일본, 싱가포르, 영국 등등 수많은 국가에서 이루어진 학술대회에 참여하여 선생님의 활동 모습을 지켜보고, 외국에서 비행기 갈아타는 방법, 외국인과 초면(初面)에 대화하는 방법 등등을 배우는 것이 나에게는 참으로 소중한 가르침이었다. 같이 술도 마시고, 춤도 추었다. 언제나 큰 산으로 나에게 임하고 계시었다.

대학교수로 첫발을 내디딘 지 채 3년도 되지 못하여 대학은 데모에 휩싸여 거의 5개월간 학사 일정이 제대로 운영되지 못하였다. 심지어 연구실의 집기가 부서지고, 대학 정문은 굳게 잠겼다. 보직 교수인 나로서는 선택의 여지가 없었다. 그때 선생님은 정의의 편이 있으면 그 길로 가라고 하시면서 대학을 떠나는 것에 동의하여주었다. 어렵게 구한 교수 자리를 4년도 채우지 못하고 아무런 기약도 없이 떠났다. 아내, 노모 그리고 자식들에게 할 말이 없었다. 실직 상태에서 어머님의 병상을 한 달여를 지키고는 사랑하는 어머님을 하늘나라로 모셨다. 왜 나에게만 이러한 고통이 주어지는지, 세상이 원망스럽고, 이 세상 모두가 나의 뜻을 몰라주는 데 대한 서운함으로 가득하였다. 그때 선생님은 조용히 나를 불러 지금이라도 연구에 열중하고 큰 모습으로 미래를 도모하라고 하였으나 나에게는 공허한 이야기로 들렸다. 그래도 나는 선생님의 말씀을 따라서 오늘 이 자리까지 오게 되었다.

내 나이가 56살이니 대학교수의 생활도 9년 정도를 남기고 있다. 그동안 나는 선생님을 철저하게 닮으려고 하였다. 나의 제자에게 들려준 이야기 대부분은 선생님에게 배운 내용이다. 주례를 설 때도 선생님의 주례사 내용을 곰곰이 생각하여보곤 하였다. 가족에게 주는 나의 메시지도, 어쩌면 선생님이 주신 내용이다. 친구를 만나 노래를 불러도 선생님의 모습이 묻어났다. 선생님을 아는 많은 분은 걸음걸이도 비슷하다고 한다.

선생님의 편지는 나의 현재를 생각하게 하였다. 많은 동료 교수 덕분에 오늘 여기에 위치하는데도 그 고마움을 생각하기 보다는 나의 능력으로 생각하여왔다. 많은 석·박사를 배출하면서도 동료 교수에게 고마움을 제대로 표시한 적이 없다. 세 아들이 잘 자라주고, 큰아이가 결혼한 것도 나의 사랑으로 이루어진 결과로 생각하였다. 간혹 동료 교수들이 나의 공로를 과소평가하는 데 대한 서운함도 있었고, 자식들이 나의 안부를 자주 물어 주지 않는 데 대한 서운함도 있었다. 특히 세상의 이치가 나에게는 딱딱 들어맞지 않는 데 대한 불평도 참 많이 하였다. 이제야 조금 알게 되었다. 나도 이제 대학교수로서 하산(下山)하여야 할 때라는 사실이다. 세상사 이치가 새싹 돋고, 꽃 피고 청록세상 가득한 여름날을 보내고 나면, 가을 맞고 추수를 하고, 들녘에는 삭풍(朔風)만이 그 주인이 된다는 사실을 나는 잘 몰랐다. 항상 선생님은 독야청청할 것으로 생각하였고, 나의 제자들은 항상 나의 부름에 임하고, 나의 자식들은 나의 사랑에 답할 것으로 생각하였다. 자연의 이치가 그러한데도 나는 그것을 인정하지 않았던 것이다. 부모님이 주신 소중한 생명에 대한 고마움도, 이 세상이 나에게 베풀어준 끝없는 기회도, 동료 교수가 준 은혜도, 가족이 준 사랑도 사실 모르고 살아왔다.

긴 장마가 멎었다. 캠퍼스의 해송(海松)이 유난히 싱싱하다.

멀었던 미륵산이 코앞에 와 닿아서 그 청록 향기가 나의 온몸을 감싸 안는다. 이름 모를 새들의 지저귐도 귓가에 들린다. 점으로 보이는 통영 케이블카는 그 움직임이 평화롭다. 연구실 창가에서 바라보는 세상이 가슴 벅찬 행복감으로 오늘에야 다가오는 것은 무엇 때문일까?

07

존경하는 권순석

교수님 전 상서

교수님!

통영 앞바다에 누워있는 미륵도에는 안개가 걸려있습니다.

어젯밤에는 비가 왔습니다. 이제 점차 개어지는 하루를 맞이하고 있습니다.

토요일에 교수님께 전화를 몇 번 드렸습니다만 연결이 되지 못하여 궁금하던 참이었습니다. 학교에 출근하니 교수님의 『좋은 시간을 위하여』 책이 도착하였습니다.

아침 내내 책을 보았습니다. 교수님의 면면을 사실적으로 보여주는 책입니다.

교수님의 유지로 생각하고 가슴에 깊이 간직하겠습니다.
부족한 제자들을 도리어 칭찬으로 격려하시는 교수님께 죄송스
러움이 더욱 밀려옵니다.

교수님께서 저의 주례에 '무실역행'을 강조하였습니다.
그로부터 세 아들을 얻었고, 벌써 큰애가 24살이 되었습니다.
또한, 교수님의 가르침으로 교수의 길을 조금씩 걸어가고 있습니다.

또한, 교수님께서는 교수로 임용되는 저에게 선작후실(先作後
實)을 주셨습니다.
현재 대학원 재학생이 박사과정 13명과 석사과정 8명이 있습니다.
그리고 저를 지도교수로 한 석사 학위를 받은 학생이 14명이 있
습니다.
부족한 저로서는 과분한 학생들이 밤을 새우고 있습니다.
교수님의 숭고한 가르침에 누가 될까 항상 조심스러운 걸음을
하고 있습니다.

교수님의 주례 덕분에 우리 부부가 오늘을 살아가고 있습니다.
다들 교수님을 닮았다고들 합니다. 저도 벌써 90여 쌍의 주례
를 섰습니다.
주례자로서도 교수님의 가르침에 따르고자 합니다.

존경하는 권순석 교수님!

저의 세 아들, 제가 지도하는 대학원생들 그리고 제가 주례로서 만나는 그 모든 분과의 인연의 출발은 교수님께 있다는 생각입니다.

교수님의 책을 대하면서 더 큰 가르침을 받았습니다.
다시 반성하고 더욱 성실하게 삶을 살아가겠습니다.
교수님의 은혜에 감사드립니다.

2004년 5월 10일
제자 정한식 올림

08

수양버들 지킴이

캠퍼스 후문에 있는 수양버들은 매일 오가는 우리를 지켜주고 있다. 옆으로 비스듬히 누운 모습으로, 마치 하나의 분재를 보듯 그 자태는 참 근사하다. 긴 세월이 흐른 고목의 모습으로 속통을 그대로 보여주고 있다. 삭풍이 불어오는 겨울이면 모든 잎사귀를 떨구고 바싹 마른 모습으로 그 자리를 굳건히 지키고, 여름날에는 바람결에 무성한 잎을 흔들거리며 인사를 하곤 하였다. 나에게는 후문을 지키는 지킴이다. 그도 그럴 것이 후문에는 경비아저씨가 없으니 이 수양버들이 지킴이 역할을 하는 것도 맞는 일이다. 수양버들 지킴이의 이런 역할에는 우리 교직원과 학생 모두 이의가 없을 것이다.

그런데 어느 해 겨울, 수양버들 지킴이의 속통이 시커멓게 불탔다. 누군가 담뱃불을 잘못 던져 불이 난듯한데, 그 불탄 자국이 온 나무의 속통을 다 휘젓고 말았다. 언제, 누가, 어떻게 된 영문인지는 모르나 참으로 어이가 없는 일이 발생하였다. 이미 지킴이의 팔다리 모두가 축 처졌다. 동료 교수와 이리저리 살펴보았으나 아무런 대책을 세울 형편이 되지 못하였다. 행정실에 부탁하여 검게 타서 지친 지킴이 팔에 받침대를 하나 만들어 받쳐주자고 요청하는 것이 고작이었다.

죽은 지킴이 옆을 매일 지나치는 것이 달갑지 않았다. 솔직히 모습도 썰렁하였다. 몇 달이 지나고 그해 여름이 지나 죽은 지킴이는 그대로 고사목이 되었다. 그간 지킴이가 우리 대학의 역사를 보았고, 수많은 학생도 살펴보았을 것이다. 캠퍼스 역사의 산증인으로 묵묵히 학교를 지켜준 것이다. 그러나 나의 지킴이 사랑은 그리 오래가지 못하였다. 죽은 나무가 후문을 지킨다는 것도 그리 바람직하지 않았다. 지킴이에 대한 나의 사랑은 이미 말라버렸다. 이미 해를 넘겼고 모양도 좋지 못하니 그 수양버들 나무를 베어버리자고 하였다. 그러나 동료 교수 중에서 몇몇 분은 고사목도 모양이 좋으니 그냥 두자는 의견이 나왔다. 나무를 베어버린다는 것도 그리 간단한 것이 아니었다. 베어버린 자리가 휑할 수도 있고 하니 그런대로 시간이 지나는 것이 좋다는 의견이 제법 많았다. 나는 주장을 접었다.

그리고 2년이 흐른 봄이 왔다. 새파란 움이 트는 5월이 되었다. 아침에 교정을 걷던 나에게 기적이 나타났다. 이 고사목에서 새잎이 돋아 오르기 시작한 것이다. 나는 나의 눈을 의심하였다. 가만히 다가가서 살펴보았다. 분명히 지킴이의 생명 잎이다. 지킴이는 생명줄을 놓지 않았던 것이다. 그해 여름에는 푸른 줄기가 제법 모양을 드러내었다. 다시 옛날의 지킴이의 모습이 되어가고 있음이 분명하였다. 나는 아침이면 지킴이에게 달려갔다. 수액을 달고 영양제를 주었다. 지킴이는 나의 바람과 우리의 응원과 사랑에 답하였다. 그다음 여름이 되었다. 참으로 훌륭한 자태로 그 옛날의 영광이 되살아났다. 푸름이 가득한 바람결을 만들어내는, 참으로 멋진 자태를 떡 하니 보여주었다. 이제는 온통 푸르름으로 시원한 그늘도 만들고, 살랑살랑 바람결도 만들어주었다.

그러나 나는 지킴이를 바로 바라볼 수가 없었다. 지킴이가 그간 겪었을 고통 그리고 생명줄을 놓지 않고 견디어온 인고의 시간들이 과연 어떠했을까 하는 생각이 가슴을 누른다. 그 고통 그리고 그 목마름을 어떻게 참아내었을까? 매일 앞을 지나가는 나에게 지킴이는 어떤 말을 하였을까 하는 생각을 하니 너무나 미안하다. 말 못하는 나무의 생명줄을 제대로 살피지 않고 생명줄을 끊자고 하였으니, 무식한 나의 모습이 부끄럽기 짝이 없었다. 어디 나무뿐이겠는가? 교육계에 몸담고 있는 나로서 제자들을 섬세하게 보살피지 못하여 피지 못한 제자는 없었을까 하는 생각을 하게 된다. 30여 년간의 시간이 주마등 되어 간다. 학점을 채우지 못하여 졸업을 못 한 제자, 시험을 통과하지 못하여 학위를 받지 못한 제자, 취직에 실패한 제자 등 이루 말할 수 없이 많은 제자가 있을 것이다. 나의 보살핌과 가르침이 부족하여 못다 핀 거목이 있을 것이다.

캠퍼스 후문의 수양버들의 등을 어루만지면서 그저 말없이 용서를 빈다.

명예박사

태국과의 인연은 10여 년 전으로 거슬러 올라간다. 자문에 응하고 있던 기업의 해외 진출을 돕는 일이었다. 진출 기업이 대학의 학술 연구 장비 개발 및 보급을 하는 연유로 하여 태국의 여러 대학의 교수와 친분이 이어졌다. 태국은 불교 국가의 원형을 가지고 있는 나라이다. 아시아권에서 거의 유일하게 식민지 지배를 받지 않은 국가로서 온전한 자국의 문화유산을 가지고 있는 나라이며, 전형적인 불교 국가로서 불교에서 하는 합장으로 인사를 하는 것이 가장 큰 특징이다.

2014년 12월 19일 태국 방콕에 있는 라자망갈라기술대학(Rajamangala University of Technology Suvarnabhumi, 약칭 RUS)에서 명예공학박사 학위를 받게 되었다. 특히나 학위 수여를 태국 왕실의 마하 차크리 시린돈(Maha Chakri Sirindhorn) 공주로부터 수여 받게 되었다. 아무리 생각하여도 과분한 명예박사 학위를 받게 되어 여러 분께 송구하기도 하였다. RUS의 나팟(Napat Watanajatepin) 학장이 나의 연구 파트너 교수이다. 나팟 학장은 누구도 쉽게 따를 수 없는 예의 바른 모습과 겸손함을 갖춘 신사이다. 메일을 보낼 때나 만나면 언제나 나에게 큰형(Big brother)이라 칭한다. 나도 형제의 정을 나누는 태국의 절친이 되었다. 나팟 학장이 명예박사 추천을 하겠다고 연락이 와서 이런저런 실적을 보냈으나 기대하기에는 여러모로 부족함이 컸다. 외국인에게는 처음으로 수여하는 명예박사 학위를 내가 받게 되었다는 메일을 받았고, 그간 우리나라와 태국의 교류에 기여한 공로도 명예박사 심사에 큰 부분을 차지했다고 한다.

10여 년간 태국과 학술 교류하면서 태국에 대한 호기심 또는 관심이 높아진 것이 사실이다. 우리나라와 태국의 인연은 1950년 6·25 한국전쟁에 태국이 참전한 것에서 시작되었다. 태국은 전쟁 발발 4개월 만에 우리나라에 참전하게 되었고, 그 후 22년간 병력을 유지시켜준 나라이다. 태국의 젊은이 129명이 전사하였고, 1,139명이 부상당하였으며, 5명이 실종된 큰 피해를 입었다는 것을 각종 자료에서 찾을 수 있었다. 이러한 사실을 알고부터는 태국에서의 학술 강연 기회가 주어질 때마다 수차례 나는 이런 말로 강연을 시작하였다. "태국은 우리와 형제의 나라이다. 우리나라가 가장 어려운 시기였던 한국전쟁에서 여러분의 부모님들이 우리나라를 위하여 전쟁에 참여하여 우리를 지켜주었다. 이제 우리나라가 여러분에게 갚아야 할 시기이다." 아무리 생각하여도 이제 우리나라가 은혜를 갚아야 할 시기라는 생각이 든다.

한국전쟁이 휴전된 1953년의 우리나라의 1인당 국민소득이 67달러로 기록되어있다. 내가 1954년생이니 그때의 우리 부모님들의 삶의 모습이 선하다. 초등학교 시절의 기억으로는, 비포장의 신작로와 매일 땔감을 구하러 산을 오르내리던 사람들이 떠오른다. 2015년 현재 우리나라 1인당 국민소득이 30,000달러를 향하고 있다. 세계 최빈국의 자리에서 세계 10위권의 부강한 나라가 되었다. 이에 비하여 태국의 사정은 크게 다르다. 1960년의 태국의 1인당 국민소득은 1,000달러로서 우리보다 월등히 잘 사는 나라였다. 2015년 지금 태국은 1인당 국민소득이 18,000달러이다. 우리나라와는 경제 규모 면에서 비교되지 못한다. 두 나라의 지난 역사에서 경제 발전의 근원이 무엇인가를 생각하지 않을 수 없었다. 1945년 독립, 1948년 민주정부 수립 그리고 1950년 한국전쟁 발발 등으로 일제 치하에서 벗어난 후에도 급격한 사회혼란기를 겪었으며, 남북 갈등에 휩싸이는 불운까지 겪었다. 그 후 우리는 이데올로기의 정체성 논란과 군사정권 수립 등의 혼돈이 계속되었다. 우리의 부모님들은 전쟁의 포화 속에서 그 억척같은 삶을 유지하면서도 국가 발전에 매진하였던 것이다. 사계절이 뚜렷하여 삭풍이 부는 겨울이면 추위에 떨어야 하고, 한여름이면 더위를 이겨야 하였다. 우리 부모님들은 교육의 중요성을 생각하여 허리띠를 동여매고 자식 교육에 매달렸다. 이러한 부모님들의 피땀 어린 역사가 지금 우리에게 부강한 나라를 선물하여주었다.

태국은 1782년부터 왕조통치를 계속하고 있다. 지금도 국왕의 위상이 모든 것에 우선하고 있으며, 거리 곳곳에서 태국 국기와 함께 게양되어 휘날리는 국왕의 깃발을 보면 태국 국민의 국왕에 대한 존경심이 잘 느껴진다. 또한, 아열대 기후대에 있어 우기와 건기로만 구분되고, 추위가 없는 나라이다. 사철 열대과일이 풍성하고, 늘 수확을 하고 있는 농촌 풍경을 바라볼 수 있다. 항상 부처님이 가까이 있다는 마음으로 살고 있으며, 극락왕생을 위한 기원이 생활을 지배하고 있는 모습이다. 불교 철학의 근본이 이들의 삶을 지배하고 있는 것이다. 변화를 원하지 않고 늘 현재에 만족하고 사는 모습이다. 이러한 것이 경제 발전 쪽으로 보면 발전의 속도를 느리게 한 것은 아닌가 하는 생각이다. 나의 부모님이 불교에 귀의하셨고, 나 역시 부처님께 기도하는 삶을 살고 있기에 태국의 모습이 참으로 가슴에 와닿았다.

이러한 태국에서의 명예박사 학위는 나에게 무엇과도 바꿀 수 없는 영광이었다. 2014년 7월 30일 나팟 학장이 나의 명예박사 학위복을 가지고 한국으로 와서 착의해주었다. 더운 나라에 적합한 흰색 망사로 된 학위복이었다. 나팟 학장은 엄숙하고도 정중하게 학위복을 나에게 입혀주었다. 2014년 12월 18일 우리 부부, 아들, 며느리, 손자, 형제 부부들 그리고 지인들과 같이 방콕에 도착하였다. 고마운 지인들이 먼저 방콕에 도착하여 우리를 맞아주었다. 19일 아침, 대학으로부터 안내를 받아서 학위 수여식장인 RUS 메인 캠퍼스로 이동하였다. 학위 수여자로서 바라보는 태국에 대한 느낌은 이전과는 달랐다. 친근한 모교가 있는 국가로 보이는 것이었다. RUS대학은 9개의 캠퍼스로 나뉘어있지만, 모든 졸업생은 이 졸업식장에 와서 왕실 공주가 주관하는 졸업식에 참석한다. 대기실에서 태국의 지인들 그리고 RUS의 총장, 부총장 그리고 많은 학장과 교수들이 꽃다발을 안겨주었다. 1987년 8월에 박사 학위를 받았으니, 27년 만의 학위 수여식이다. 우리 부부만 학위 수여식장에 입장이 허용되었다. 6,000여 명의 학위 수여자 맨 앞쪽에 좌석이 배정되었다. 웅장한 연단의 모습 그리고 RUS대학 교기, 태국 국기 그리고 공주 깃발이 정면 벽면을 장식하고 있었다. 예행연습을 꼼꼼히 진행하였다. 반드시 오른손 한 손으로만 학위증을 받아야 하고, 세 걸음 뒤로 나와서 목례하고 퇴장하여야 한단다.

제복 차림의 삼엄한 인도자, 경호팀의 호위로 공주님이 도착하였다. 사진으로 보던 공주님을 직접 보게 되었다. 수수한 동네 아줌마의 옷차림이다. 화장도 하지 않은 듯, 흰머리가 성성한 모습이다. 공주님이 1955년생이니 올해가 환갑이다. 국민에게 가장 존경받는 분이라고들 한다. 그 수수함의 의미가 더욱 아름답게 보였다. 공주님은 편안한 이웃 아줌마의 모습으로 연단에 정좌하였다. 공주님이 부처님께 합장하고 의식을 하고 난 후에 학위 수여식이 진행되었다. 웅장하고 품위있는 모습에 긴장이 더한 것인지 나의 목이 잠겼다.

저녁 호텔 만찬장 입구에는 나의 키 높이만 한 얼굴 사진의 배너와 함께, 영어 및 태국어로 제작된 나의 업적 소개가 비치되어있었다. 호텔 연회장, 그곳에서 또 다른 감동의 시간이 흘렀다. 소개, 축사, 건배 등이 진행되고, 나는 좀 긴 답례 감사 인사를 하였다. 참석자들이 주는 소중한 선물과 화환이 나를 감싸주었다. 고맙고 감사함이 너무 컸다. 과분한 축하와 대접을 받았다. 흥분의 시간이 그렇게 지나면서 우리나라와 태국의 우호 증진에 나의 역할은 무엇인지 생각하였다. 양 국가의 발전 그리고 우호 증진에 최선을 다하여야겠다는 다짐을 하지만, 어떤 면으로 보아도 나는 부족함이 많은 명예박사라는 생각이 드는 것이 사실이다.

잠에서 깨었을 때 우리 비행기는 부산 김해공항 활주로에 안착하였다.

10

가르침과 배움

군대를 제대하고 복학을 하였을 때, 새로 부임하여 온 교수님의 무급 조교로서 등록금을 면제받고 교수님의 심부름을 하는 행운을 안았다. 4학년으로서 진로에 대한 이런저런 고민도 하였지만, 교수님의 수업을 열심히 듣고, 시험에도 최선을 다하였다. 대학 졸업은 끝이 아니라 시작일 수도 있다는 교수님의 말씀으로 나는 여러 가지 일을 무모하게 도전하게 되었다. 대학 4학년 학생 신분으로 결혼 그리고 대학원 진학, 취업까지 꿈꾸는 황당한 도전의 길을 나서게 되었다. 교수님과의 그날의 만남 그리고 그날의 말씀이 나에게는 힘든 새로운 도전의 길을 나서는 계기가 되었다. 교수님을 주례로 모시고 결혼도 하고, 경남 창원에 직장도 잡았다. 직장인이면서도 멀리 부산까지 대학원에 다니는 어처구니없는 나의 모습을 한 번씩 돌아보기도 하였지만, 돌이킬 수 없는 길이 그 길이었다. 그 길로 교수님은 나의 지도교수님이 되었다.

창원의 대림자동차공업㈜가 직장이었다. 오토바이를 만드는 회사로, 일본으로부터 기술을 이전받고 한편으로는 자체 기술을 개발하는 참으로 바쁘면서도 즐거운 직장이었다. 그곳에서 좋은 인연을 많이 만나게 되었다. 1시간의 점심시간을 이용한 실장님의 오토바이 이론 특강, 모두가 퇴근한 저녁 시간에 현장을 돌아다니며 품질관리 부서에서 불량 판정한 주조물 중에서 조금 가공하여 살릴 수 있는 것이 있는지 살피던 일, 그 일로 인하여 흰색 유니폼이 방청유 범벅이 된 일, 공장장님과 실장님과 함께 밤늦게까지 토론을 하고 밤 12시 통행금지 시간을 간신히 지켜 귀가하던 일이 생각난다. 그러한 중에도 모시던 실장님의 특강 그리고 기술 교육은 계속되었고, 나는 그것을 바탕으로 하여 석사 학위 연구를 하였다. 당시에는 드문 이륜자동차인 오토바이에 대한 석사 학위논문을 작성하게 되었다. 공학도에게 현장에서의 배움은 매우 큰 가치가 있음을 알게 되었다. 회사에서 월급을 받으면서 기술 교육도 받은 셈이다. 지도교수님이 해군 병기창에 근무하면서도 진해에서 서울까지 다니며 대학원 학위 과정을 하였던 경험을 말씀해주셨는데, 이번에는 내가 다시 한 번 비슷한 시도를 하였기에 이러한 일이 가능하였던 것이다. 그러한 덕분에 석사 학위와 함께 현장기술까지 습득할 수 있었다. 지금 생각하여 보면 당시의 회사 상사들이 모두가 나의 스승이고, 지도교수인 셈이다. 지금도 그분들을 생각하면 고맙고 눈시울이 적셔 든다.

그분들이 용기를 준 덕분에, 나는 박사과정에도 진학하여 당당하게 학업에 정진할 수 있었다. 박사과정을 수료할 무렵, 정든 회사를 떠났다. 그간 정들었던 곳곳 그리고 동료들과 기념사진을 찍었다. '졸업 사진'이라고 하니 모두 어리둥절하였다. 고맙고 감사한 회사를 떠나 실업자의 몸으로 박사 학위 연구를 완성하기로 하였다. 주변의 많은 분이 나의 결정을 우려하고 말리는 분위기였으나 이왕 학문의 길을 걷기로 하였으니 그 길로 갈 수밖에 없었다. 회사를 대표하는 공장장님은 이임 인사를 받지 않겠다고 하여 인사도 못 하고 회사를 떠났다. 그 미안하고 죄송한 마음을 지금도 가슴에 안고 있다. 연구에 몰두하기 위하여 담요 한 장과 석유곤로를 챙겨서 학교 실험실로 보따리 이사를 하였다. 두 아들과 노모를 둔 가장으로의 생활 그리고 학업 후의 진로에 대해 걱정을 하는 주변을 모두 뒤로하고, 어둑어둑한 시간, 실험실에서 메케한 기름 냄새를 맡으면서 혼자된 첫날 밤을 지냈다. 지도교수님은 걱정이 이만저만이 아니었다. 학과의 여러 교수님의 시선에도 걱정이 담겨있었다. 주말부부로 새로운 삶의 모습이 되었다. 지도교수님께서는 컴퓨터를 이용한 수치해석을 나에게 주문하였다. 1985년 PC도 보급되지 않았던 그때, 컴퓨터를 만져보지도 못한 나로서는 프로그램을 만들어 수치해석을 하라는 말씀에 눈앞이 깜깜할 수밖에 없었다. 그러나 돌아설 곳이 없었다. 동료와 선후배들에게 도움을 청하고 개인 과외를 받기도 하였다. 기초부터 새롭게 접근할 수밖에 없는 것이었다. 같이 밤을 새우면서 컴퓨터 언어를 가르쳐준 후배가 없었으면 나의 박사 학위 연구는 완성될 수 없었음을 나는 알고 있다. 국내외 논문 발표도 많이 하게 되었고, 수많은 학자와의 인연도 생겼다.

박사 학위논문을 완성한 후 국제학술대회에 논문도 발표할 겸하여 교수님과 단둘이서 미국 샌프란시스코로 여정을 떠났다. 그간 묻어둔 학위 과정의 많은 이야기를 나눌 수 있었다. 난생처음 미국 땅을 밟은 나에게 보인 미국은 정말 새로운 모습이었다. 논문 발표장에서 교수님의 많은 지인을 만나게 되었고, 그때마다 실력 좋은 제자라고 소개하니, 솔직히 부끄럽기 짝이 없었다. 그러나 같이 한방에서 잠자고 지내는 기회가 좋았다. 교수님은 우리나라에서는 비싸고 귀한 바나나가 이곳은 저렴하니 아침 식사를 대신하자고 제안하였다. 달콤한 바나나 한 묶음을 1달러로 샀고, 아침이면 물과 바나나를 먹었다. 그러나 나는 이틀을 먹고 나니 배 속도 울렁거리고, 바나나 먹기가 역겨워졌다. 교수님은 물로 입을 헹구면서 먹으면 괜찮다고 하면서 권하였으나 나는 힘들었다. 결국, 7불을 주고 인근 중국집에서 아침밥을 사 먹기도 하였다.

정년을 앞둔 교수님을 모시고 나는 마지막 해외 여정을 떠나는 행운을 안았다. 미국 하와이에서 개최된 국제학술회의에 참석하게 된 것이다. 호놀룰루의 폴리네시안 민속촌에서 폴리네시아인들의 흥망성쇠의 역사를 엿보았고, 매직 쇼도 보면서 즐거운 시간을 같이하였다. 그때 교수님은 폴리네시안 종족의 쇠락 과정을 자세하게 설명하여주었다. 도전과 응전을 계속하여야만 사람이나 종족이 번성하고, 그러하지 못하면 쇠락한다는 진리를 이곳에서 보는 듯하였다. 스스로 자생하지 않으면 미래가 없다는 사실을 큰 교훈으로 담았다. 교수님은 매직 쇼를 보고 나오면서 어찌 보면 인생도 하나의 매직 쇼 아닐까 하는 말씀들도 하셨는데, 오늘 더욱 생각난다. 수많은 학자를 만나면서 이것이 인연의 인계이니 잘 간직하고 훗날도 좋은 학문적인 인연으로 발전시키라는 당부도 하였다. 이때 만난 인연들은 나의 교수 생활에서 큰 도움이 된 인연들로 발전하였고, 그 감사함이 크다. 1987년에 박사 학위를 받게 되었다. 내가 대학교수로 임용되었을 때 교수님은 "선작후실(先作後實)"이라는 휘호를 손수 써주셨다. 먼저 씨앗을 뿌려야 훗날 결실을 맺을 수 있다는 말씀을 곁들어주셨다. 나는 그 휘호를 연구실에 두고 교수로서의 좌우명으로 삼았다.

세월의 흐름은 어찌할 수 없는가 보다. 교수님의 병환은 계속 깊어졌다. 한동안 연락이 되지 않았던 이유도 교수님이 자신의 병환을 제자들에게 알리지 말라는 교수님의 당부 때문이었음을 훗날 알게 되었다. 병원 면회실에서 교수님을 마주하였다. 그 옛날의 당당한 모습은 간 곳이 없었다. 교수님의 손이며, 얼굴을 만졌다. 그리고 교수님의 손을 잡고 한참을 앉아있었다. 교수님은 찬 기운뿐인 손을 나의 손에 포개어주면서, 어중한 말로서 "고마워~."라는 마지막 말씀을 남겨주셨다. 2016년 10월 11일 권순석 교수님은 저승으로 가셨다. 죽음을 알리지 말라는 당부 때문에 조문객도 드문 허전한 빈소에서 쓸쓸한 마지막 밤을 지냈다. 다음 날 화장하여 대전 현충원에 안장을 마쳤다. 돌아서는 길에 자꾸 하늘이 보였다. 길가의 나무들은 단풍으로 물들어가고, 가을 찬바람에 거리의 낙엽들은 이리저리 흩날리고 있었다.

세월이 흘러 나도 교수로서의 길을 걷고 있고, 이제 내년이면 정년을 맞이한다. 그간 많은 제자를 만났고, 그 속에 갖가지의 인연을 같이한 사람들도 많이 있다. 그러나 내가 만났던 나의 지도교수님의 가르침과 배움을 생각하면, 나는 아직도 너무나 부족한 제자로서의 모습만 생각날 뿐이다.

11

추억은 깊고
배움은 영원하였다

돌멩이를 굴리며 신작로를 쭉 따라가면 도깨비들이 나온다는 굽이를 지나야 한다. 그래도 나는 친구들과 조잘거리며 걷는 길이기 때문에 재미있다. 엄마 몰래 가져온 고구마를 산모퉁이에 숨겨놓고, 언덕바지에 서면 뿌연 먼지를 먹은 시간 버스가 온다. 차장 누나에게 말만 잘하면 공짜로 태워주기도 한다. 학교에 들어서면 운동장 건너 거울면 같은 바다가 누워있고, 코끝을 스치는 해풍이 가슴을 적신다. 호수 같은 바다에는 섬들이 모여 살고, 우리는 교실에서 재잘거리며 산다. 누가 뭐라 해도 그곳이 우리들의 세상이었다.

부산 가는 갑성호며, 금성호가 멀리서 고동을 울리며 성큼 성큼 바닷길을 미끄러져 오면 반기는 사람이 있건 없건 가슴이 뭉클해진다. 뱃전에서 손 흔들어주시는 선생님이 보이지 않을 때까지 전근 가시는 선생님을 우리는 목 놓아 부르곤 하였다. 일가친척들이 유난히 많다 보니 저학년들의 교실 청소는 형과 누나들의 몫이기도 하였다. 운동회 날이면 동네잔치 날이다. 주로 할머니와 할아버지들의 행사가 많았다. 얼굴에 하얀 밀가루를 뒤집어쓰고도 입에 문 엿 하나 때문에 즐거움이 가득하였다.

동화 속에 나옴 직한 이러한 고향에서 자라나서 초등학교에 다녔다. 지금도 간간히 생각하면 가슴이 뭉클하고 다시 돌아가고픈 곳이다. 나의 모교 노량초등학교는 유난히 정이 많았던 곳이다. 누가 가르쳐 주지 않아도 그쪽 풍습이 그러했고, 아름다운 산천이 또한 그러했다. 나의 고향 사람들은 오늘도 정감 속에 살고 있다. 지금 생각하면 그곳의 산천 그리고 그분들은 나의 큰 스승이었고, 그 덕분에 나는 그 어디에서도 배울 수 없는 소중한 배움을 가졌다. 학교를 마치고 나면 소를 몰고 산을 오르는 게 그 당시의 일상이었다. 집채만 한 소는 조그만 우리가 하자는 대로 하는 참 말 잘 듣는 친구였다. 간혹 부모에게 혼이라도 나면 아무 죄 없는 소에게 화풀이하기도 하였지만, 그래도 그 소는 내가 자기의 주인인 양 잘 따랐다. 산자락에 소만 풀어놓고는 우리는 산 고개를 구비 넘어 산등성에 오른다. 잔디를 묶어 만든 공을 가지고 야구를 하기도 하고, 산나물을 캐기도 한다. 어둠이 내려앉으면 저 멀리에서 소가 나타난다. 간혹 소를 잃어버려 밤새도록 울며불며 찾아 나서기도 하였지만, 그래도 소는 우리집으로 찾아왔다.

우리가 놀던 그 장소는 참으로 청정한 장소였다. 눈부실 정도로 밝은 하늘이며, 코끝을 스치는 풀 내음을 어디에서 또 맡을 수 있겠는가? 생각하여보면 그곳은 우리의 학습의 장이었고, 배움의 장이었다. 자연에 동화되고 교감할 수 있는 곳이었다. 여물어가는 벼 나락들 사이에 느껴지는 구수한 향기며, 잘 익어가는 낟알을 입에 넣고 깨물면 느껴지는 달콤한 그 맛, 우리는 그러한 환경의 보살핌 속에 자랐다.

이제 세월이 흘러 도심 속에 살게 되었다. 나의 몸 구석구석에 숨 쉬는 영혼의 바탕에는 고향의 정취와 고향의 위대한 선물이 가득하다. 그러한 고향의 선물을 제하고 나면 무엇이 남을까? 그것은 아마 찌든 도심의 공해와 부질없는 잡념만 있을 것 같다. 다시 그 청정심을 갖고 싶다. 어머니의 품속이 그립고, 그 속에서 노닐던 친구들이 그립다. 왠지 눈물이 난다. 고향을 생각하면 왜 눈물부터 나는지 모르겠다.

오늘날 우리는 교육의 황폐화를 걱정하고, 인성 교육의 부재를 논한다. 교육개혁을 논하고, 세계화를 부르짖고 있다. 그러나 우리 선조들의 교육 철학은 자연 속에서 우러났고, 교육은 자연과 더불어 이루어졌다. 친구들과 어울리다 보면 더불어 사는 지혜는 저절로 터득하게 된다. 자연의 소중함은 교육을 통하여서가 아니라 스스로 깨달은 것이다.

치열한 경쟁에서 이겨야 한다는 강박감에 사로잡혀있는 것도 아니었고, 학교에 간다는 자체가 즐거움이었다. 현재는 그 어디에서도 그러한 환경을 찾을 수 없다. 내가 기성세대가 되었고, 그러한 교육을 담당하여야 할 위치에 있음에도 내가 자연과 친화되어있지 못함을 고백하지 않을 수 없다. 이제 우리 모두는 자연으로 회귀하여야 한다. 자연의 위대한 능력을 발견하는 것이 교육의 기초가 되어야 한다. 그곳에서 스스로 깨닫는 자세가 필요하고, 더불어 사는 지혜를 배워야 한다. 과연 우리의 영혼은 무엇을 먹고 살아갈 것인가? 그리고 어디로 돌아갈 것인가? 나의 고향은 아버님처럼 아무런 말없이 그 해답을 주고 있다. 그때를 생각해보면 그리운 것이 너무 많다. 산천이 그러하고, 그때 그 사람들이 그러하다. 풀포기가 그러하고 유유히 흐르던 구름이 그립다.

지금도 생각하여 보면 그때의 추억은 깊고, 그때의 배움은 영원하였다.

회상
65

제3부

세계 기행

:

초보자로서 코끼리 다리 하나를 만지면서 이것이 태국인가 하는 생각이다.

천 개의 섬

억겁 년 전
바다가 용트림 칠 때 하늘 끝까지 기상을 올렸다.
솟구치는 불길 속을 헤집고 나와 뭉쳤다 헤어진 수없는 시간들
그 불길 속의 고통을 감내하여
희망의 씨앗으로 남아 있었다.

천 년 전
작렬하는 태양, 싸아한 바람 그리고 평화가 깃든 바다를 만났다.
마시고 마시어도 마르지 않는 바다에
희망은 씨앗이 되고, 씨앗은 숲이 되었다.
머리 위 창연한 빛의 세상을 친구삼아
세상의 이웃 그리고 찬란한 햇살 아래에 둥지를 틀었다.

백 년 전
무성한 나무숲들이 함께 하여 열대 우림을 만들었다.
온갖 새들도, 갖가지 꽃들도 함께 하는 이웃의
극한의 고요 속에 조금씩 움직이기 시작하였다.
썰물과 밀물이 내왕하는 사이 바다 밑 세상은 산호의 세상이 되고
한가로운 물고기 집을 만들어 주었다.
외로움은 저만치 가고 있었다.

지금

시원한 해풍 그리고 잔잔한 바다의 음성

첨벙 뛰어들어도 물에 젖지 않을 것 같은 행복한 바다가

내 품에 안겨 단꿈을 꾸고 있다.

아름다운 산호세상, 빛나는 바다수면, 이글거리는 태양, 녹색 풍성함

이 가득한 숲

이 모두가 모여 합창을 하니

떠난 자식이 엄마를 찾아왔다.

모두가 사랑과 은혜를 가득 안고 머물다 떠나간다.

*'천 개의 섬'은 인도네시아 '뿔라우 스리부(Pulau Seribu)'를 번역한 지명이다.

01

싱가포르와
영국에서의 생각

태풍이 온다고 걱정을 했는데, 이륙한 지 2시간이 흐르도록 무사한 것을 보니 출국은 제대로 된 모양이다. 고추장까지 곁들인 식사를 받아보니 싱가포르 항공사의 기내 서비스가 좋다는 말이 거짓은 아닌 듯하다. 지구의 위도(緯度)를 따라 6시간 정도 비행 후 오후 2시 20분에 싱가포르 창이국제공항에 도착하였다. 시계를 1시간 당겨놓았으니, 우리나라로는 오후 3시 20분인 셈이다. 간편하고 친절한 입국 절차를 마치고 열대지방의 공기를 코로 들이켜보았다. 건조한 공기가 야자수 나뭇결 사이로 넘나드는 게 여행객을 맞는 첫인상이었다. 싱가포르의 심벌인 멀라이언상(머리는 사자이고, 다리는 물고기인 상상의 동물)이 거리 곳곳에서 여행객을 맞아주는 깨끗하고 단장 잘 된 공항로를 빠져나오면서 겉핥기식 싱가포르 관광을 시작하였다. 더우리라는 것은 기우였다. 기온은 다소 높으나 적당히 불어주는 바람 덕분에 여행하기는 안성맞춤이다. 미라마호텔(Miramar Hotel)에 여장을 풀고 곧장 저녁 여행길에 올랐다. 밤에만 활기를 띤다는 부키 거리(Buki street)의 노천 식당에서 여러 나라 사람들과 함께한 저녁 식사는 색다른 재미였다. 독일에서 온 노인 부부, 사우디아라비아에서 엔지니어로 근무하는 미국인, 프랑스에서 온 청춘 남녀들과 원탁 테이블에 둘러앉아, 서로 음식을 권하며 친숙한 대화를 이어나갔다. 사람은 결국 감성적 동질성을 가져서인지 급기야 같이 술잔을 부딪치는 데까지 발전하였다. 저녁 10시가 훨씬 넘어서 호텔로 돌아오니 벌써 온 몸에 피곤이 엄습하여 세수하는 것마저 부담스러워졌다.

지도상에서는 점으로도 겨우 표시되는 도시국가, 간척 사업으로 국토를 끝없이 넓혀가는 나라, 싱가포르가 관광과 중계무역으로 아시아의 용이라는 소리를 들으며 성장을 거듭하는 이유가 주변을 스치기 시작하였다. 호텔에 비치된 다양한 관광 상품들, 정확한 시간개념, 그리고 목이 쉴까 걱정스러운 친절한 안내원들, '이런 요소들이 국가 산업의 원동력이구나.' 하는 생각을 하다 보니 유한한 천연자원보다 더 값진 인적자원을 가지고 있음을 알게 되었다. 그런 결과 그들은 인구수보다 두 배에 가까운 관광객을 연간 유치한다고 한다. 유적을 살펴보면서도 중간중간에 간단한 볼거리를 제공하는 세심함이 돋보였다. 교도소 박물관 입구에 적혀진 "일본의 침략을 잊지 말자."나 거리 곳곳의 독립 29주년 표어 "나의 싱가포르, 나의 조국(My Singarpore, my home!)" 등은 나라를 남에게 빼앗겼던 쓰라린 경험을 잊지 않고 후손에 물려주기 위한 작업인 듯하다.

공군박물관에서는 땅의 넓이가 작은 국가의 생존 원리를 둘러보고, 늦은 오후에는 악어 농장에 들렀다. 생닭고기 한 토막을 던져주니 죽은 듯이 누워있던 2m가량의 악어들이 거칠게 움직여서 흠칫 놀라지 않을 수가 없었다. 수백 마리의 악어 떼가 풍기는 퀴퀴한 냄새를 뒤로하고, 악어가죽 제품을 가공하는 공장을 둘러보고는 악어가죽 제품 판매장에 이르렀다. 저승 간 악어들을 생각하니 쇼핑하고자 하는 마음이 싹 가셨다. 시내 최고의 쇼핑거리인 오차드 거리(Orchard road)에서 신나는 눈요기 쇼핑들을 하고는 싱가포르를 떠날 채비를 하였다. 영국 가는 길에 항공사에서 무료로 제공해준 호텔에서 머물고 식사를 한 것이지만, 더 많은 관광 수입을 기대하는 싱가포르의 관광 정책 덕분에 우리는 알찬 여행을 하였다.

싱가포르 창이국제공항을 이륙한 지 1시간이 지났다. 0시 40분이지만 최대한 잠을 참아야 시차를 극복할 수 있다는 말에 양치질과 세수를 하였다. 여러 나라의 탑승객들이 자기네들

언어로 담소 나누는 모습은 또 다른 여행의 즐거움으로 다가왔다. 시간을 1일하고도 7시간 뒤로하여 8월 12일 오후 5시 45분으로 맞추었다. 우주는 그대로 일정한 운동을 계속하는데, 사람이 시간과 날짜라는 것을 만들어 태양의 운동과 비슷하게 맞추려 한다. 하지만 하나의 우주 행성인 지구 표면에서조차 제대로 맞질 않으니 인간의 지혜가 우주 조화를 못 따라가는 것이 아닌지? 비행기 창 너머로 아름다운 불빛들이 영롱하게 들어오고 있다. 프랑스나 독일 상공쯤 될 것이라는 생각에 스튜어디스에게 물었으나 자기도 잘 모르겠다고 한다. 여행은 사람을 피곤하게도 하고 두려움 속에 넣기도 하지만, 미지의 세계에 대한 기대감 때문에 즐거움 또한 크다.

우리나라에서 싱가포르로 오는 비행기에서, 그리고 며칠 전의 일본행 비행기에서 기내를 가득 메운 우리나라 사람들을 보고, '우리의 국력이 이만큼 성장하였구나!' 하는 생각을 하다가도 혹시 낭비는 아닌지 자문도 해본다. 다소는 검소한 생활을 하던 일본인들에 대한 생각이 자꾸 나는 것이 무료함 때문만은 아닌 듯하다. 가족이란 무엇일까? 공동체 삶이 가져다주는 사고(思考)의 울타리가 서로를 에워싸고 있는가 보다. 가족을 멀리 떠나서 생각해보니 궁금증이 슬슬 머리를 쳐든다. 물론 집에 있는 가족들이 내 걱정을 더하겠지만, 발걸음 소리에 눈을 뜨니 아침 식사가 왔다고 스튜어디스가 생긋 웃으며 다가

왔다. 얼른 시계를 쳐다보니 새벽 4시를 가리키고 있다. 창 너머는 먼동이 트기 시작하고, 비행기 아래에는 거뭇거뭇한 구름 덩어리가 손에 잡힐 듯하다.

영국 히드로국제공항에는 아침 6시에 도착하였다. 싸늘한 공기가 볼을 스치며 한기를 느끼게 하였다. 공항 안내 센터에서 호텔 예약을 하고, 하루 부제한 사용 가능한 3.7파운드짜리 지하철표를 구매하고는 황급히 지하철에 몸을 실었다. 빨리 호텔에서 쉬고 싶다는 권순석 교수님의 말씀을 듣고 보니, 나도 팔과 다리에 꽤 피곤함이 느껴졌지만 내색하지 않고 영국의 첫인상을 마음 깊숙이 심었다. 런던대학 본부를 돌아보고는 대영박물관으로 갔다. 약탈해왔는지, 노획해왔는지 또는 상납받은 것인지는 모를 세계의 유물들을 세계 각국에서 온 사람들에게 무료로 관람시키는 게 대단해보인다. 그것도 100여 년 전에 모은 물건들을 말이다.

새벽에 한 기내 식사만으로는 오전을 넘기지 못해 허기가 졌다. 하지만 박물관 안에 있는 뷔페식당에서의 식사는 완전히 실패였다. 도무지 음식이 입맛에 맞질 않고 비싸기도 하였다. 돈이 아까워 배 안에 그저 넣기만 하고 느끼함을 없애려 2컵의 물을 들이켜고 나니 그래도 배는 채워진 것 같다. 오후의 런던 시내 2층 버스 관광은 상당히 좋았다. 버스 지붕의 관광객용

의자에 앉아 런던 시내 곳곳을 친절한 안내 속에서 돌아볼 수 있었다. 청춘 남녀들이 운집해있는 피커딜리 서커스에서 탄 버스는 트래펄가 광장으로 갔다. 나폴레옹의 기세를 누르고 영국의 자존심을 지켜준 넬슨 제독은 중앙의 탑 꼭대기에 있어 지나는 사람은 하늘을 우러르지 않고는 볼 수 없었다. 트라팔가르 해전에서의 승리와 곧 이은 장렬한 죽음, 그리고 '본관은 의무를 다했다. 신에게 감사한다'는 넬슨 제독의 음성이 들리는 듯하다. 도도히 흐르는 템스 강을 바라보면서 의사당 그리고 빅벤을 거쳐 런던 다리에 도착했다. 100여 년의 역사가 말해주듯 영국 사람들은 그들 조상의 번영기를 오늘에 와 더욱 자랑스러운 모습으로 재현하고자 하는 것이 곳곳에 보이기도 하였다. 모처럼 한국 식당에서의 한국식 음식으로 저녁을 먹고 나니, 밀려오던 스트레스가 한꺼번에 가신 듯하다.

새벽에 한 가족들과의 통화가 기분을 전환하는 데는 약효가 컸다. 콧물이 훌쩍거려지는 게 감기가 오는 것인지 걱정이 된다. 윈저 성은 런던 교외에 있는 인기 높은 왕실의 별궁이다. 11세기 윌리엄 1세 때부터 이 성의 역사가 시작되었으며, 현재도 여왕이 자주 머무는 곳이라고 안내해준다. 관광객이 인산인해를 이루는 전면 가까이에는 성조지 교회가 있고, 그 교회의 철탑이 성으로 들어오는 사람들을 위압하고 있었다. 화려한 실내에는 역대 왕들과 가족들의 초상화가 즐비하고 그들이 사용했던 책상이며, 의자며, 사소한 생활 도구까지도 잘 정돈되어 있었다. 또한, 그 유물들을 자랑스럽게 안내하고 지키는 할아버지들과 할머니들이 여왕의 후손인 양 웃음 가득한 얼굴을 연신 보여준다.

빅토리아 역에 도착한 것이 오후 2시였다. 학회가 열리는 브라이튼까지 가는 3시간의 기차 여행에서는 전형적인 영국 시골 풍경을 볼 수 있었다. 가을걷이하는 영국의 농촌은 한가로움이 널리 퍼져있었다. 학회장에 등록하려고 하니 국적이 북한으로 되어있어, 안내원에게 정정을 요구하니 웃으며 선선히 바꾸어주었으나 세계 각국에서 온 사람들의 자료에 나의 국적이 북한으로 기록되어있을 것을 생각하니 속이 상하기도 하였다. 브라이튼은 해변 도시이다. 몽돌 해안, 역사를 자랑하는 듯한 고색창연한 부두 그리고 시원한 대서양의 해풍이 연신 불어주는 휴양지이다. 저녁에는 브라이튼 시장이 베푼 리셉션장에서 전에도 뵌 적이 있는 세계적인 원로학자인 버글, 에카트, 골드스테인 박사 등을 반갑게 만날 수 있었으며, 캐나다 오타와대학교의 이영 교수님을 오랜만에 만나 안부를 여쭈었다.

40개국에서 엄선한 600여 편의 논문이 발표되는 제10회 국제열전달학회는 과연 열전달 분야의 세계 최대 학술 모임이라고 자랑할 만하다. 논문의 포스트 발표는 그 나름의 장점이 있다. 관심 있는 논문을 곁에 두고 저자와 토론을 하다 보면 서로의 연구 정보도 교환할 수 있고, 인간적인 교류도 할 수 있어서 좋았다. 논문의 표현 방법도 천차만별인데 부강한 나라일수록 세련되었다. 역시 공산권 나라들에서는 참여 인원도 적을 뿐만 아니라 논문의 표현도 다소 어색한 게 나의 착각인지는 모르겠다. 브라이튼 바닷가에서 즐기는 생선 요리는 이 지역의 명물이다. 생선 토막에 밀가루를 묻혀 적당히 튀긴 요리인데, 우리 입맛에도 맞고 저렴하여 몇 번이고 이 요리를 즐겼다. 신용카드로 공중전화 박스에서 집에 전화하는 것도 색다른 낙이었다. 영혼이 외로운 해 질 녘이면 혼자 해변에 앉아 대서양 수평선을 응시하며 향수를 달랬다. 이제 겨우 조국을 떠나온 지 6일밖에 되지 않았는데 집이 그리워지는 게, 여행자의 기본 체질이 덜된 모양이다.

● **대서양 파도 소리**

대서양 파도 소리
이방인의 가슴을 쓸어
조국의 방향을 물어 보노라

브라이튼 해변 몽돌 틈틈
그리움이 적시어져
이름 모를 물새들이 답하여 오는 뜻을

향수에 젖은 가슴팍 깊숙이
꿈틀거리는 영혼의 씨앗에 담아
갈매기 울음소리로 화신 되어 가니

이역만리 거리 곳곳
뭍 인걸들 속
돌아갈 나의 사랑을 심어두고 가리라

아침 6시 차가운 비바람이 아침 운동을 가로막았다. 우산을 들었으나 학회장에 도착했을 때는 이미 옷이 흠뻑 젖었다. 오늘은 우리 논문을 발표하는 날이라 다소는 긴장되었으나 배 박사의 세심한 준비 덕분에 각국에서 온 학자들과 즐거운 토론을 하였다. 여기에서의 논문 발표는 다소의 긴장도 있지만, 그 자체가 또 다른 즐거움이었다. 학회장을 빠져나온 오후에는 비가 멎었으나 바람결은 아직도 강해 대서양 바다는 하얀 이빨을 드러내고는 포효하고 있다. 유독 성(城)이 많은 나라, 그리고 옛것을 소중히 하는 나라, 세계를 지배했던 기풍을 조용히 지키려는 나라, 런던 시내에는 딱정벌레 같은 고풍스러운 택시만 영업할 수 있게 한 나라, 보행자는 교통질서를 대충 지켜도 자동차만은 철저히 교통질서를 지키는 나라, 영국을 잠시 방문한 나에게는 전혀 다른 문화임에는 분명하다.

브라이튼대학(University of Brigton)과 서섹스대학(University of Sussex)에서는 이곳 대학들의 연구 일면을 충분히 살필 수 있었다. 루우버핀 연구에 관한 내용만 돌아보는 데 2시간이 소요되었다. 실험용 핀 제작용 기계장치를 만드는 데만 4년이 걸렸다고 하니, 그 규모가 가히 짐작이 간다. 인근에 있는 서섹스대학의 가스 터빈 연구 시설 또한 부러움의 대상이었으나 나 자신의 연구가 부족한 것이 문제이지 이런 시설만 부러워해서야 되겠는가? 명함을 주고받으면서 우리와의 학술 교류를 제의하니 흔쾌히 좋다고들 한다.

AEA연구소 방문은 또 다른 충격이었다. 브라이튼에서 3시간 정도를 달릴 때만 해도 조그마한 연구소이려니 했는데, 바로 이곳이 영국이 자랑하는 핵개발연구소라고 한다. 지금은 일반 기업체의 위탁 연구를 하고 그 연구 결과를 기업에 제공하는 일을 주로 한다고 하며, 우리나라의 기업도 세 군데가 상호 협조하고 있다고 한다. 삼엄한 보안 검열과 연구소 내의 각종 경고 표시판 등이 한때 이 연구소의 위상이 어떠했는지를 이야기해주는 것 같았다. 20,000여 명의 연구원과 광활한 규모, 부분별 독립 건물들이 퍽 인상적이었다. 개괄적인 브리핑을 듣고 조별 안내자를 지정받은 다음, 셔틀버스를 이용하여 열 및 유체 분야 연구소들을 자세히 살펴볼 수 있었다. AEA연구소에서 런던으로 가는 길은 남쪽으로 잘 정돈된 고속도로이다.

끝없는 초목지와 한가로이 풀을 뜯고 있는 소와 양 떼들을 보면서 왜 하느님은 우리에게도 이같이 넓은 들판을 주시지 않았는지 야속해지기까지 하였다. 조그만 우사에서 고생하는 고향의 소들을 생각하니 그런 생각이 더더욱 절실했다. 그러나 휴일이면 가까이 나지막한 산이 있어 오를 수 있고, 뜨거운 여름과 추운 겨울, 그리고 포근한 봄과 시원한 가을이 적당히 번갈아 오는 우리나라가 더 축복받은 나라가 아니겠는가?

일본, 싱가포르 그리고 영국으로의 계속된 여행의 피로가 결국 입술을 부르트게 하는 지경까지 되었다. 이제 내일이면 영국을 떠난다. 아시아에서 보면 영국은 멀고 먼 나라이다. 문화나 사고의 구조가 다른 것 같다. 새로운 세계 질서 속에서 영국이 차지하는 부분이 더욱 커질 것이라는 그들의 생각이 현재와 같이 국민 저변에 존재하는 한 그들은 분명 세계 질서의 큰 줄기를 잡아갈 듯하다.

02

알프스와의 만남
그리고 나의 영혼

📑 2001년 7월 2일 월요일 맑고 화창한 아침이다

많은 비가 올 것이라는 일기 예보가 있었는데, 리무진 버스에서 바라보는 창밖은 화창하다. 스위스로의 출발은 상쾌함으로 시작되었다. 김포공항에서 일행을 기다리며 이곳저곳을 기웃거렸다. 공항이 주는 이별과 만남의 기분, 혹시나 다시는 못 볼 수도 있다는 불안감과 묘한 설렘이 있기 때문에 공항에서의 시간은 좀 다른 감상이다. 뜨거운 햇살을 뒤로하고 인천국제공항에서 이륙한 것은 오후 2시쯤이었다. 2시간쯤 지나니 뭉게구름이 발아래 자리하며 그 아래에는 육지가 보인다. 중국의 영토이다. 우리는 중국과 러시아의 상공을 근 10시간 비행할 것이다. 언제 생각하여도 일상에서 일탈하여 여행한다는 것은 새

제3부 세계 기행 129

로운 세계의 체험이고, 삶의 여유를 가져다주는 것이다. 삶의 길이로 보면 48년의 여행을 하고 있는데도, 이렇게 여행을 떠날 때면 초등학교 시절의 소풍날 아침 같다. 비행기 날개 주변으로 보이는 화면은 맑은 청색의 정지 화면이다. 비행기의 추진기의 소리만 뺀다면 여기는 고요가 깃들인 천국일 것이다. 오랫동안 비행기를 탄다는 것은 지나온 과거를 회상할 수 있는 좋은 기회이다. 시간 되면 식사도 주고, 적당히 와인과 위스키를 즐길 수도 있다. 48년이라 하면 짧은 인생은 아니었다. 그래도 학문도 조금 하고, 가족들과 함께 오늘까지 건강하게 지내고 있으니, 이 세상에서 복 많이 받은 것이다. 가만히 생각하여 보면 나는 참으로 행운아이다. 주변에는 모두가 고마운 사람들뿐이니 말이다. 생명을 주신 부모님, 학문을 주신 선생님들, 그동안 직장 생활을 통하여 알게 된 선배와 동료들을 생각하니 너무 많은 사람에게 신세를 지고 살아온 삶이다. 나도 좀 베풀어야 하는데, 그게 참으로 부족하다. 과연 이 세상에 와서 내가 남겨둘 것이 무엇일까? 이 부분만 생각하면 아찔하다. 내 시계는 저녁 10시인데 밖을 보니 훤하다. 우리는 지금 지구의 자전과 반대방향으로 날아가고 있으며, 몇 시간을 젊게 사는 체험을 하는 것이다. 독일 프랑크푸르트 공항에 도착하였을 때는 하얀 구름이 두둥실 떠있는 상쾌한 이웃 마을을 보는 기분이다. 어디를 가나 사람 사는 곳은 거의 같다. 근 11시간의 여정이었지만 피곤함이 없다. 7시간을 빼내어 현지 시각으로 맞추었다. 한가로운 프랑크푸르트 국제공항에서 스위스행 비행기를 탑승하기 위하여 대합실로 향하였다. 3~4명의 유럽인이 한가롭게 앉아서 소곤대는 모습이 조용하고 한가로운 분위기이다. 독일에 들어오는 과정이나 출국하는 과정이 너무 단순하여 시시하였다. 물론 비자도 없었다. 그저 부산에서 서울쯤 가는 기분이다. 모든 나라가 이렇게 살면 안 될까? 칙칙하게 보이는 스위스 항공에 탑승하였다. 다른 국가 간의 비행기가 아닌 듯 기내가 단순한 분위기이다. 이들은 단일 국가를 꿈꾸며 살고 있지 않은가? 우리도 아시아권의 단일 국가를 꿈꾸면 어떨까? 등등 부질없는 상상의 나래를 폈다. 오후 7시 50분에 스위스 취리히 국제공항에 도착하였다. 이번 여정의 첫 숙박지를 취리히의 노보텔로 정하고 스위스의 야간 풍물을 이리저리 익혔다.

📑 2001년 7월 3일 맑은 스위스의 공기를 마시다

눈을 뜨니 새벽 4시 30분이다. 시차라는 게 묘하다. 눈을 비비며 빵 한 조각으로 아침을 대충 때우고는 다보스행 기차에 몸을 던졌다. 기차역 주변에 웬 새들이 이리도 많은지, 아침을 달라고 지져대는 새들에게 나의 배고픔을 뒤로하고 딱딱한 빵 조각을 나누어 먹었다. 랜드퀘스트 역에서 기차를 갈아타고 보니 이제 산악행 기차라는 기분이 금방 든다. 등산복 차림의 여행객 노인들을 만날 수 있었다. 산록을 쳐다보는 눈이 시리다. 청명한 산등성이가 가까이 다가오고, 산마루에는 한가한 유럽풍의 집들이 붙어있다. 알프스의 풍광이 조금씩 느껴진다. 기차는 경사진 길을 따라 한없이 오르는 듯하다. 길옆에는 맑은 날씨에도 홍수 때 보는 세찬 물길이 시내를 누비고 있다. 약간 푸른 색조를 띤 물들이 하얀 거품을 물고 있는 게 예사롭지 않은 풍경이다. 들녘에는 고즈넉한 햇살이 가득한 것이, 고향의 뒷마당 그대로이다. 나는 어린 시절, 저런 곳에서 잠자리를 친구 삼고, 벼를 말리고, 동요를 흥얼거리며 먼 곳의 동화를 꿈꾸기도 하였다. 10시에 국제학회장에 도착하니 반가운 지인들을 만날 수 있었다. 우리나라 사람이라는 자체로서 반가운 만남이었다. 논문 발표장에서 만난 사람들은 대단히 열성적이었다. 열교환기라는 특정 분야를 대상으로 하는 학회이기 때문에 이들의 관심은 대단하였다. 우리 포스트 논문 발표장에 온 사람들, 관심을 가져주는 사람들과 토의하는 시간도 즐거웠다. 학회에서 제공하는 중식은 정통 스위스의 식단이다. 와인을 곁들인 생선 요리로 오랜만에 포식하였다. 케이블카를 타고 오르니 다보스의 시가가 한눈에 들어왔다. 다보스가 약 1,500m에 위치하여, 유럽에서 최고 높은 해발을 가진 도시라고 하는데, 그곳에서 1,000m 정도를 오르니 저 멀리 만년설도 눈에 가까이 들어왔다. 눈바람이 청아하게 얼굴을 스친다. 산장에서 주는 한 잔의 주스를 앞에 두고 한참이나 그 향긋한 공기를 마셨다. 나지막한 이름 모를 들꽃들이 흐드러지게 핀 풀밭에 풀썩

주저앉으며 우리 일행은 마냥 동화 속의 세계로 들어갔다. 참
으로 아름다운 장관이다. 화가가 왔으면 미술 작품을, 시인이
왔으면 시를 읊조리고도 남을 만한 곳이다. 산책하며 하산하는
길목에는 이방인을 반겨주는 다람쥐며, 장승처럼 우뚝 서있는
자작나무 숲이 그래도 향수에 젖게 하여준다.

● 알프스의 들꽃 축제

님을 기다리지 않아도
마주한 하이얀 언덕이
있어서 행복합니다.

이름 모를 님들과 이웃하여
웃으며 살아가는
모두가 친구들입니다.

산록 기슭에서 들려오는
눈 녹은 소리가
살금 흘러내립니다.

언덕 아래 장승 같은
자작나무도
우리의 행복한 이웃입니다.

모두가 함께하는
동화의 나라에는
매일이 축제입니다.

- 스위스 다보스 언덕에서

어쭙잖은 한 수의 시를 남기고 다보스의 호숫가에 앉았다. 이 아름다운 풍광을 누구나 보고 감상할 수 있어야 한다. 자연 그대로 이 자리에 있기에 아름다운 것이리라. 그러나 내 마음 속 바닥에 있는 이기심이 자꾸 고개를 내민다. 이 아름다운 산천을 조금만 우리나라에 주었으면 하는 공상을 한다. 스위스의 하늘, 산 그리고 빨간 기차를 바라보며 조국을 생각하여 본다.

📖 2001년 7월 4일 알프스 산록의 정취를 맛보다

아침에 다보스 플라자에서 빨간색 기차에 오르니 벌써 흥분이 된다. 바로 나타나는 절벽들 사이를 요리조리 나아가는 모양에 '여행이란 게 이런 것이구나.' 하는 생각이 든다. 젊은 남녀들이며, 나이 지긋한 할머니와 할아버지들이 다들 알프스의 산록을 달리는 차 창에서 눈을 떼지 못하였다. 1,777m 고지를 향하여 숨 가쁘게 오르는 기차에서 편안하게 노닥거리려니 열심히 일하는 동료들에게 미안함이 솟아난다. 기찻길로 옆에는 온갖 들꽃들이 쪼그려 앉아서 이방인들과 함께하여 주면서 이 계절이 가장 아름다운 계절임을 알려주고 있다. 11시쯤인가 우리는 오늘의 여정 중에서 최고봉인 2,253m의 오스피지오 베르니나에 도착하였다. 겨울과 봄이 상존하는 곳이다. 나의 짧은 머리로는 서로 다른 계절이 상존할 수 있다는 것이 도저히 계산되지 않았다. 눈밭과 들꽃들이 같이 누워있으니 여기가 봄인가? 겨울인가? 왜 우리는 계절을 구분하고자 하는가? 자연의 끝없는 섭리를 과학으로 바라보려고만 하는가? 여기는 신의 조화가 지배하는 세계인가 보다. 구름이 발아래 깔려있고, 차가운 그러나 기분 좋은 공기가 얼굴을 스쳐 지나간다. 자연이 내려준 아름다운 풍광을 가슴으로 느끼고 영혼의 상처를 씻기만 하면 된다. 정상에는 눈 녹은 물들을 모여 사는 연못이 곳곳에 있다. 이러한 물들이 내려가서 알프스의 시내를 만들고 있는 것이다. 알싸한 눈 녹은 물들이 금방이라도 벌컥 마시고 싶은 심정이다. 눈(雪)은 따뜻한 온기를 받아 증기를 만들고, 그 증기는 넓고 깊은 안개층을 만들고 있다. 약간의 냉기가 다가오기도 하고, 밝은 햇볕이 나타나기도 한다. 언뜻언뜻 산장들이 안개 속에 모습을 드러낸다. 2,000m의 고지에서 만나는 형형색색의 등산객들, 그들만의 낭만이 이방인에게는 부러움으로 와닿는다. 포시아보에 이르렀다. 조그마한 기차역 밖으로 나와 산중의 한가로운 마을을 거닐었다. 중심지라고는 하지만 10여 개의 좌판과 음식을 즐기는 사람이며, 조그마한 소품을 파는 아낙네들이 유럽풍의 정형을 보여주었다. 고풍 가득한 성당

이며, 시간마다 울려 퍼지는 교회당의 종소리를 듣는 것도 여
행의 즐거움이었다.

● 알프스와의 만남 그리고 나의 영혼

천 년의 삶이란
너무 짧은 것이다.

아름다운 이곳에서
조상을 보내며
나를 녹인다.

따뜻한 온기가
가슴에 와 닿으면
천 년을 간직한 순백을
바친다.

구름과 꽃과 풀벌레가
나와 어우르지는 이곳에서
우리는 살고 지고 살고 진다.

안개비가 걷히고
인걸이 숨을 죽이면
영혼을 모아
제일 높은 성을 쌓을 것이다.

– 스위스 알프스 2,253M Ospizio Bermina에서

학회에 참석한 사람들과 함께하는 버스 투어 날이다. 버스로 알프스의 산록 곳곳을 찾아보는 여정은 또 다른 여행의 맛이다. 플에라 패스(Fluela pass)의 17마일은 1867년에 개설되었으며, 해발 2,383m로서 알프스 산록 도로 중에서는 가장 높은 곳이다. 산더미 같은 눈(雪)은 채 다 녹지도 못하고 다시 겨울을 맞이하는 것이다. 만년설은 땅 쪽의 온기를 받아서 녹고, 그 녹은 물은 눈 덩어리 밑으로 흘러 강으로 간다. 쥬오즈(Zuoz) 리조트는 500년이 넘은 건물들로 이루어진 촌락이다. 골목길에서 뛰어다니는 초등학생들을 보면 우리나라의 초등학생들과 같아 보인다. 어린이는 순진한데 사람이 성장하면서 세속의 물이 들어 국가 간의 경계도, 미움도, 사랑도 생기는 법이다. 성 모리츠(St. Moritz)는 산으로 둘러싸여 있는 제법 큰 도시이다. 1928년과 1948년 두 차례나 동계 올림픽이 개최된 지역이라고 한다. 여기서 산록 정상을 향하는 케이블카를 보는 일은 신기한 일이 아니다. 한가롭게 엉금엉금 산등성이를 기어가는 케이블과 레일을 가지는 등산 열차에 간혹 사람이 타는 모습을 보니, 여기는 겨울을 기다리는, 그것도 많은 눈이 덮일 때를 기다리는 곳 같다. 알프스의 눈이 녹아든 호숫가에 앉아서, 학회에서 받은 스위스의 전통적인 소풍용 도시락인 빵과 음료로 점심을 때웠다. 스위스 산록 지대를 사진에서 보면 잘 다듬어진 잔디가 유난히 많다고 생각했다. 이곳에서 가까이 보니 사실

온갖 잡풀들이 무성하고, 단지 그것을 기계로 열심히 깎아낸 덕 같다. 그들은 초목을 깎고 그 초목을 겨울철의 가축 먹이로 사용한다. 이들은 자연에 순응하며 사는 사람들이다. 사실 긴 겨울과 산더미 같은 눈(雪) 그리고 곡식을 키울 수 없는 땅을 가진 사람들 아닌가? 그러나 그들은 그 눈(雪)을 사랑하고 그들만의 산록을 가꾸어 세상에 내놓은 것이다. 겨울철에 눈에 파묻혀있을 이 도시를 생각하며, 그때 북적거리는 세계의 손님들을 기다리며 사는 것이다. 들녘의 풀을 커다란 하얀 봉지에 담아서 그들의 겨울을 준비하는 것이다. 산골 마을에는 자작나무로 불을 지피며 따뜻한 겨울을 지낼 것이다.

📖 2001년 7월 6일 다보스와 이별을 고하였다

다보스 여정의 마지막 날이다. 커튼을 열었다. 시원한 다보스의 마지막 청정기운을 마음껏 마셨다. 어디를 가나 떠날 때는 아쉬움이 있는 법이다. 새들의 지저귐도 내가 여기에 존재함을 확인시켜주는 듯하다. 취리히 역에 도착하여 도심을 거닐며 스위스의 도시 풍경을 접하였다. 바다가 없는 나라이지만, 커다란 호수에서 바다를 느끼고 사는 사람들이다. 이렇게 큰 호수가 있다는 것도 이들에게는 복이 주어진 것이다. 요트 행렬의 장관이며, 역사를 자랑하는 수녀원과 1,000년의 역사를 자랑하는 성당 등이 도심 안에서도 숨 쉬고 있었다. 그들은 그들만의 역사를 소중하게 여기며, 역사를 만들며 살아가고 있다. 저녁 6시 50분에 취리히공항에서 스위스 땅과 작별을 고하였다. 프랑스로 기수를 돌리고 나니 기체가 심하게 요동쳤다. 기내는 다소 술렁임이 있었으나 스튜어디스들은 즐겁다는 듯이 만면에 웃음을 보여주며 승객들을 안심시켰다. 저녁 식사를 기내에서 때우고는 파리 드골공항에 도착하였다. 프랑스의 산천을 둘러보며, 사람 사는 곳이란 어디를 가나 촌락이 이루어져 있고, 산이 있고 적당한 들판이 있는 게 속성인가 보다 하는 생각을 하였다. 저녁 해가 서산에 기울 때 우리는 고향 사람들이 가득한 대한 항공 비행기에 탑승하였다. 오랜만에 한국 신문을 접하고 그곳에서 눈을 떼지 못하였다. 조국은 어떠한 모습으로 나에게 와있는가를 여실히 보여주는 것이다. 오랜만에 고추장 곁들인 비빔밥을 먹고 나니 그동안의 스트레스가 일소된다. 그렇다! 먹는 즐거움의 복이 인간에게 얼마나 소중하고 중요한 것인가? 스위스에서 만난 산천, 사람 그리고 그들의 문화가 뇌리에 그려진다. 세상은 아름답게 창조된 것이다. 단지 그 창조된 세상을 인간이 어떻게 가꾸고, 일구어나가느냐가 문제인 것이다. 눈을 뜨니 나의 조국이 우리를 반가이 맞아주었다.

03

마음에 담아온

산티아고

인천공항에는 무더위를 밀어내는 가을비가 내리고 있다. 독일 프랑크푸르트와 스페인 마드리드를 거쳐 칠레 산티아고까지 지구의 절반을 도는 여행을 시작한다. 긴 여정의 비행에 대한 걱정이 다가오기도 하지만 '살아있다는 증거는 여행할 수 있는 것'이라고 자위하면서 여행을 즐기기로 마음먹는다. '여행'을 떠나면서 나는 '아! 여행하고 싶다.'라고 외치고 있다. 12시 45분 아시아나 항공 OZ541은 나와 함께 서서히 활주를 시작하였다. 서해안의 섬들이 점이 되어 눈앞에 다가온다. 발아래 흩날리는 구름 조각이며, 훌쩍 왔다 가는 안개 뭉치들이 모두 나와 호흡하면서 함께 유럽으로 향한다. 30분을 비행하니 구름 한 점 보이지 않는 쪽빛 바다가 나타났다. 참으로 청명한 세상이다. 눈을 들어 보아도 저 멀리 엷은 구름 조각이 보일 뿐이다. 오직 하늘에는 평화로움과 여유만 있다. '하늘의 평화'가 무엇일까? 바로 지금 창밖에 비치는 저 쪽빛 세계가 아닐까?

매일 쫓기면서 허둥대던 나의 일상이 조금씩 멀어져간다. 일상으로부터의 일탈, 그 시간이 시작된다. 발아래에는 육지의 희미한 모습이 창밖을 통해 펼쳐지는데, 기내 지도를 보면 중국 북경 근처인 것 같다. 저 육지의 사람들이 우리의 존재를 알까? 아마 모를 것이다. 하늘나라에는 국경이 없으면 좋겠다. 무슨 첨단 장비로 땅 위를 관찰하고 첩보전을 한다고 하니 그것도 힘들겠다. 하늘에도 국경이 있어야 하는가? 우리에게 경계선은 어떤 의미인가? 단절, 그 단절을 뛰어넘어보자. 비행한다는 것은 하늘에 선을 긋는 것이다. 그러나 잠시면 흩어지고 또 다른 비행이 시작되기도 한다. 11시간의 여정으로 독일에 도착할 것이다. 다음 세대에는 비행기의 속도가 더욱 빨라질 것이다. 그때에는 어떤 세상이 될까? 2~3시간이면 독일로 오고, 지구 한 바퀴를 하루에 도는 즐거움도 있을까? 온갖 상상이 머리를 맴돈다. 그래도 이런 즐거운 공상이 웃음을 머금게 한다. 창밖에는 푹신한 구름바다가 끝없이 펼쳐져 있다. 지구, 하늘 그리고 구름층 위에 또 다른 청명한 하늘이 존재한다. 우리는 9월 3일 오후 5시에 프랑크푸르트 국제공항에 도착하였다.

시간의 흐름이 인조적이다. 지금이 몇 시인지가 무슨 의미가 있는가? 인간들이 약속하고 자기들이 임의로 사용하기 위한 것일 뿐이지 않은가? 오늘이 며칠인지 불분명하다. 공항 시계로 오후 7시 35분에 우리 비행기는 프랑크푸르트 국제공항에서 이륙하였다. 3시간을 비행하고는 중간 기착지인 마드리드공항에 도착할 수 있었다. 늦은 밤 12시경 우리는 다시 칠레행 LAN 항공기에 탑승하였다. 사람은 길들여지는 동물인가? 기내식이 나오면 음식을 먹고, 실내등이 꺼지면 모두 깊은 잠에 빠져든다. 외부의 밝음과 어둠은 우리와는 별개이다. 지금이 정확하게 밤인지, 낮인지를 모른다. 단지 기내가 한밤 분위기이니 나도 잠을 청하게 된다. 지구 반대쪽으로의 여정, 그것이 갖는 호기심이 자꾸 나를 흥분시킨다. 칠레의 새벽임을 느낀다. 창가 아래에는 눈 덮인 산등성이 조금씩 빛이 되어 나타나기 시작한다. 산티아고에 서서히 접근을 시도하고 있다. 오후 1시에 칠레 산티아고 공항에 도착하였다. 마드리드로부터 약 13시간의 비행이다. 비행기가 착륙하자 기내가 갑자기 술렁이며 모두 힘찬 박수를 친다. 무사 비행에 대한 감사인가? 자축의 기쁜 표정이 역력하다. 밖은 차가운 겨울 세상인 듯하다. 코로넬 호텔(Coronel Hotel)에 여장을 풀었다. 여장을 풀자마자 우리는 산타루치아 언덕으로 향하였다. 정복자의 부대 요새로 보기는 힘들었다. 도심 중앙에 우뚝 선 언덕이다. 정상에 서니 멀리 북쪽에는 마포초강이, 맞은편에는 연안이 펼쳐져있다. 이방객 속에서는 선남선녀들의 키스신이 펼쳐지고, 우리는 그 옆에서 사진 촬영을 하면서 「산타루치아」를 흥얼거렸다. 도심 중앙에 있는 메트로폴리탄 성당은 그 웅장함이 세속의 우리에게 무언가 메시지를 보내는 듯했다. 성당 안에서 우리는 기도를 하였다.

📖 2007년 9월 4일

발파라이소(Valparaiso)로 가는 풀맨 버스(Pullman Bus)에 몸
을 실었다. 전형적인 초봄 날씨이다. 30분 정도 달리니 한가로
운 전원 풍경이 다가왔다. 우리나라 경부고속도로와 흡사하다.
지구의 반대쪽, 그러나 인류의 문명은 어디를 가나 유사한 모
습들이다. 열대성 식물군이 띄엄띄엄 보이는 산등성이며, 잡목
군락이 대부분인 산록이 다소 황량함을 자아내고 있다. 정오
에 우리는 발파라이소에 도착하였다. 산티아고로부터 120km
떨어진 항구도시다. 여행객 특유의 모습으로 발파라이소 거리
를 이리저리 헤집고 다녔다. 공원에서 오수를 즐기는 주인 없
는 개의 무리가 신기하였다. 유네스코가 지정한 세계 문화유
산, 그 유산을 우리는 공원 곳곳의 아름다운 조각품 속에서
찾아낸 듯하다. 리프트에 몸을 실어 산비탈 위로 오르니 먼발
치에 들어오는 태평양의 물결과 함대들, 이 모두가 하나의 풍
경이 되어 가슴에 숨어든다. 해군박물관을 방문할 수 있었다.
침략자에 대항하고 국가의 독립을 이룩한 해양 국가, 그들의
영웅을 만날 수 있었다. 한 무리의 남녀 중학생들과 뒤섞여 박
물관 구석구석을 다니면서, 유난히 우리를 따르는 학생들을 만
났다. 고함지르고, 웃고 그리고 더욱 가까이하고자 하는 그들
에게 우리는 자칭 욘사마(당시 우리나라의 배우 배용준의 일본 별칭
으로, 대단한 인기였다.)가 되었다. 남녀가 손에 손을 잡고 우리와
의 사진 촬영을 하려고 우르르 몰려드는 천진함이, 여행객에게

는 친근감과 포근함 그리고 즐거움으로 다가왔다. 그들과의 친분(?)도 잠시, 아쉬운 손짓을 뒤로하고 우리는 이곳을 떠날 수밖에 없는 이방인이었다. 해안 길을 따라서 30분가량을 걸어서 비냐델마르(Vina del mar)에 다다랐다. 아름다운 풍광을 앞에 둔 언덕에는 대저택들이 즐비하였다. 시원한 해풍 그리고 파도에 실려 오는 태평함이, 우리에게 휴식과 여유를 주었다. 독립을 기념하는 바람개비형 칠레 국기가 바람결에 돌고 있는 강가를 거닐며 석양에 걸린 칠레 항구를 서서히 벗어났다.

꽃단장이 아름다운 산티아고의 아침을 조깅으로 만났다. 비너야드(Vineyards)로 향하는 지하철에 몸을 실었다. 도시 여행은 그곳 사람들과 함께 버스와 지하철을 이용하는 것이다. 거기서 사람들의 일상을 엿볼 수도 있다. 사랑을 나누는 젊은이, 눈을 감고 명상에 잠겨있는 직장인, 열심히 책장을 넘기는 학생들, 그들의 일상이 나에게 와닿을 때 우리는 한가로운 여행객일 뿐이다. 지하철에서 내려 버스를 기다리는 동안 광장의 한가로움을 만났다. 여기서 콘차이 토로(Concha Y Toro) 와이너리로 가게 되는 것이다. 도로며 광장을 자기의 안방인 양 조금은 무서운 모습으로 무리 지어 다니는 개들에게, 이곳은 참으로 살기 좋은 그들의 세상이다. 개의 개체 수가 계속 증가하면 이곳은 개의 천국이 되지는 않을까? 그럼 사람은 어디에 살 수 있을까? 인간이 그들에게 종속되지는 않을까? 하는 부질없는 걱정을 나누며 콘차이로 향하였다. 산등성이에는 하얀 눈이 소복하다. 1,100만 인구 중에서 600만 명이 수도 산티아고에 살고 있으며, 빈부의 격차가 크다고 한다. 도시의 밀집도가 우리나라보다 큰 곳이지만, 즐거움과 여유가 있다. 끝없이 펼쳐진 포도 농장, 적당한 습기를 머금은 토양 그리고 시원한 바람, 이들이 맛있는 와인을 생산하는 조건인 것 같다. 가이드의 조잘거림을 들으며 이것저것 와인을 시음하다 보니 술기운이 얼큰하게 오른다.

지구의 반대에는
봄이 가을이다.

9월에는 벚꽃이 흐드러지고
철쭉이며 개나리가 세상의 진을 친다.

부신 눈을 들어 보니
먼 산등성이에는 하얀 눈(雪)이 자리하고
세상의 물상들은 즐거움으로 가득하다.

뺨을 맞댄 인사로
더욱 깊은 체취를 나누고
웃음꽃 피어나는 얼굴들에 무슨 외국인이 따로 있는가?

모두가 친구이다.
지구인은 모두가 하나이다.
지구인에게 영원한 평화가 있기를 기원한다.

국제학술대회에 참여하여 여러 나라 사람을 만나고 전공 분야 토론을 하는 것이 학문하는 사람들에게는 커다란 보람이다. 칠레 가톨릭대학교에서 만난 정겨운 사람들의 모습 그리고 활발한 논문 발표와 토론을 통하여 또 다른 남미의 모습을 볼 수 있다.

캠퍼스 광장에서 만난 너무나 자유로운 의상 그리고 웃음 가득한 대학생들의 모습이 그들만의 특권일까? 캠퍼스에는 한가로움이 그리고 그들의 천진함이 가득하다. 학회 논문 발표를 마치고 우리는 이리저리 연구실이며, 실험실을 탐방하였다. 처음 보는 우리와 그들은 금방 친구가 되었다. PC를 켜서 고국의 소식도 접하였다. 컴퓨터의 속도가 너무 느린 것이 조금은 흠이지만, 그들의 친숙함이 연구실 내에서도 이어졌다. 칠레의 어둠이 캠퍼스를 덮을 무렵 숲속에서는 피에로가 나타나고, 구석진 곳들에는 어둠을 조금씩 밝혀주는 호롱 같은 전등이 켜진다. 능수능란한 아코디언 연주, 아무렇게나 움직여나가는 불꽃 쇼, 그들의 밤은 남미의 정열과 화려함으로 깊어만 간다. 와인 잔을 기울이며 세계가 하나 되는 환담 속에서 우리의 피로도, 외로움도 씻겨나갔다. 캠퍼스에서 즐기는 야외 가설무대, 그 특유함이 새삼 정겨움으로, 한편으로는 부러움으로 남는다. 칠레 사람들은 즐겁게 생활한다. 그들에게 우리의 모습은 어떠한가? 코가 납작하고 눈도 작고 또한 키도 작은 우리는 그들에게 신기한 모습을 주는 것 같다. 자칭 욘사마도 그러한 덕분인가? 이곳의 학생들은 퍽 자유스러워보인다. 중·고등학생들은 오전만 공부한다고 한다. 고등학생 중에서 20% 정도는 미혼모이고, 어머니가 딸이 낳은 아이를 키우는 것을 대수롭지 않게 여긴다고 한다. 칠레 여대생의 귀띔이 참 재미있다. 칠레의 남성들은 사랑에 대한 책임감이 약하다고 한다. 그래서 그녀는 칠레의 남성을 싫어한다고 한다. 적어도 동방예의지국 우리나라와는 사뭇 다른 모습이다. 아침 등교 시간에 담배를 입에 물고 남자 친구와 손잡고 거리를 활보하는 그들의 모습이 자유인지 방임인지는 적어도 이곳에서는 구별되지 않는다.

설렘을 안고 안데스 산맥으로 출발한다. 두꺼운 옷가지를 챙겼
다. 설산으로 가는 우리 일행은 걱정 반 호기심 반이다. 중식
용 샌드위치며 먹을거리를 휴게소에서 준비하고는, 추위에 대
비하라는 안내에도 아랑곳하지 않고 먼 산록에만 눈을 고정하
였다. 아침 9시 40분 우리의 버스는 산록을 오르기 시작하였
다. 칠레의 능선 그리고 국경을 이루어주는 안데스산맥의 정상
으로 향하였다. 칠레인, 브라질인, 중국인 그리고 우리가 함께
하는 여정에서 우리는 한 가족이 되었다. 발아래 깊은 계곡을
옆에 두고 꼬불꼬불한 앞차의 뒤꽁무니를 열심히 따랐다.

눈 녹은 물이 흐르는 협곡 그리고 멀리 산록에 보이는 선인장 군락, 그리고 잔풀을 뜯는 한가로운 말들이 안데스 산록의 풍경이다. 청명함이 더하여 눈이 부신다. 하늘 속에 떠있는 안데스산맥은 눈 덮인 이대로가 참 좋다. 산은 이곳에 살고 있고 나도 이곳의 일원이 되니, 누가 주인이고 누가 손님이겠는가? 중간치 나무들은 숨을 죽이고, 땅바닥에 바짝 붙은 잡목들은 그 속에 진을 치고 있다. 중턱에 서니 나의 눈과 일치되는 산정상들의 행렬이 눈빛으로 빛을 발한다. 싱그러운 햇살이 가슴 속까지 파고든다. 고산(高山) 증상을 느낀다. 귀가 멍멍해진다. 스키객들을 유혹하는 설원이 가까워진다. 2,760m의 엘콜로라도(Elcolorado)를 정복하였다. "와! 눈 세상이다."라고 저절로 감탄이 쏟아진다. 맑음, 그 이상의 표현이 청명인가? 멀리 펼쳐지는 저곳이 신의 세상이 아니겠는가? 그곳을 향하는 나의 마음이 숙연하여진다. 설산 특장차로 10분가량을 오르니 또 다른 눈의 도시가 나타났다. 눈 속에 묻혀 사는 그들의 세상이 눈을 떴다. 끝없는 눈 세상 그리고 하늘과 맞닿은 평원이 형용할 수 없는 전혀 새로운 세상을 만들어내고 있다. 3,000m 고지가 눈앞에 와있고, 남미의 빠른 음악을 들으며 나는 나무의자에 기대어 눈을 감았다. 나의 삶에도 이러한 행복감이 있다. 세상에 고맙고 감사할 뿐이다. 옛날 그리고 현재 또한 미래의 세상사가 맴돈다. 언제 또 이곳에 오겠는가? 하늘과 맞닿은 눈봉우리가 지붕을 이루는 안데스 산봉우리는 뭍 인걸이 오르내리며 백설의 전설을 엮어나가고 있다. 너는 이곳에서 뽐내고 있으라고 이별을 고하니 곱게 갈무리한 눈밭이 우리의 발목을 계속 잡아당겼다. 밸리 네바도(Valle Nevado)를 거치는 동안 세상의 고요는 더욱 깊어만 간다. 이들은 그리움을 품고 사는 아낙네인지, 새로운 사랑을 기다리는 천하인지 여간 분간이 되질 않았다.

안데스에 내리는 눈은
햇살을 받아 더욱 여물어간다.

세상사 시름 잊고
청명 세상에 살아 보니
산록 곳곳에는 우리들만의 순백 세상이다.

여름이면 밭을 갈고
겨울이면 눈(雪) 수확을 하여
초봄까지 들녘 가득 세상 사람을 청하니
하늘 아래 천국이 이곳이 아닌가?

산티아고 공항에서 이륙하였다. 귀국한다는 것은 어머님의 품으로 돌아가는 것이다. 귀소본능인가? 잊었던 고향으로 가는 길이다. 왔던 길을 되돌아가는 데도 새로움이 새록새록 하다. 마드리드까지는 온갖 생각이 뇌리를 벗어나질 못하였다. 기내 항로를 보니 바로 옆이 이탈리아 로마이며, 프랑스 파리, 영국 등이 보인다. 세상은 넓지 않다. 남미 칠레에서 12시간을 비행하면 유럽이고, 또한 16시간 정도를 비행하면 아시아이다. 지구 기행, 그 묘미가 하늘에 있는 듯하다. 스페인 마드리드의 들녘이 확연히 눈에 와닿는다. 우리의 LAN 704 비행기는 마드리드공항에 안착을 하였다. 시간의 흐름을 다시 조정하였다. 9월 10일 오후 2시 54분 우리는 마드리드공항에서 유유자적하는 시간을 보냈다. 스페인을 생각한다. 이들이 지배 세력으로 임하였던 화려한 시간을 생각한다. 눈이 크고 이목구비가 뚜렷하고 얼굴이 약간 검고 큰 가슴을 가졌다. 스페인의 가을 날씨를 호흡하는 것으로 스페인을 눈요기하였다. 오후 5시 15분 우리 비행기는 이륙하기 위하여 활주를 시작하였다. 마드리드 상공의 평화로운 가을 모습을 눈에 담으며 칠레~스페인~독일~우리나라로 이어지는 하늘 여정이 계속되었다. 프랑크푸르트가 발아래에 왔다. 가을비가 내리는 어둑어둑한 프랑크푸르트공항에 착륙하였다. 19시 10분 드디어 우리나라 아시아나 항공을 만났다. 이제 집에 온 기분이다. 조국!

조국이 있어서 참 좋다. 뭐 새로운 것이라도 찾을 량 우리나라 신문에서 눈을 떼질 못하였다. 여행은 수평적인 사고(思考)를 넓혀주는 것이 확실하다. 수직적인 사고와 수평적인 사고의 이분법을 정도라고 생각하면 공학도는 수직적 사고에 젖어있는 것이다. 그러나 세계 평화를 생각하면, 더불어 사는 세상을 생각하면 수평적인 사고를 하여야 할 시기이다. 나이에도 관계있을 것이다. 50대 중반 나의 인생에는 수평적인 사고가 필요하다. 무슨 실력이 그리도 중요할까? 출세 그리고 돈, 도대체 무엇이 우리의 영혼을 풍성하게 할까? 11시 20분 착륙 준비에 들어간다고 한다. 세계 기행, 그 의미를 새롭게 한다. 칠레 그리고 칠레인의 친절과 여유 그리고 낭만이 깃든 이 나라가 더욱 가까이 다가온다. 칠레에서 만난 모든 사람이 내 앞에 도열을 시작한다. 그리고 한 사람 한 사람과 뺨을 비비며 인사를 나누고 작별인사를 나누고 있으니 나를 흔들고 있다. 이미 우리 비행기는 인천공항에 활주를 하고 있다.

04

인도네시아
문화 엿보기

세계 최대 이슬람 국가인 인도네시아에 온 지 이제 겨우 20일 된 내가 매일 두 번씩 샤워한다. 어떤 때에는 세 번도 하게 되니, 내 평생 하루에 이렇게 많이 샤워하는 때가 없었다. 그리고 저녁이면 일찍 잠자리에 든다. 집 관리인들의 라이프 사이클을 살펴보니 저녁 9시 이전에 거의 잠자리에 드는 모양이다. 새벽 5시면 정원 잔디밭의 낙엽 치우는 소리, 마당 쓰는 소리, 낙엽 태우는 소리, 식사 준비 등으로 부산함을 알 수 있다. 아침 6시가 조금 넘으면 학생들은 학교에 가고, 7시면 아침 1교시가 시작된다고 한다. 8시쯤 연구실에 들어서면 이미 캠퍼스는 수업의 열기로 가득하여 조심스럽게 걸음을 옮긴다.

이곳 사람들은 손으로 식사하는 것이 일반적이다. 손으로 식사하다 보니 모든 식당에는 손 씻는 세면장과 세제가 잘 비치되어있다. 식사하기 전에 손을 씻고 식후에도 손을 씻는다. 지구상에 40% 정도의 인구가 손으로 식사한다고 하니 어느 것이 더 좋은 지는 한 번쯤은 다시 생각하여 보아야 할 일이다. 숟가락을 사용하는 것이 자신의 손보다도 더 청결한 것일까? 이 사람 저 사람이 사용하던 숟가락이 내 손보다도 더 깨끗한지 의문이 든다. 씻는 문화는 이뿐 아니다. 대소변을 보고 난 후에도 그곳을 물로 깨끗하게 씻는다. 종이로 닦는 것과 비교하여 어느 쪽이 더 위생적일까? 우리나라도 요즘 비데가 서서히 대세를 이루기 시작하는데, 이것이 씻는 문화에서 발전한 것은 아닌지? 이슬람 사람들은 하루 5번의 기도를 하며, 기도하기 전에 꼭 발을 씻는다. 그러다 보니 내가 근무하는 대학 화장실 옆에는 발 씻는 곳이 잘 갖추어져 있으며, 수시로 발 씻는 학생들을 볼 수 있다. 그리고 아침과 저녁에 샤워를 한다고 한다. 나 역시 아침, 저녁으로 샤워하니 몸도 개운하고 상쾌하여 좋았다. 이들은 씻는 일에 대하여 세계에서 둘째가라면 서러울 만큼 청결한 생활을 하고 있다.

매년 하는 라마단은 이슬람 사람에게는 매우 중요한 행사이다. 태양이 떠있는 동안에는 물도 먹지 않고, 심지어 침도 삼키지 않는다고 한다. 왜 이들은 이러한 금식 행사를 대대적으로 할까? 물론 종교적인 부분이 클 것도 생각하지만, 이들은 배고 픔을 통하여 굶주린 자들을 생각하고 이웃을 생각하자는 취지 가 매우 크다고 한다. 또한, 자기반성의 시간이기도 하다고 한 다. 이때의 생활은 새벽 3~4시면 기상하여 아침 식사를 한다. 일상의 모든 생활을 그대로 한다. 그리고 저녁 6시가 되면 저 녁 식사를 한다. 그런데 배고픈 상태에서 많이 먹을 것으로 생 각한 것은 오산이었다. 저녁 6시가 되어 금식 해제 알람이 울 리면 간단한 음료를 조금 마시고 차츰 음식을 먹는다. 그리고 긴 라마단 기간이 끝나면 르바란 휴일이 시작된다. 즉 라마단 이 무사히 끝난 것을 축하하는 의미로 이웃을 찾아보고, 고향 을 방문한다. 마치 우리의 설날 명절에 고향을 찾는 것과 유사 한 풍습이다. 대학도 2주간을 휴강하였다. 그들이 행하는 라 마단 그리고 르바란은 물질문명이 극도로 발전하는 현재의 세 계에 이슬람이 던지는 하나의 메시지가 아닐까?

거실에 놓여있는 커피 세트 중에서 예쁜 도자기로 된 설탕 그릇이 있다. 아내가 그 설탕 그릇 속을 보고는 기겁을 하였 다. 안에는 개미들이 바글거리고 있었다. 관리인 보고 설탕 그 릇 안을 보여주며 개미를 없애라고 부탁하였다. 그러나 관리인 표정이 쉽게 동의하는 모습이 아니었다. 며칠 후에 그 설탕 그 릇이 다시 거실의 그 자리에 놓여있었다. 혹시나 하고 열어보니 역시 개미는 여전히 그 안에 진을 치고 있었다. 그뿐이 아니다.

타일과 타일 사이, 벽 모서리 등 곳곳이 개미 천국이다. 또 제법 덩치가 큰 바퀴벌레가 타일 방바닥을 어슬렁거리는 것은 다반사여서 약을 뿌려 개미며, 바퀴벌레를 죽이기에 열중하였다. 한글학교에서 만난 선교사의 말씀이 재미있다. "우리나라 사람들은 개미며, 바퀴벌레를 죽여야 하는 '적'으로 생각하지만, 이곳 사람들은 그냥 '후우' 불어서 다른 곳으로 보내면 되는 조금 귀찮은 정도의 존재로 생각해요."라고 한다. '적'과 '조금 귀찮은 존재'의 차이는 너무나 크다. 어떤 것이 맞는 말인지 헷갈린다. 이들은 자연에서 나오는 벌레에 대하여 놀라서 호들갑을 떨지 않은 것은 확실하다.

게스트 하우스의 우리 안방 천장 높이가 4m쯤 되어보인다. 현지인 집을 방문하여 보아도 거의 비슷하다. 그리고 방의 제법 상부 벽에는 7개의 구멍을 양쪽 벽에 내어서 외부와 소통이 되도록 하였다. 덕분에 밤새도록 야옹거리는 고양이 소리, 새벽에 전하여 오는 이슬람 사원의 기도 방송, 자동차 소음, 오토바이 경음도 그대로 들어야 한다. 더운 지역이기에 자연대류를 통해 내부 습도를 밖으로 배출하고 내부 공기의 청정도를 높이는 과학적인 설계 기법이 아닌가? 그리고 외부와의 소통도 생각한 것은 아닐까?

7시간의 비행 거리인 적도 근처의 남반구 이슬람 사람들의 관습과 인도네시아 사람들의 일상을 보면서 다들 나름의 과학과 합리성이 내재되어있다는 것을 알게 되었다. 아직 20일밖에 시간을 보내지 않았지만, 적어도 우리의 문화가 제일이라고만 우길 수 있는 시대는 아닌 것 같다.

05

인도네시아
입문기

인도네시아 자카르타 스카르노 하타 국제공항에 첫발을 디딘 것이 한여름인 2010년 8월 30일이었다. 후덥지근한 기후가 예상대로 덥고 힘든 인도네시아에서의 생활을 예고하여 주는 듯하였다. 그간 인도네시아에 대하여 아는 것이라고는 우리 연구실에 유학 온 인도네시아 학생들을 통하여서가 전부이다. 그들은 약간 우중충한 옷을 입고, 손으로 음식을 먹고, 라마단 기간 약 한 달은 해가 있는 낮에는 금식하는 정도로 알고 있었다. 우리와는 사뭇 다른 모습의 사람들 속으로 들어간 것이다. 자카르타 시내에 꽉 막힌 자동차 행렬 그리고 그사이를 가득 메운 오토바이들로 인하여 자카르타는 하나의 큰 주차장을 이루고 있었다. 반둥(Bandung) 가는 고속도로도 예외는 아니었다. 4시간 정도가 걸려서야 겨우 목적지인 반둥의 ITB(반둥공과 대학) 게스트 하우스에 도착할 수 있었다. 나의 인도네시아 생활을 걱정하던 동료와 친지들의 얼굴이 생각났다. 말도 생소하고 이슬람이라는 생소한 종교 생활인들 속으로 들어온 것이다.

다소는 긴장 속에 ITB로 첫 출근을 하였다. 꽃 넝쿨이 뒤덮여 있는 정문을 들어섰다. 넓고, 조용하고, 녹음이 우거진 캠퍼스를 만났다. 잘 정돈된 교정의 잔디밭을 지나서 환영하여 주는 대학 관계자를 만났고, 제법 넓은 공간의 개인 연구실을 안내받았다. 학과 교수 전원이 동부인한 환영 만찬에서는 풍성한 음식 그리고 우리의 입맛에도 잘 맞는 요리가 나의 눈을 의심하게 하였다. 오랜 친구를 만난 것 같은 친근감이 우리를 편안하게 하였다. 아내와 교수 부인들은 부둥켜안으면서 사진도 찍고, 파안대소도 하였다.

내가 사는 다고(Dago) 지역은 반둥 북쪽으로 비탈을 올라온 조금 높은 지역이다. 아침 산책길에 인도네시아의 중류 사회의 모습을 볼 수 있었다. 집집이 잘 다듬어진 정원과 넓은 마당이 있고, 충분한 주차 공간 확보로 보통 2~3대의 자가용과 2~3대의 오토바이들이 대문 안에 들어서 있는 모습은, 나로서는 전혀 경험하지 못하였던 것이다. 인도네시아 인구 2억5천만 명 중에서 5%의 상류층과 15%의 중상층을 합하면 약 20%, 즉 5

천만 명이 중산층 이상이다. 지금 나는 이러한 계층을 보고 있는 것이다. 우리나라 인구 정도의 인도네시아 사람들이 우리보다도 더 여유로운 그리고 더 풍족한 생활을 하고 있음에 나는 놀라지 않을 수 없었다. 물론 80%의 빈곤층이 주변에 널려있는 것은 사실이다.

나를 초청한 교수가 조금은 외곽에 있는 자신의 별장 같은 집으로 우리 부부를 초대하였다. 반둥 시내에는 학교 출퇴근을 위하여 집이 있고, 토요일과 일요일 그리고 쉬는 날 지내는 곳이라고 하였다. 차선도 없는 꼬불꼬불한 산길에는 자동차와 오토바이가 뒤범벅되었다. 1시간 30분 정도를 달렸다. 교수님의 집 대문을 들어서면서 입을 딱 벌리지 않을 수가 없었다. 유럽 여행 때 보았던 옛 왕들이 살던 성(castle)을 보는 것 같았다. 차량이 교차하고도 남을 만한 넓은 진입로를 지나서 본채에 도착하였다. 언덕 아래에 펼쳐진 정원 그리고 멋진 본채와 아담한 별채들이 눈에 들어왔다. 테라스에 잘 차려진 환영 다과를 나누며 인도네시아에 온 것을 환영하는 부부와의 환담이 이어졌다. 110,000㎡의 광활한 고을이 그분의 집이었다. 본채와 4동의 별채 그리고 과수원, 낚시터, 축사 등으로 구성되었다. 우리 부부를 위하여 집안에 준비된 가라오케에서 한국 노래를 부를 수 있게도 하고, 잠자리에 새로운 침대보이며, 다과도 준비하여주었다. 하룻밤을 지내고 풍성한 환송 만찬을 하고는 서로 껴안으며 잠시의 이별을 아쉬워하였다.

　과연 나는 어느 나라에 와있는지, 그간 내가 알았던 인도네시아가 이곳이 아닌지, 아니면 내가 인도네시아의 한 부분만 보고 있는지 혼란이 가중되고 있다. 인도네시아보다는 우리가 잘살고, 우리의 문화가 우위에 있고, 조금은 우월감에 사로잡혀있었던 것은 아닌지 하는 생각이 교차하면서 스스로 부끄러운 부분이 조금씩 얼굴을 내밀고 있다.

06

내가 본 인도네시아
풍경

자카르타의 수카르노 하타공항에 도착하였을 때는 후덥지근한 더위가 숨을 턱 막히게 하였다. 공항을 빠져나오는 도로 옆에는 우리나라 LG, 삼성과 SK 등의 익숙한 간판들이 열병하듯 우리를 반겼다. 조금은 으쓱한 기분을 즐기면서 공항을 벗어났지만, 자카르타 고속도로를 찾아가는 길은 정체로 고통스러웠다. 눈 아래 철거민 집들 같은 자카르타 수도의 모습, 그 사이사이에 우뚝 선 빌딩들, 그 부조화 속에 유독 많이 보이는 일본의 토요타 자동차들이 의외의 풍경이었다. 산 중턱에 그런대로 괜찮은 고속도로를 달리면서 제대로 된 인도네시아를 볼 수 있었다. 열대우림, 그 사이사이에 펼쳐지는 논밭 그리고 바나나 나무들이 널브러져 있다. 해발 700m의 반둥(Bandung)시

에서 밤을 헤집고 반둥공과대학(ITB)의 게스트 하우스에 여장을 풀었다.

라마단이 한창 진행되고 있었다. 아침 해뜨기 전에 아침밥을 먹고 나면 하루 내내 음식은 물론 물도 먹지 않았다. 저녁 6시 라마단 해지 사이렌이 울리면 그때 조금의 물로 목을 축이고, 그 후에 음식을 먹는다. 금식을 통하여 자신의 삶을 반성하고, 배고픈 이웃을 생각한다고 하니 숙연한 행사임엔 틀림없다. 9월 중순에 라마단이 끝나고 르바란이 되었다. 염소를 잡아서 나누어 먹는 희생제가 시작된 것이다. 산에서 자란 염소들이 동네 곳곳에서 거래되며, 염소 고기를 나누어 먹는 이들의 축하 행사는 우리의 설날 풍습과 비슷하였다. 이웃을 돌아보고, 고향을 방문하는 최대의 명절은 이렇게 지나가고 있었다.

게스트 하우스의 관리인 가족은 내 나이 또래의 마음씨 좋은 부부 그리고 동생 내외, 아들, 조카 등 7명이다. 게스트 하우스가 위치한 다고(Dago) 지역은 반둥에서도 북쪽의 언덕 위에 있는 곳이다. 비가 많이 오고 배수 시설이 좋지 못하여 이곳 사람들은 이러한 언덕 중턱을 선호하고, 대부분의 고급 주택지는 산 중턱에 있다. 이곳 다고도 부유한 사람들의 동네로, 한 집에 승용차 2~3대가 보통이며, 집안일을 하는 가정부, 기사 등 2~3명의 일하는 사람들이 있다. 반둥은 높은 해발 덕분에 1년 내내 시원한 지역이다. 연중 기온이 22~26도로, 이곳에서는 더위 걱정은 하지 않아도 된다. 밤이면 도리어 약간의 추위가 오고 아침 산책에는 긴 옷으로 무장하기도 하였다. 게스트 하우스는 제법 괜찮은 마당을 가지고 있다. 주차장으로도 사용되는 마당 덕분에 체조도 하고 배드민턴도 즐길 수 있었다. 깊은 숲속에 앉아있는 곳이라는 표현이 맞을 것이다. 나무 끝이 보이질 않고, 둘레가 두 사람의 아름도 부족한 장대 같은 나무들이 무성한 잎을 무기로 하여 집을 지키고 있다. 특히 큰 도로에서 게스트 하우스로 들어가는 곳에 신사나무가 하나 있었다. 이 신사나무는 내가 붙여준 별명이다. 건장한 둘레 그리고 줄기 없이 하늘로 쭉 뻗은 하단부가 50m쯤 되어 보인다. 그 위에 무성한 숲을 이루고 있는 모습이 건강한 신사 청년이 턱 버티고 서있는 모습이다. 나의 출퇴근길을 지켜주고 매일 몇 번 인사를 나누는 정겨운 이웃이 되었다.

자그마한 빨간 색의 무성한 꽃으로 뒤덮인 ITB의 정문을 벗어나면 오랜 고목들이 주인보다 먼저 와있다. 매일 아침 청소하는 분들이 낙엽을 치우는 것이 주요 일과이다. 캠퍼스 어디를 가나 늘 푸른 나무들이 버티고 있다. 매일같이 한줄기씩 퍼붓는 소나기는 우기 때의 일상이다. 이 때문에 도로의 보도블록은 검은 형상을 할 수밖에 없다. 차도 옆의 인도는 숲이 점령하고 있고, 나는 요리조리 나무 사이를 피하여 다녀야만 하였다.

인도를 나무에 빼앗긴 것이다. 하루 한 번의 소나기 그리고 한 낮의 강렬한 태양은 나무의 성장에는 아주 좋은 조건이다. 이로 인하여 도로를 점령한 나무들은 그 뿌리의 크기가 어마어마하다는 표현이 맞을 것이다. 도로 정비를 위하여 나무를 파내야 하나, 대부분 베어낼 수밖에 없다. 비가 오면 금방 도로가 물바다가 된다. 그러나 조금만 기다리면 비가 멎으니 우산을 가지지 않고도 적당히 다니기에 좋았다.

관리인의 딸이 아기를 출산하기 위하여 게스트 하우스 관리인 집에 석 달 정도 머물게 되었다. 출산일이 다가오는 어느 날 일가친지들을 초청하여 잔치를 하였다. 아기의 건강한 출산을 위한 이슬람식의 기도회를 하는 것이다. 거실에 매트를 깔고 둘러앉아서 코란을 앞에 놓고 기도하고 음식을 나누었다. 관리인 부인은 딸의 무사 출산을 위하여 정성을 다한 기도를 매일 하고 있었다. 조산원이 집으로 와서 건강한 남아를 출산하였다. 출산 다음 날인 것으로 기억난다. 아기의 외할머니가 갓난 아기를 안고 아침의 강한 햇살을 쪼이고 있었다. 우리 부부는 처음으로 아기를 대하게 되었다. 아직은 눈도 뜨지 않았다. 햇살에 벌거숭이를 만들어 일광욕을 시킨다고 한다. 이 일은 매일 아침 이루어지는데, 우리는 신기함으로 그 아이와 대면하였다. 출산 삼 일째부터는 일가친지들의 축하 인사 방문이 계속되었다. 아기를 대면하여 축원도 하고, 같이 음식도 나누었다.

햇살에 겨우 눈을 뜨기도 하고 얼굴에는 강한 햇살로 땀띠가 뒤덮기도 하였던 그 아기가 지금은 아마 건강한 사내아이가 되었을 것이다.

반둥을 떠나 스마랑으로 가는 길은 380km쯤 된다. 1~2시간 고속도로를 달리고 나니, 꼬불꼬불한 지방도로가 나타난다. 이국 생활에서 이사하는 경험이다. 이삿짐이라고는 하지만 우리 자동차 한 대로 충분하였다. 지방도로를 열심히 달렸다. 이름이 지방도로이지, 그냥 동네길 수준이다. 중앙선이 보이질 않는 곳이 태반이다. 지형이 생긴 대로 도로를 내어서 사용하고 있다. 비가 잦고 돌이 없는 지형 탓에 움푹 파인 물웅덩이를 만나는 일이 다반사이다. 산 위를 오르기도, 내려가기도 하는 곡예 운전이다. 그래도 우리 기사의 운전 실력 덕분에 9시간 만에 중부 자바(Java)의 중심인 스마랑(Semarang)에 도착하였다. 반둥에 비하여 더울 것이라고 다들 걱정하여주었는데, 그래도 견딜만한 기온이다. 한낮 온도는 한참 올라가는 것 같다. 그러나 저녁이면 어김없이 세찬 비가 쏟아지는 덕분에 더위가 그리 심하지는 않았다.

디포네고로대학(University Diponegoro)은 자바 중부의 중심 대학이다. 종합대학으로서 11개 단과대학을 두고 있는 명실상부한 종합대학이다. 내가 소속한 기계공학과는 단일 3층 건물과 실험실들을 갖추고 있었다. 교수들이 시험지의 정답을 자필로 작성하여 게시판에 붙여주는 것이 색다른 풍경이다. 학위논문 통과를 위하여 교수에게 개별 구두시험을 치러 합격을 하여야 하고, 이를 매우 엄격하게 시행하였다. 복도의 대기 학생들은 긴장한 모습이었다. 교수들의 수업 준비 그리고 강의 자세가 매우 긴장감이 있었다. 내 강의에 임하는 학생들도 매시간 내어주는 숙제를 꼬박꼬박 하여주어서 고마웠다. 광활한 캠퍼스의 숲속에서 한가롭게 노니는 소, 염소 그리고 닭들이 있는데, 주인이 누군지가 내내 궁금하였다.

5월에 들어서면서 건기가 시작되었다. 비가 오지 않으니 한낮 기온은 매우 높은 편이다. 그래도 그늘 속에 들어서면 더위는 피할 수 있었다. 7월에 들어서서 우리나라는 계속된 장마와 태풍으로 어려움을 겪고 있다는 보도를 접했지만, 이곳은 태풍 걱정이 없다. 태풍의 발원지로서 실제 이곳에는 태풍과 장마가 없다. 이곳의 지인들이 한국의 물난리 걱정을 하여주었다. 스마랑에서 우리가 사는 곳은 반유마닉(Banyumanik)의 두따 부낏 마스(Duta Bukit Mas)라는 주택단지이다. 이곳은 중산층이 사는 곳이다. 단지에는 중앙도로가 잘 다듬어져 있다. 물길을 잘 만들어 항상 시냇물이 흐르고 있는 길가에는 푸른 가로수가 숲길을 만들어주고 있다. 단지 내의 냇물에는 물고기와 게들을 심심찮게 볼 수 있다. 이른 아침 산책하는 우리에게 반갑게 인사하는 이웃들이 생기기도 하였다. 매일 6시쯤의 산책 시간이 우리에게는 제법 빠른 시간이지만, 이곳 사람들에게는 늦은 시간이다. 각 학교의 1교시 수업이 아침 7시에 시작되니, 우리가 산책하는 중에 아이들을 오토바이에 태워가는 행렬이 길을 메우고 있었다. 이웃이 있어서 좋다. 앞집과 옆집 사람들과는 이름도 성도 모르지만, 손 흔들고 반가워하면서 지낸다. 2011년은 8월 1일부터 29일까지가 라마단 기간이다. 인도네시아에 올 때는 라마단 중에 도착하였는데, 이제 라마단의 시작을 보고 있다. 새벽 3시쯤에 이슬람 사원으로부터 들려오는 기도 소리를 듣게 된다. 마이크를 통한 기도 소리는 차츰차츰 그 강도가 높아져서 4시를 넘기면 온 동네가 시끄러울 정도이다. 수면 방해 또는 소음 공해에 이슬람의 종교의식은 포함하지 않는 것 같다. 새벽 3시에 일어나면 그때 아침 식사를 한다고 한다. 그리고 사원에 나가서 기도하고, 아침 4시 30분부터 금식에 들어간다. 아무리 생각하여도 그들의 금욕과 절제는 참으로 큰 종교의식이다.

2010년 8월 30일부터의 인도네시아 1년, 그 여행의 시간이 나에게는 소중한 추억이 되었다. 많은 인도네시아 사람들을 만나게 되었고, 그들과의 소중한 시간들이 주마등 되어 간다. 소중한 나의 친구로서, 이웃으로서 그들을 기억하고 싶다.

07
인도네시아의
아름다운 섬

인도네시아는 크고 작은 섬이 17,508개 있다고 한다. 그러나 행정구역 또는 큰 규모의 대표적인 섬은 자바(Java–), 수마트라(Sumatra), 깔리만딴(Kalimantan), 술라웨시(Sulawesi), 파푸아(Papua)가 있다. 인도네시아에 1년간 체재하면서 운 좋게 이 다섯 섬을 모두 방문하여 대학에서 강연도 하고, 짬짬이 여행도 하였다.

자바에는 인도네시아의 수도인 자카르타 등 대규모의 도시들이 있고, 인도네시아의 58%의 인구인 1억4500만 명이 이곳에 살고 있다. 인구 1,200만 명의 자카르타를 비롯하여 수라바야, 반둥 그리고 스마랑과 같은 대도시들이 산재해있다. 반둥에서 6개월 그리고 스마랑에서 6개월을 살았으니 가장 인연이 깊은 곳이기도 하다. 자바는 그 크기 면에서는 다른 섬에 비하여 가장 작은 편이나 인구는 가장 많은 섬이다. 서쪽에 자카르타가 있고, 중부 지역 반둥과 스마랑 그리고 동쪽에 수라바야가 있다. 우리가 흔히 말하는 자바원인 하는 자바가 바로 이곳이며, 자바 커피로도 유명하다. 자카르타에는 육군의 본부가 있으며, 반둥이 공군 그리고 수라바야가 해군의 본부가 각각 있다. 특히 반둥에 공군이 있는 것은 자카르타로 가는 길목을 지키는 역할을 하여 수도를 보호하는 전략적인 측면이 있다고 하나 확인된 것은 아니다. 자카르타에는 대통령궁, 박물관, 뿔라우 스리부(천 개의 섬) 등 유명세를 타는 곳이 즐비하다. 특히 동남아시아에서 제일 큰 이슬람 사원인 이스띠끌랄(Masjid Istiqlal)이 있다. 한 번에 10만 명을 수용할 수 있다고 한다. 아이러니는 이 건물을 설계한 사람은 기독교인이라고 한다. 이스띠끌랄 사원 내에는 제법 규모가 있는 교육기관도 가지고 있었다. 많은 사람이 사원 타일 바닥에서 이리저리 누워서 낮잠을 즐기고 있는 모습을 볼 수 있었다. 타일 위에 누워보니 시원함이 온몸에 느껴졌는데, 이것도 아마 그들은 마호메트의 은총으로 해석하지는 않는지 하는 어설픈 생각이 들기도 하였다. 이스띠끌랄 사원의 정문을 나서면 바로 앞에 고딕 양식의 천주교 성당이 우뚝 서있다. 큰 종교 행사에는 서로의 주차장을 개방하여준다는 이야기도 들었다. 반둥에선 화산 분화구인 땅꾸반

쁘라후, 온천지인 찌아뜨르, 전통 대나무 악기 공연장인 사웅 앙끌로 우조 등의 여행이 기억에 또렷하다. 족자카르타의 보로부두르 불교 사원(Candi Borobudur)은 그 사원의 규모 면에서 숙연함이 컸다. 기도를 올리는 제단이라기보다는 그곳에 위치하는 것 자체가 해탈로 가는 길이었다. 그에 못지않게 유명한 쁘람바난 힌두사원(Candi Prambanan)은 오후 해거름에 방문한 우리를 고요와 침묵으로 안내하고 있었다.

수마트라는 자바 섬의 서북쪽에 있다. 2011년 1월에 세까이유 폴리텍대학과 스리위자야 대학을 강연차 방문하였다. 세까이유 폴리텍대학은 조그마한 규모의 기술대학이다. 모든 학생이 지자체의 장학금으로 공부하고 있으며, 기숙사 생활을 하고 있었다. 지역에서 지역 인재를 키우는 것이다. 지금 막 실험동 공사를 하고 있었다. 대강당을 꽉 메운 강연장 그리고 눈망울이 초롱초롱한 학생들의 열띤 질문과 토론이 눈에 선하다. 질문자에게 주는 나의 볼펜 선물도 그들에게는 재미있고 신기하기도 한 모양이다. 한국으로 유학을 가려면 어떻게 하여야 하는가? 한국은 어떻게 하여 그렇게 잘 사는가? 남한과 북한이 자주 전쟁을 하고 있는가? 등 강연 내용과는 다른 별별 질문이 다 있었다. 강연을 마치고 동행한 아내가 「아리랑」을 불러주니 열광의 도가니가 되었다. 교수들과의 기념사진 촬영을 끝내고 나니, 학생들도 우르르 몰려 기념사진 찍기를 원했다. 이

왕 기분을 낸 만큼 전공 학과별로 기념사진도 같이 찍으니 유명한 배우들이 관객들과 사진 찍는 기분을 알 것 같기도 하였다. 도도히 흐르는 숭아이 무시 강은 이곳 사람들의 젖줄이다. 농사일 그리고 어업을 하는 곳으로 어딜 가나 숭아이 무시에 관한 이야기 그리고 그들의 자랑이 이어졌다. 뜨거운 햇살 그리고 황토 물빛, 자연은 천천히 그리고 순진하게 나에게 다가왔다. 점심 만찬에 올라온 물고기를 바라보고는 깜짝 놀랄 수밖에 없었다. 돼지 한 마리를 삶아서 상에 올렸다는 표현이 맞을 것이다. 이것이 숭아이 무시에서 잡은 오늘의 특별 요리라고 한다. 우리를 위하여 특별 음식으로 만찬을 준비한 것이다. 젓가락이 잘 가질 않았다. 동행한 교수들은 맨손으로 맛있게 그 고기를 즐기면서 나에게 많이 먹으라고 권하고 또 권하여 곤혹스러움이 더하였다. 살이 많아 뭉글뭉글한 그 생선을 생각하면 지금도 기분이 이상하다. 숭아이 무시에서의 시원한 밤공기, 그 강가 레스토랑에서의 저녁 만찬 그리고 야경을 밝혀주는 현수교 다리의 네온사인들이 휴식의 밤으로 나를 이끌어갔다.

깔리만딴은 흔히 우리가 말하는 보르네오 섬이다. 우리나라에는 가구 회사의 이름이 보르네오가 있는 것으로 기억되며, 이곳 보르네오가 그 이름의 유래라고 한다. 인도네시아와 말레이시아와 국경을 맞대고 있는데, 남쪽 인도네시아 영역은 깔리만딴 그리고 북쪽 말레이시아 영역은 보르네오라고 한다. 이 섬은 육지 국경을 가진 곳으로 군 시설들이 종종 눈에 들어오기도 한다. 적도를 밟는다는 것은 어떠할까? 정확한 적도 기점에서 우리는 적도 기념관에 들를 수 있었다. 참으로 뜨거운 햇살의 뽄띠아낙이다. 적도 기념관 내에는 정확한 적도 표시가 그려져 있다. 생각보다는 초라한 모습이다. 처음에 적도를 표시한 유물들 그리고 적도제의 역사를 살필 수 있었다. 적도는 지구상의 하나의 지역인 점이 아니고 선인데, 나는 자꾸 이곳에서 적도의 모든 것을 발견하고자 하는 어리석음이 있었다. 이곳에서는 자연 속에 있는 오랑우탄도 만날 수 있다고는 하나 거기까지는 우리의 발길을 들여놓지 못하였다. 다약족에 대한 기념물 그리고 그들의 삶의 단면을 살필 수 있었다. 그들이 사는 집은 기다란 칸막이 집(Long House)으로, 2층 높이 되는 높은 곳에 있었다. 집으로 올라가는 길도 사람 모양의 길고 좁은 아슬아슬한 사다리로, 밤이면 이 사다리를 치워서 외부의 침략을 막았다고 한다. 다약족은 인도네시아의 '밀림의 전사'로 불린다. 이러한 다약족이 정부의 마두라족 이주 정책으로 삶의 터전을 잃어가는 데 반발한 것이 2001년 1월에 발생한 다약족 봉기라고 한다. 그때 냄새로서 종족을 분별하여 1,000명의 마두라족의 목을 베는 큰 사건이 발생하였다고 한다. 그곳에서 만난 다약족은 우리와 피부도 비슷한 친근한 모습을 하고 있었다. 밀림에서 그들이 사용한 방패, 창, 물통 등을 살피는 것도 여행의 참맛이었다.

술라웨시공항을 들어서서 시내로 향하는 길에는 금년(2011년)이 '술라웨시 방문의 해'라는 선전 문구를 이곳저곳에서 볼 수 있었다. 섬의 모습이 K자를 닮은 것을 형상화하여 제법 멋진 포스터를 제작하여 버스 바깥 부분을 장식하고 있었다. 마까사르국립대학에서 강연 후에 별도의 시간을 내었다. 마까사르에서 8시간 정도를 달렸다. 질퍽이는 논길, 세찬 파도가 몰아치는 해안 길, 거센 비가 퍼붓는 신작로, 엉덩방아 찧어가며 가는 길이 따나 또라자로 이어지는 길이다. 따나 또라자 여행은 저승 맛보기 여행이라는 표현이 좋을 것이다. 저승과 이승을 공유하는 곳, 그리고 이곳 세상과는 조금 다른 곳이 분명하다. 사람들은 4가지 계급으로 분류되고, 그들이 사는 집의 모습 그리고 지붕의 푯대 끝의 형상으로 구분된다. 인도네시아 대부분이 흙산으로 되어있는데, 유독 이곳은 바위산이고 땅속도 돌산이다. 따나 또라자 초입의 능선길 휴게소에서는 에로틱 마운틴을 조망하는 곳이 있다. 먼 산의 모습이 여성의 음부를 닮았다고 하여 많은 이들이 땀도 식힐 겸하여 이곳에서 차를 마시며 웃으면서 구경하고 있었다. 똥꼬난은 더운 이곳 사람들의 주거로서 또는 곡식 창고의 역할을 하는, 원두막같이 땅 위에 높이 들어서 있는 독특한 가옥 형태이다. 사람이 죽으면 장례일 또는 장례 비용이 마련될 때까지, 수년 동안 이곳 똥꼬난에 시신을 보관하면서 살아있는 가족들이 같이 지낸다고 한다. 이곳의 들판에는 흙탕물을 뒤집어쓴 물소가 많다. 농사일이나 제물의 역할을 물소가 담당하고 있는 것이다. 물소를 얼마나 가졌는지가 부를 표시하는 잣대라고 한다. 산 정상 가까이 바위 위에 조그마한 사람의 입상을 덩그렇게 세워두었다. 이곳이 계급 높은 사람의 무덤이라고 한다. 아래쪽 바위에 즐비하게 굴을 판 서민 계급의 무덤들이 도리어 덜 외로워보였다. 우리는 제법 큰 동굴 속의 묘지 안을 랜턴을 들고 엉금엉금 기어들어가는 희한한 투어를 하게 되었다. 그 속에는 사람의 유골과 시신을 안치한 곽이 그대로 놓여있었다. 조화가 놓인 곽은 일주일 전에 이곳에 안치한 것이라고 하는 설명에 섬뜩하였다. 따나 또라자를 여행하는 사람들은 이곳을 들리는 것이 여행 코스이다. 장례 문화가 대단한 볼거리라고는 하나 농한기에만 한다고 하여 우리는 보질 못하였다.

파푸아로 가는 길은 자카르타에서 새벽 5시에 비행기를 타고 2시간의 비행으로 마까사르에 들리고, 3시간을 더 비행하여 파푸아에 도착하였으니 총 5시간을 비행한 것이다. 인도네시아의 가장 동쪽으로 이곳은 파푸아 뉴기니와 국경을 맞대고 있었다. 얼굴이 정말 새까만 그리고 인도네시아에서도 새로운 인종을 보는 것 같았다. 넓은 바다 같은 슨따니호수(Danau Sentani)가 세상의 시간을 정지시켰다. 호수를 바라보는 나의 눈에는 평화, 고요 그리고 광활 등의 단어만 생각이 났다. 인적도 별로 없었다. 전혀 다른 세상에 온 것이다. 햇빛이 반사되어 반짝이는 호수 표면 그 위에 적당히 엉기성기 만들어진 식당이 오히려 이곳에서는 격에 맞아 보였다. 석양빛이 내려오는 호수 위를 조그마한 동력선 카누로 나들이를 하였다. 앞뒤로 한 사람씩만 앉을 수 있는, 위험천만해보이는 우리의 카누는 쏜살같이 호수 표면을 미끄러지며 내달리고, 우리는 호수 바람을 맞으며 콧노래를 흥얼거리기도 하였다. 파푸아의 낭만이 이곳에서 출발하였다. 자연과 동화되어 살아가는 호숫가 나무집들 그리고 그 속에서 손 흔들며 인사 나누는 것이 세상 사는 사람들의 모습이다. 호수를 지나 산등성을 지나니 태평양이다. 호수와 바다가 연해있는 모습이다. 호텔 방에서 문을 여니 바로 태평양이다. 전드라와시대학은 이곳 파푸아에서는 제일 큰 종합대학이다. 강연장에 모인 100여 명의 청중은 대부분이 까만 얼굴의 흑인인데, 이곳에 내가 들어서니 특이한 사람이 선 모양이다. 강연이 끝나고 아내가 「아리랑」을 열창하고 나니 제법 친숙하여졌다. 너도나도 악수를 하고 싶어 하고, 같이 사진을 찍자고 야단이다. 한 학생이 다가왔다. "다음에 언제 또 오시는가요?" 나는 머뭇거리다가 "아마 내년에 올지도 모른다."라고 하니 그 학생이 졸업하기 이전이라서 또 만날 수 있을 것 같다면서 하얀 이를 드러내며 웃고 갔다.

인도네시아의 섬들 그리고 그들의 다양한 문화가 그리워진다.

08

이승과 저승이 함께하는
따나 또라자

인도네시아 자카르타에서 바다 위를 나니 아래에는 섬들이 널려있고, 한가로운 뱃길이 휘저어 그려진다. 2시간 반의 비행으로 마카사르에 도착하고 나니, 자동차 길로에서는 지평선과 수평선이 교차하여 맞이해준다. 이방인을 반기는 바닷가 풍경이 좋은 방갈로에서 겸상을 받았다. 시샘하는 비바람과 세찬 파도로 황급히 자리를 옮겨 허기진 배를 채우는 형국이다.

산이 앞을 턱 막고 선다. 잘 벌초된 산소 모양의 산 능선 계곡은 그들만의 해석으로 여인의 깊은 곳을 보여준다고 하는데, 그것은 착각일까 아니면 자연의 조화로운 솜씨일까? 땅 밑에 숨어든 바윗덩어리가 조금씩 고개를 내밀기도 하고, 시원한 바람이 이마의 땀을 식혀준다. 한 잔의 차 그리고 멀리 눈 아래 보일 듯 말 듯 하는 물길이 따나 또라자(Tana Toraja)에서 오는 길이라고 하니 멋진 자연의 마중인 셈이다. 시도 때도 없이 나타나는 움푹 파인 길 그리고 물웅덩이들을 이리저리 잘도 피하여 온 인생길 같은 8시간의 자동차 길을 지나 따나 또라자의 마을 깊숙이 들어갔다.

새벽 운무가 자욱하게 깔린 깊은 계곡에는 닭 우는 소리가 고향의 새벽이다. 멀리 산 중턱에 걸린 구름은 고요한 세상을 거쳐 이승으로 오는 산신령이다. 이곳에서는 모내기하는 아낙, 저곳에서는 탈곡하는 농부 그리고 황금 들녘에는 허수아비들도 한몫하여 바람맞이 놀이를 한다.

산 아래 큰 바위 동굴에는 이웃 조상들이 다음에 오는 시신을 맞이하고, 조그마한 인형 같은 따우따우(Tau-Tau) 장승을 동굴 밖에 내밀어 세상을 살피도록 하였다. 따우따우는 그렇게 방문객을 하나하나 살피고 있다. 작은 손전등으로 저승 같은 짙은 어둠을 겨우 열었다. 동굴 속에서 조심조심 옮겨가는 발길을 천장의 해골들은 표정 없이 지켜보고 있다. 산 정상으로 가는 길 곳곳의 바위에는 계급 높은 가족 시신들이 함께 잠들어 세상을 내려보며 살고 있다. 농사일을 피하고 좋은 날을 택일하여 이승을 떠난 이들은 물소 24마리로 보다 높은 곳을 허락받았다고 하니 따나 또라자에서는 저승 가기도, 저승 살이도 쉬운 것이 아니다.

산 정상에 서니 따나 또라자의 이승 풍경이 파노라마 되어간다. 능선과 능선이 연결되고 물길에 물길이 이어지니, 세상 사람들은 이곳에서 쉬어감도 하다. 속세를 떠나려고 하는 것인지 하늘로 덩그러니 버티고 신 똥꼬난(Tongkonan) 집은 죽은 사람과 살아있는 사람이 몇 년을 같이 지내는 안식처이기도 하다.

나에게 숨겨졌던 곳 그리고 이승과 저승이 함께하는 따나 또라자를 나는 이렇게 떠나고 말았다.

09

초보

태국 일기
- - - - - - - - - -

지난 2월 25일 이곳 방콕에 왔으니, 벌써 1개월이 되었다. 한 달이 후다닥 지났다. 중학교 입학하고 자취 생활을 하기 시작하였는데, 그때와 지금이 너무나 비슷한 편이다. 아침에 일어나면 체조와 스트레칭을 하고 아침밥을 짓는다. 반찬거리도 챙겨 보고 책상 겸 식탁에 앉아서 유튜브로 우리나라의 뉴스를 틀어놓고는 혼밥을 한다. 처음에는 어색하였는데, 차츰 적응되어 간다. 혼자 있어도 생활을 규칙적으로 하여야 건강을 지킬 수 있다. 특히나 아침 운동은 손자에게도 전수하였는데, 할아버지가 제대로 하지 않는다는 것은 있을 수 없는 일이라고 다짐하고 있다. 혼자 체조를 하면서 한편으로는 미소가 나오기도 한다. 식기를 세척하고, 이부자리 정돈도 하고 나면 방콕의 아침 시간은 마무리된 것이다.

지난주 내내 바쁜 일상을 보냈다. 현지 교수님들과의 연구 미팅과 만찬, 이민국 방문 그리고 태국 현지 기업인들과의 만남을 하였다. 이제 혼자서도 각 지역을 찾아갈 수 있고, 만남의 장소가 정하여지면 전철과 택시를 이용하여 이동할 수도 있다. 방콕 시내의 전철 노선을 공부한 깃이 이제 제대로 작동하기 시작하였다.

흔히들 물갈이라고 하는데, 나 또한 그러한 물갈이를 하였다. 태국 입국 일주일 후부터 잇몸이 붓기 시작하였다. 음식물을 씹기조차 힘들었다. 칫솔 문제인가? 치약 문제인가? 석회질이 많은 물 때문일까? 온갖 생각이 났다. 이곳에 올 때, 치과 진료를 한 번 하지 않은 것이 후회되지만, 누구에게 하소연하겠는가? 칫솔과 치약을 새로 구매하였다. 그리고 양치질 후 물 헹굼을 생수로 하였다. 그리고 한국의 지인 의사와 SNS로 상담하였다. 과로와 비타민 부족을 꼽았다. 가만 생각하여 보니, 태국에 도착하고 난 후 매일 걷고, 전철 타고, 매일 땀을 흠뻑 흘리는 생활이다. 편의점에서 우유를 샀다. 그리고 밥도 많이 해서 배부르게 먹었다. 이온음료를 사서 마시고, 요구르트도 먹었다. 체력을 보강하여 버티어야겠다는 생각을 하였고, 10일 정도가 지났을 때, 잇몸이 제대로 돌아왔다.

이제는 눈에 이상이 생겼다. 매일같이 뜨거운 뙤약볕 아래에서 지내야 하니, 집을 나설 때는 선크림을 발랐다. 한국에서는 등산을 가거나 운동할 때 외에는 바른 적이 없는 선크림을 매일 발랐다. 그리고 얼굴에 땀이 범벅되곤 하니, 그것이 원인인지 눈이 따갑고 눈곱이 생겼다. 아무리 생각하여도 간단한 일이 아니다. 병원에 가기도 힘들고, 뚜렷한 치료 대책이 나오지도 않았다. 한국에서 하여본 눈 샤워를 하기 시작하였다. 50℃ 정도로 생수를 데워서 눈에 그 증기를 쏘이는 것이다. 아침저녁으로 계속하였다. 차도가 없었다. 아무리 생각하여도 걱정이 태산이었다. 혼자서 낑낑대니 걱정이 더욱 크다. 보름 정도를 아침저녁으로 끈질기게 눈 샤워를 하였다. 서서히 눈이 나아졌다. 안약을 넣으면 빨리 낫겠지만, 이렇게 눈 샤워를 하면 시간이 오래 걸리더라도 효과를 볼 수도 있다는 사실을 알게 되었다. 어느 것이 더 좋은 것인지는 모르겠으나 부지런함이 건강을 챙기는 기본이라는 사실을 새삼 느끼는 일이었다. 아침 6시면 창문을 모두 열고 환기를 한다. 8시부터는 외부의 뜨거운 공기가 집안으로 들어오기 때문에 창문을 닫고 지낸다.

고독의 시간이 나에게도 다가왔다. 한국의 우리 집 거실은 손자들이 뛰노는 공간이니 매일 북적이었는데, 이곳에서는 적막을 깨려고 일부러 한국 방송을 틀어둔다. 한참을 지내다 보면 한국인지 착각을 하도록, 스스로가 그러한 환경을 만들어

두고 있다. 자는 시간과 일어나는 시간을 지켜야겠다는 다짐을 하고 지낸다. 아침밥 짓기와 반찬 준비를 하는 것 자체가 하루의 시작이다. 내 손으로 씻은 쌀을 솥에 넣고 밥을 짓고, 국을 끓여서 식탁에 차리고 식사를 한다. 이 자체가 오늘도 내 삶이 살아서 움직인다는 것을 확인시키는 과정이다. 내 손으로 준비한 음식을 먹는다는 것이 참으로 큰 행복이다. 식사를 준비하면서 부엌 창가 멀리 보이는 건물들을 마주한다. 저 건물 안에는 가족들이 오손도손 지내겠지?

다음 달 초순에는 아내가 온다. 둘째 아들 부부도 며칠간의 휴가를 내어 이곳에 온다. 가족들이 오는 날을 수첩에 기록하여두었다. 멀리서 바라보는 아내 그리고 가족들에 대한 생각이 좀 다르다. 곰곰이 그리고 천천히 생각하는 시간을 갖게 된다. 이렇게 차근하게 일기를 쓰는 일이 가능하기도 하다. 태국 사람들이 즐기는 텔레비전은 태국 말을 잘 모르는 나에게는 소용이 없다. 그동안 미루어두었던 회고록 작업도 진행하여야 하는데, 아직은 손을 대지 못하고 있다. 나의 본성 중의 게으름이 슬슬 고개를 내밀고 있다. 나이를 핑계 삼아서 정당화하는 나를 발견하기도 하여 놀랍기도 하다.

태국에 머물 일정에 대한 전체 일정 계획을 세우고, 채찍을 만들어 등 뒤에 두고 지내야겠다. 그리고 사이버 교육도 받을

준비를 하고, 귀국 후의 연구와 교육 준비도 하여야겠다. 곡절
없는 삶이 있겠는가? 나 또한 그러한 굽이굽이를 지나왔다. 그
러하니 글 쓸거리도 있고, 회상하면 웃음이 나올 때도, 눈시울
을 적실 때도 있다. 그러나 나는 우리 사회에서 혜택받은 사람
이다. 지금 이곳 방콕에서 지내는 것도 큰 혜택이 아닌가? 이
러한 기회를 잘 활용하여 우리 대학교와 이곳 RUS대학교 그
리고 나아가 우리나라와 태국에 기여하고 싶다.

연구년이 끝나고 한국으로 돌아간 후에 이곳 사람들에게 좋
은 교수 또는 멋진 추억을 남긴 교수로 기록되고 싶다.

10

태국
입문기

2018년 2월 25일 0시 25분에 수완나품 국제공항에 도착하였다. 여행객이 아니라 1년간을 이곳에서 살아가기 위하여 도착하였다. 후덥지근한 공항을 빠져나와 자동차로 1시간 30분 정도를 달려 수쿰빗 52번지의 집에 도착하였다. 태국의 중심지라고 할 수 있는 곳인 수쿰빗에 집을 구한 것에는 나름의 계산이 있었다. 2002년 일본 동경 생활과 2011년 인도네시아 반둥과 스마랑 생활의 경험으로 미루어서 시내 중심에 집을 구하게 되었다. 또한, 이곳은 한인 타운과 가깝고, 전철 교통이 편리한 곳이다. 조금은 비싸지만 그래도 생활에 편리함과 전반기 월말(月末) 부부로 지내야 하는 사정을 고려한 나의 결정이었다.

태국에서 안식년을 지내기로 결정하는 데는 몇 가지를 고려하였다. 무엇보다도 파트너 교수와의 친분이 가장 큰 요인이었다. 메일을 보낼 때는 늘 '형님(Old Brother)', 때로는 '큰형(Big Brother)'으로 불러주는 그분에게 친밀감을 느꼈다. 나에게 동생이 하나 생긴 셈이다. 또한, 왕실을 가진 나라에서 공주로부터 명예박사 학위를 직접 받은 영광을 간직한 나로서는 안식년 선택지로 태국을 선택하는 데 별로 머뭇거릴 이유가 없었다.

95%가 불교 신자이고, 합장으로 인사하는 예법이 생활화되어있는 것이 나와의 교감을 상승시키는 요인이기도 하였다. 또한, 1950년 우리나라의 6·25전쟁에 전투부대를 파견하여 129명이 전사하고, 1,139명이 부상당한 국가이기도 하다. 태국에서 강연을 시작할 때에는 늘 이 부분을 빠뜨리지 않는다. "태국은 우리나라를 구하여준 피의 형제이며, 오늘 이 강연은 그것에 대한 조그마한 보답이다."라고 말한다. 1년간 이곳에서 지내면서 그러한 은혜를 조금이라고 더 갚길 원하고 있다. 우리나라는 태국을 비롯한 여러 나라의 도움으로 전쟁에서 벗어났고, 이제 1인당 명목 GDP 29,730달러로, 세계 29위를 기록하고 있다. 이에 비하여 태국은 6,336달러로서 세계 88위이다. 그간 우리나라는 남북이 분단된 상황에서도 기록적인 경제성장을 이루었고, 세계 역사상 가장 경제성장 속도가 빠른 나라 중 하나로 꼽혔다. 태국보다도 5배 정도로 잘사는 나라가 된

것이다. 나의 방콕 집에 있는 에어컨도, 텔레비전도 모두 우리 나라 기업체 명칭이다. 누굴 만나도 한국에서 왔다는 것이 자랑스럽고, 모두가 부러워하는 나라가 된 것이다. 이제 우리는 태국에 은혜를 갚아야 할 시기이다. 나도 그 한몫을 이곳에서 하고자 한다.

태국은 지금까지 한 번도 식민지 지배를 받지 않은 나라이다. 영국과 프랑스의 대립을 이용하여 식민지의 위기에서 벗어났고, 제2차 세계대전에서는 일본과 동맹을 맺어서 이때도 전쟁의 위기에서 벗어났다. 1932년 입헌군주국으로 출발하여 국왕을 모시고 정신적인 지주로서 왕실에 대한 존경이 대단히 높은 나라이다. 2016년 선왕인 푸미폰 아둔야뎃이 승하하고 1년간의 애도 기간을 거쳐 지난해 세기의 다비식을 전 세계 사람이 주목하였다. 최근에 보기 힘든 세계적인 장례 행사였다. 태국 국민에게 아버지로 추앙받았던 푸미폰 아둔야뎃 선왕은 국가 발전의 구심체로서 정변(政變) 때마다 국민을 위하는 어른의 모습으로 임하였다. 태국의 농업 개혁을 비롯한 곳곳의 현장을 누비면서 사진으로 찍어서 이에 근거한 국가 발전을 계획하고 추진하여 나간 일화가 태국 국민에게는 많이 남아있다. 왕실에서 설립한 왕립대학 그리고 왕실에서 주도한 대학 통합 작업이 많이 있었다. 내가 소속한 RUS(Rajamangala University of Technology Suvarnabhumi)도 34캠퍼스 단위를 2005년에 통합하여 이제는 4캠퍼스 체제로 운영하고 있다. 이와 같이 왕실에서 주도한 대학들의 졸업식 광경이 대단하다. 왕실에서 직접 참석하여 모든 학위증 수여를 직접 하였다. 그리고 학위 수여자가 학위증을 받는 장면을 사진으로 남기고 그것이 가정의 보물이 된다. 나도 명예박사 학위를 태국 국민의 사랑을 독차지하고 있는 시리돈(Sirindhom) 공주로부터 직접 수여받았고, 그 후 RUS에서 수여식 장면을 포함한 앨범을 국제 특송으로 받았다. 6,000여 명의 졸업생 한 명 한 명의 호명과 그 수여식 장면의 엄숙한 모습은 태국을 다시 생각하는 중요한 장면이었다.

여행자에서 체류자로 바뀌면서 대중교통의 이용이 대단히 중요하다. 전철을 적극적으로 이용하기로 하고 BTS와 MRT의 정액권을 도착하는 날 바로 구매하였다. BTS 온눗(On Nut) 역 인근이 우리 집이다. 첫날 전철 노선 익히기는 태국인 지인에게서 도움을 받았다. 뒷날은 아내와 같이 스스로 익히는 복습의 시간을 가졌다. 헤매면서도 즐거운 태국의 전철 입문을 하였다. 공항 노선인 SRT도 시험 삼아 탑승하여 보았다. 방콕 지하에는 수량(水量)이 너무 많아 지하철보다는 지상철을 주로 건설하고 있으며, 노선 확장 공사를 계속하고 있다. 앞으로 이들의 전철을 나의 방콕 생활의 중요한 교통수단으로 활용할 생각이다.

자취 생활이 시작되었다. 아내가 지난 3월 2일에 귀국길에 오르고 난 후에 혼자서 밥하고 빨래하면서 지내는 시간이 시작되었다. 컴퓨터의 유튜브를 이용하여 우리나라의 뉴스를 실시간으로 볼 수 있다는 것도 여기 와서 알게 되었다. 아들과 제자들이 담아준 영상 자료도 향수병을 예방하는 데 중요한 약이 되었다. 낮 기온은 섭씨 35도 정도를 기록하고 있다. 생활에 에어컨이 일상화되어있다. 도리어 전철, 연구실, 식당 등지에서는 추위를 느끼는 정도이다. 가방에는 소매가 긴 옷 하나를 넣어 다니고 있다. 아내의 그간 수고와 가족들을 생각하게 된다. 인연으로 만났고, 그 인연의 연장으로 또 다른 인연들을 만나게 되었다. 아들 셋 그리고 며느리를 둘을 보았고, 손자가 둘 있으니 나는 그리워할 가족이 있다.

태국 방콕의 중심 거리는 참으로 번화하다. 시암(Siam), 카오산(Khaosan), 아속(Asok), 나나(Nana) 지역의 화려함, 하늘을 찌르는 고층 건물들의 즐비함 그리고 세계의 명품이 진열된 백화점이 한국의 지방 도시에서 온 나에게는 도리어 적응이 잘되지 않는다. 그 화려함과 록음악이 혼합된 거리를 휘젓는 태국 젊은이들의 모습을 보며 나는 과연 어디에 와있는지 혼란이 온다. 그 한구석에는 또 다른 반대의 사실들이 있다는 것을 알고 있다.

초보자로서 코끼리 다리 하나를 만지면서 이것이 태국인가
하는 생각이다.

나눔과 동반

태국에서의 연구년 생활 6개월이 되었다. 연구년의 진미는 아무래도 자유로운 시간 활용이 아니겠는가? 특히 태국의 대학이 방학을 맞이하였으니 더더욱 그러하다. 많은 지인이 즐기는 골프 운동을 제대로 하여볼 기회가 되었다. 인근의 골프장에 간혹 다니는 여유로운 시간을 보내고 있다. 골프장의 입구를 들어서면 덩치 큰 앵무새의 소리가 요란하다. 또한, 이름 모르는 새 세 마리가 새장을 지키면서 입장객을 환영하고, 나 역시 갈 때마다 그 새들을 만나게 되었다. 두 마리의 앵무새는 덩치가 너무 커서 가까이하기에는 무섭기도 하고, 부리가 사납기 그지없다. 또한, 그 소리가 때로는 처절하게, 때로는 친숙하게 들리기도 하였다. 몇 번을 다니다 보니 그곳의 사람들과도 친하게 되었고, 그 새들과도 친하게 되었다. 신기한 것은 그 새들이 그곳 사람들의 말을 너무 잘 듣는다는 것이다. 새장에서 덩치 큰 앵무새를 들어내어 아무런 보호장치 없이 손등에 앉혀놓기도 하고 또는 입구 담장 위에 올려놓기도 하였다. 애완 고양이 다루듯 쓰다듬고 때론 먹이를 주기도 하는 모습을 보게 되었다. 뾰족한 나무 위에 올려놓으니, 두 마리가 서로 친숙하게 서로를 쪼아주기도 하고, 그곳 사람들이 주는 먹이를 먹기도 하였다. '날아다니는 새도 사람을 이렇게 따를 수 있구나.' 하는 생각이 들었다.

태국에 살면서 사람과 동물의 관계를 새롭게 생각하게 되었다. 거리를 활보하는 개들이 사람을 전혀 무서워하지 않는다는 것이다. 쇼핑몰 주차장 바닥에도 간혹 개들이 볼일을 본 흔적으로 이리저리 흩어져있는 개똥을 발견하는 일이 다반사이다. 도리어 사람들이 개를 피하여 다니는 경우가 되었다. 동물의 천국인가 하는 생각이 들기도 하지만, 골프장 입구의 앵무새는 그 궁금증이 컸다. 그곳 관리인에게 물었다. 새가 어떻게 도망가지도 않고, 사람을 이렇게 잘 따르는지에 대한 답변은 의외였다. 한쪽의 날개를 조금 잘랐다는 것이다. 겉으로 보기에는 전혀 표시가 나지 않았다. 그리고 한쪽 발목에는 조그마한 인식 링 같은 금속성 링을 부착하고 있었다. 그리하여 멀리 날아오르지 못하고 사람의 도움으로만 살아가는 모습이다. 사람으로부터 음식을 받아먹고 자라니 이제는 사람에게 순종하고 따르는 애완조가 된 것이다.

　내가 초등학교 다닐 때는 북한, 소련, 중공 등의 공산국가를 대상으로 하는, 공산당을 쳐부수자는 반공 웅변대회가 주기적으로 개최되었다. 학교마다 웅변반이 있었고, 교내 대회, 군 대회, 도 대회 및 전국 웅변대회가 있었다. 또한, 반공 포스터 그리기 대회를 하여 학교 게시판에 붙이는 것이 거의 일상이었다. 공산국가를 표시할 때에는 붉은색을 사용하였고, 무시무시한 모습으로 표현하였다. 조금 커서는 면 소재지에서 보내주는 라디오 방송을 들을 수 있는 스피커가 집에 설치되고부터는 『김삿갓 북한 방랑기』를 즐겨 들으면서 북한 세상을 매일 듣게 되는 생활을 하였다. 우리는 그렇게 반공교육을 받으면서 어린 시절을 보냈다. 세월이 흘러 1991년 소련과의 수교, 1992년 중국과의 수교 등으로 공산국가와의 활발한 교류의 시대가 열렸다. 이제는 남과 북의 교류도 그 어느 때보다도 급물살을 타고 있는 시대를 살면서 그간의 민주주의와 공산주의 또는 좌익과 우익에 대한 이데올로기의 정체성이 큰 혼란의 시대를 살아가고 있다.

　남북 교류의 새로운 시간표가 움직이고 있다. 남북 회담 그리고 미국과 북한도 정상회담을 하였고, 양국가의 고위 당국자가 내왕하면서 핵무기 폐기를 비롯한 상호 협력과 교류를 위한 논의를 본격화하고 있다. 동서 냉전의 시대가 마무리되었는데도 한반도의 전쟁은 진행형이었다. 정전협정 하에 지내온 65년의 세월은 우리에게 '우리의 소원은 통일'을 노래하게 하였다. 세계사에 유일한 분단국가가 언제인가는 하나의 한국으로 거듭나야 하는 데에는 아무도 이의가 없을 것이다. 단지 그 접근방법과 시기 등이 논란의 대상이 될 수 있을 것이다.

1인당 국민소득 삼만 불($30,000)을 목전에 두고 있다. 생각같아서는 바로 오만 불의 시대가 어서 왔으면 좋겠다. 그러나 이것 역시 그리 간단히 도달할 수 있는 것은 아니다. 그간 우리는 분단으로 인하여 얼마나 큰 비용을 부담하였는가? 거의 매년 국방 예산의 비중이 재정 대비 14% 이상인 우리나라의 현실 그리고 징병제로 군대에서 청춘의 시기를 보내야 하는 이 시대 청년의 현실이 있다. 그러나 정치 세계는 이와는 다를 수 있을 것이다. 정당 정치가 발전한 우리나라는 여당과 야당으로 나누고 상호 견제하고 경쟁하여서, 다음의 선거 때 국민에게 평가받는 우리나라의 정치 현실이 국가 발전에 기여하여 왔다. 정치는 나눔이 있어야 국민이 평안하여질 수 있다. 물론 정치 세계의 나눔을 분단으로 보는 것은 비약이 너무 심한 경우이다. 내가 태어났을 때는 이미 분단된 나라였고, 우리 부모님은 분단의 아픔을 온몸으로 이겨내신 분들이다. 지금의 기성세대가 다음 세대에 줄 가장 큰 선물은 분단에서 치유된 새로운 조국이 아니겠는가?

앵무새는 언제인가는 새로운 날개가 나서 세상을 훨훨 날아오르는 날이 오길 기도하고, 나의 조국은 분단에서 동반으로 세계사에 훨훨 날아오르는 날이 오길 기도한다.

12

우리나라를 통하여
보는 태국의 정치 현실

1974년에 대학에 입학하고, 3학년을 마치고 최전방 육군에 입대하여 1979년에 병장 제대를 하였다. 1980년 3월에 복학 그리고 1981년에 대학을 졸업하였다. 당시의 대학 학생회 조직은 학도호국단의 조직으로서 군대 조직체계를 가졌다. 분대장-소대장-대대장 등으로 조직화 되었다. 나의 대학 입학부터 졸업할 때까지의 우리나라의 정치는 급변하게 요동치는 속에 지내게 되었다. 대학에 입학하자마자 대학 민주화 운동부터 유신(維新) 반대까지 다양한 데모가 연일 캠퍼스를 휘저었다. 1974년 8월 15일 영부인 육영수 여사는 광복절 경축 행사 중에 수많은 관중 앞에서 총탄에 쓰러졌고, 박정희 대통령은 1979년 10월 26일 자신이 믿고 임명한 중앙정보부장 김재규의 총탄에 쓰러졌다. 그리고 1980년 5월 18일 광주 민주화 운동이 있었다. 그 후 서울의 봄이 온다고들 하였다. 곧 국민이 직접 선출하는 민간 정부의 대통령이 탄생할 것이라는 기대 속에 정치적으로 참으로 분주한 시간을 보냈다. 그러나 국민의 기대와 권력을 갖고자 하는 사람들의 속내는 많이 달랐다. 이렇게 나의 대학 생활은 마무리되어갔다. 그 후 정치 지형의 흐름도 그리 순탄한 시간을 허락하여주지 않았다. 이어지는 전두환 대통령 그리고 노태우 대통령 등의 집권자들이 우리를 슬프게 한 일들이 너무나 많이 지나갔다. 군부의 집권은 그렇게 막을 내렸다. 우리는 참으로 많은 비용과 희생을 치르면서 오늘에 살고 있다.

2018년, 오늘의 태국은 그전에 내가 경험한 1980년의 우리나라와 유사한 정국 상황으로 여겨지는 부분이 너무 많다. 2014년 5월 군부 쿠데타로 탁신파의 민선 정부를 쓰러뜨리고, 지금의 쁘라윤 총리가 군정을 실시하고 있다. 쁘라윤 총리는 전 태국 육군 사령관이었다. 군정 실시 당시의 민정 이양에 대한 약속을 이런저런 이유로 계속 미루고 있다. 당초 2015년 하원 선거 실시를 약속하였으나 이에 대한 신헌법 초안이 백지화되고, 지금은 새로운 헌법 체계로서 상원 250석 그리고 하원 500석의 헌법을 제시하고 있다. 이 중에서 상원 구성은 5년간 군정에서 의원을 선임하는 것으로 되어있다. 즉 의원 1/3을 군정이 장악하는 것으로서 우리나라 유신 정권 시절의 유정회와 유사한 모양새를 갖추고 있다. 민정 이양을 요구하는 야권의 목소리가 있지만, 민정 이양 약속을 차일피일 미루고 있다. 특히 헌법 개정을 비롯한 법 개정이 선행되어야 하는데, 이 마저도 정권의 완전한 민간으로의 이양을 하지 않는 쪽으로 가닥을 잡은 모양이다. 당초의 약속을 여러 사정으로 지키질 못하고 금년을 또한 넘기는 것이 아닌가 하는 예측이 파다하다. 망명 중인 잉락 전 총리 일행을 홍콩에서 보았다는 언론 보도가 나오고 있고, 전 탁신 총리의 추종 세력이 그대로 세력권을 형성하고 있는 형국이다. 어쩜 불안한 정치 시간이 다시 오는지도 모른다.

태국은 왕실을 모시는 나라로서 국민의 절대적인 신임을 받고 있다는 것이 우리나라와는 다른 모습이다. 그리고 불교를 국교로 하여 불교식의 생활 방식 그리고 생활이 그 속에 녹아 있다. 이러한 것이 우리나라와는 다른 사회적인 관습 요소라고 할 수 있지만, 정치권력에 대한 흐름과 사회 구성원의 욕구가 어쩜 38년 전, 우리나라의 1980년대와 유사한 사회 흐름이다. 사회 혼란이 지속되었을 때 국가를 방위하는 것을 목적으로 하는 군대가 내정(內政)을 한시적으로 책임지고 민정 이양을 추진하는 과정을 우리는 경험하였으나 권력이란 묘한 속성이 그 권력을 조금 더 오랫동안 유지하고 싶은 것이 권력자들의 본성은 어디에나 있는 모양이다. 최고 권력자가 되어보지 않은 사람은 도저히 느끼지 못하는 무엇인가가 그 속에 있는 것 같다. 지금 태국 군부 정권의 민정 이양의 지연에 대한 불만이 곳곳에 나타나기도 한다는 보도가 있다.

우리나라의 불명예를 안은 역대 대통령들이 그 자리, 즉 최고 권력자 자리에 가기 이전의 위치에 만족하고 국가를 위한 또 다른 봉사에 주력하였으면 지금은 어떨까 하는 생각이 든다. 그러나 당시에 그분들 모두가 국가를 건전하게 발전시킬 의욕으로 가득하였고, 그 의욕의 결과가 오늘의 모습을 만드는 단초가 된 것은 아닐까 하는 생각이다. 정치 권력자들의 욕심에 대한 이 생각 저 생각이 들면서 스스로 만족하고 여기서 그만하자는 생각을 정리하는 의지가 필요하다는 생각을 하게 된다. 그러나 개인의 욕심도 그 한계가 어디인지를 잘 모르는 것이 사실이다. 건강에 대한 자만, 재물에 대한 끝없는 욕망 그리고 직위에 대한 한없는 기대, 이러한 것들이 우리를 멍들게 하지는 않는지를 되돌아보게 된다. 그 하나하나가 무너지는 모습을 스스로 보고 감내하여야 한다는것을, 지금 우리나라의 불행한 권력자들의 모습에서 해답을 찾을 수 있다.

나는 과연 욕심의 굴레에서 벗어나고 있는가? 나는 과연 더 나아가기 위하여 남에게 불편함을 주지는 않는가? 나는 과연 더불어 행복한 삶을 살아가는 사회의 구성원으로 책임을 다하는가? 자문(自問)에 자문하지만 자신 있는 답을 못하고 있다.

회상
65

제4부

그때의 시론

:

지금도 생각하여 보면 그때의 추억은 깊고,
그때의 배움은 영원하였다.

함 성

(I) 너는 죽지 않는 영원이어라

축적된 고뇌
용트림치는 젊음
화음 되어 가는 언덕에 올라
삶에로의 회구가
불멸을 낳게 하구나

뜨거운 가슴
용해된 사랑
신을 우러러 부끄럼 없이
합장한 손에서
하얗게 종이 되어 가는구나

폭포수 된 열정
불멸한 육신
가느다란 생명의 옷자락에 머물러
칠흑 속 중생의 선잠을
인도하는구나

혼돈된 정신
흔들리는 영혼
큰 불기둥으로 신기루 되어 갈 때

흔들리지 않는 너의 소리는
함성되어 나오는구나

너는 죽지 않는 영원이어라

(Ⅱ) 너는 죽지 않는 영원이어라

생명의 잉태를 위한 기구(祈求)가
너의 가슴에 머물러
각자의 고뇌를 되뇌이매
광명이 비추이는
삶의 광장에 머물러주오

사랑하는 자여
너의 육체의 조각에
영혼의 편지를 쓰매
백상지에 가득히
그 소식을 전해 주오

존재의 의미는
삶에로의 도피가
가져다주는 안주(安住)가 아니매
영생을 위한 노래를
힘껏 불러주오

억겁이 흐른
광야에 홀로 서서

소리쳐 불러보는
영원한 이름이 있으매
어둠을 깨워주는 함성이 되어주오

너는 죽지 않는 영원이어라

01
직장을 선택하는
성산인에게 고함

매년 이맘때가 되면 졸업을 앞둔 학생들에게는 정든 교정을 떠나는 것이나 가르침을 주신 교수님, 생활을 함께한 동료와의 헤어짐 등으로 가을에 흩날리는 낙엽마냥 쓸쓸함이 희망보다 앞서기도 하며, 혹자는 새로운 사회에 대한 동경심으로 보람에 차기도 할 것이다. 그러나 무엇보다도 졸업 후의 취업 문제가 어느덧 자신의 문제로 다가와 있으면, 대학 입학 전에 꿈꾸던 새로운 사회생활에 대한 포부와 현실 여건이 그러하지 못한 데 대한 아쉬움이 그 어떤 것보다 큰 현안으로 되어있을 것이다.

이것이 해결되어야 인생의 보람도, 생활의 즐거움도 존재할 수 있기 때문이다. 그래서 우리 모두는 직장을 찾을 때 요모조

모를 수없이 되씹어보고, 고민도 하게 된다. 그러면 우리 모두가 이상적으로 생각하는 직장은 과연 어떠한 것일까? 이 질문에 대답하기란 그렇게 쉬운 일은 아닌 듯하나, 직업이란 무엇인가를 생각하여 보면 그 해답이 있을 법하다. 직업의 사전적 의미로는 "급료를 받고 생활을 유지하기 위하여 자기의 적성과 능력에 따라 한 가지 일에 종사하는 지속적인 사회활동"이라고 정의되어있다. 이 사전적 의미를 얼핏 보면 돈을 버는 수단으로서 직업이 존재하는 것처럼 되지만 '자신의 적성과 능력에 맞는 일'이 중요하게 여겨진다. 결론부터 말하자면 '보람을 위하여 일을 찾아라.'라고 강조하고 싶다. 하루를 통하여 보면 적어도 8시간을 보내야 하는 곳이 우리의 직장이고, 그 외의 시간은 자신의 주관적 판단으로 생활할 수 있는 게 대부분이다. 즉 우리에게 주어진 직장인의 생활 8시간은 자신의 주관보다 조직이 우선이고, 그곳에는 각종 원칙과 객관적인 사실들에 얽매일 수밖에 없다. 그 객관적인 일들이 나의 주관과 동일시 될 때 우리는 커다란 보람을 찾을 수 있는 것이다. 즉 돈은 보람 뒤에 따라오는 부수적일 때 우리는 이 사회를 살아가는 보람을 느낄 수 있는 것이다. '대기업인가?', '월급은 얼마쯤 주는가?'보다 '무엇을 하는 회사이며, 내가 가서 할 일이 무엇인가?'에 중점을 두라는 것이다.

그러면 보람을 추구하는 일이란 과연 어떻게 일을 하는 것일까? 그것은 나를 위해서 일하는 것이 아니고, 조직이나 남을 위해서 일하는 것이다. 가령 자동차를 제조하는 회사라고 생각하여보자. 인간공학적 설계, 저렴하고 고성능을 가진 자동차를 만들려는 고뇌는 누구를 위한 것일까? 그것은 곧 그 차를 이용할 불특정한 고객을 위한 일이 될 것이다. 내가 만든 자동차가 안전하게 운전자와 같이할 때 서로 접촉되지 않은 교감과 그에 대한 보람을 가실 것이다. 그것이 식상인으로서 바른 자세임을 밝혀주고 싶다. 바로 우리는 그 어떤 누구를 위하여 일하는 자세로 직장을 바라볼 필요가 있다. 그러면 '항상 남을 위해서 일하면 나는 무엇이 남는가?' 하는 의문을 가질 수 있을 것이다. 그것은 내가 남을 위한 일을 하면 결국 그것이 나에게 돌아오게 된다. 자동차를 잘 만들면 자동차가 잘 팔릴 것이고, 그러면 회사는 이익을 많이 남길 것이고, 그것은 곧 근로자의 임금 인상, 상여금 그리고 복지 등으로 나에게 돌아올 수 있을 것이다.

그러한 보람을 찾을 수 있는 직업을 어떻게 선택할 것인가? 그것은 자신의 적성과 능력에 맞는 일을 찾는 것이다. 자신의 적성은 그 자신보다 잘 아는 사람은 없다. 적성은, 곧 회사와의 친화력을 가질 수 있는 가장 기초가 되는 것이다. 특히 우리 대학생들은 모두 직장 생활의 경험이 있기 때문에 산업 현장에 대한 자신의 적성을 누구보다 잘 파악할 수 있을 것이다.

능력을 냉철히 평가하는 방법은 자신의 가장 부족한 점이 무엇인가를 생각하여보면 쉽게 해답에 접근할 수 있다. 이러한 평가는 자신의 능력을 신장시키는 방법으로서도 유용할 수 있다. 여기까지가 잘 정립되면 그다음은 쉽게 접근이 가능하다. 능력의 수준을 스스로 평가하고 나면 회사의 월급이나 직급은 그에 부수적으로 정해지기 때문이다.

취직하고자 하는 회사는 무엇을 대상으로 하는가? 즉 인간을 위하여 무엇을 하는 회사인가? 그리고 그것이 진실을 바탕으로 미래를 지향하는가를 점검해보라. 미래지향적인 회사를 찾아보라는 것인데, 미래지향적이란 미래를 위한 투자를 하는 회사이다. 적어도 지난해의 재무제표를 살펴보고, 미래를 위한 투자를 적절히 하는 회사를 선택하는 지혜를 가져야 할 것이다. 회사는 적정한 인적 그리고 물적 투자와 끊임없이 변신을 추구할 때만 미래가 보장되는 것이다. 그중 인적 투자의 일원으로 도전하라는 것이다. 이렇게 투자된 자신을 발견할 때만이 진정한 직장인으로서 이 사회를 보람있게 살아갈 수 있다.

조직체는 비전이 있어야 하고, 그 비전을 또한 바라볼 수 있는 개인적 능력을 갖추어야 한다. 회사는 비전은 가지고 있으나 그것을 볼 수 없는 직장인을 우리 주변에서 많이 본다. 태양이 중천에 떠있건만 눈을 감고 있으면 깜깜한 어둠뿐 아닌가? 자기 눈으로 직장의 비전을 바로 볼 수 있는 능력을 갖추어야 하며, 나아가 여러분 스스로 직장의 비전을 만드는 적극적인 자세를 가져야 한다.

이제 여러분은 경영층의 배려보다는 여러분 스스로가 자신의 몸담은 직장을 통하여 조국과 민족에 크게 봉사하고, 나아가 인류에 공헌하는 더 큰 모습으로서 직장을 바라보고 또한 직장을 선택하는 기준으로 삼아달라는 부탁을 하고 싶다.

성산인이여!
이제 성산의 꿈을 안고, 세계를 보는 높은 이상을 끝까지 견지(堅持)하기를 바라는 바이다.

『창원기능대학보』 사설

02

큰 자성을 통한 대학 발전

흔히들 감기나 몸살을 앓고 있는 환자를 대하면 추운 날씨나 과로 때문에 자신의 몸이 아팠다고들 이야기한다. 물론 그 환자가 충분히 견딜만한 환경조건이 주어졌다면 환자가 아니 될 수도 있었을 것이다. 그러나 문제를 조금만 더 생각하면 쉽게 그 원인을 찾을 수 있다. 즉 거의 같은 환경에 처해있는 절대다수의 사람이 그러한 환경에서도 건강히 자신의 생활을 즐기고 있음을 볼 수 있다. 바로 그 환자는 자신의 몸이 그 누구도 견디는 그런 환경을 이기지 못할 만큼 약화하여있다는 사실, 또한 그 병마가 침노한 원인으로는 자신의 평소 건강관리가 잘못되었다는 것을 깨닫기 전에는 계절이 다시 돌아오면 그는 환자일 수밖에 도리가 없다.

이 점은 일상의 생활에서 개인이나 조직에서도 그대로 맞아 떨어진다. 개인이나 조직이 자신의 과업을 충실히 수행하고 미래를 보며, 오늘의 아픔을 치유하면 다시는 그런 아픔이 우리에게 다가서지 못하는 것이다. 우리는 누구나 과거보다 밝은 미래를 원하기 때문에 그 밝은 미래를 위하여 오늘 무엇을 할 것인가를 생각해야 한다. 우리 대학인도 이런 측면에서 그 자성 (自省)의 기회를 갖기를 원하는 바이다. 지나온 아픔이 있었다면 그 원인이 혹시 대학 당국은 교수와 학생에게, 교수는 대학 당국이나 학생에게 그리고 학생은 대학 당국이나 교수에게 각각 문제의 원인을 찾으려고 하지는 않는가 하는 것이다. 이제 우리는 각자의 자신을 살펴볼 필요가 있다고 본다. 즉 나의 할 일은 충분히 했는가 하는 것이다.

'대학 당국은 교수의 교육 여건을 개선하고, 학생들의 의견을 충분히 수렴하였는가? 교수는 학생들에게 양질의 지식을 전달하며, 자신의 연구에 정진하였는가? 그리고 학생은 학생 본분의 영역을 지키며 면학에 열중하였는가?' 하는 자문을 해 보자. 그 자문은 곧 우리의 힘을 키워주며, 창원기능대학이 영원히 발전할 수 있는 근본이 될 것이다.

평소에 하던 운동이 내년에 닥칠 한파를 대비하여서 하는가? 그것은 아닐 것이다. 한파는 우리 곁을 가까이와도 우리

몸을 병들게 하지는 않는 법이다.

대학 당국은 대학 발전을 위한 비전을 제시하고, 교수는 교육에 정열과 전공에 관한 깊은 연구를, 학생은 배움의 기회를 소중히 여겨 새로운 창원기능대학의 역사를 만드는데 다시 한 번 큰 횃불을 댕기기를 진실로 바라는 바이다.

『창원기능대학보』 사설

03

기능장 교육의
질과 양

몹시도 무더웠던 지난여름은 인간의 내서(耐暑) 한도를 시험이라
도 한 듯했지만, 가을이 도래하니 싸늘한 기온이 주야로 가득
하여 계절의 순리는 아직 그대로 있는 듯하다. 지난여름에 우리
대학을 뒤덮었던 내외적인 변화의 조짐은 우리를 커다란 우려
속으로 몰아넣어 자연이 주는 무더위 못지않게 가슴앓이를 주
었다는 것도 부인할 수 없다. 그중에서도 특히 지난 7월 31일에
입법 예고된 기능대학법 개정(안)에 관해서는 창원기능대학인
뿐만 아니라 기능인 모두의 관심사가 아닐 수 없었다. 창원기능
대학의 설립이 12년이 넘은 시점에서 기능장 교육의 성과를 검
토하고, 새로운 도약을 위한 점검의 시기를 갖는 것 자체를 부
정하거나 잘못되었다고 생각할 사람은 아무도 없을 것이다.

물론 정책 입안 부서에서도 이런 점을 충분히 고려하기 위하여 관련자나 관련 기관의 의견을 다각도로 수렴하고 있는 줄 알고 있으며, 모두가 환영할만한 결과가 도출되기를 기대하고 있는 바이다. 이런 점에서 우리 대학은 앞으로 어떻게 변화되어야 할 것인가는 대단히 중요하고도 조심스러운 것이다. 우리 대학은 예측된 산업사회에 대응하는 것이 대단히 필요할 것이다.

그러면 변화되고 있는 산업사회는 과연 어떠한 사회이며, 그 산업사회는 우리 대학이 어떻게 변하기를 바라고 있을까? 단언하기는 대단히 힘든 것이지만 분명한 것은 고도화된 많은 기술 인력(기능장, 기술사)이 필요로 한 사회이며, 우리 대학에 요구되는 점도 바로 이러한 인력을 양성 배출하는 것이 아닌가 한다. 즉 고도의 기능과 기술을 요구하는 다수의 인력이 필요하다는 것이다. 여기서 주목해야 할 점은 '고도라는 질(質)'과 '다수라는 양(量)'이 동시에 고려되어야 한다는 것이다. 자칫 높은 기술 인력만 강조하다 보면 산업사회의 요구 인력의 양을 충족시키지 못할 수 있고, 다수를 강조하다 보면 질에 못 미치는 우(愚)를 범할 수 있다.

매사가 그렇듯 질과 양을 동시에 충족시킨다는 것은 그렇게 쉬운 일은 아니다. 교육에서는 이것을 무시하고 성공할 수 없다. 그러면 기능장 교육에서 질과 양이란 무엇일까? 양이란 많은 기능장을 배출하는 것이고, 이 점에 대해서는 이미 당국의 대책도 여러 방안을 세우고 있는 듯하다. 그러나 질은 그렇게 단순히 해결될 문제가 아니다. 교육에 있어서 질이란 하루아침에 이루어지지 않는다. 사전에 면밀한 연구가 필요하다. 즉 피교육자, 교육자, 교육과정 그리고 교육 시설 등이 동시에 질적 측면이 제고되어야 그 해답을 찾을 수 있을 것이다.

당국에서도 이 점을 충분히 검토하고 있으리라 믿어지지만, 혹시 능력이 부족한 기능장이 양산될까 하는 우려가 있음을 실토하지 않을 수 없다.

기능장 양성 확대 방안이 그 실효를 거두기 위하여서는 질적 측면을 도외시하거나 짧은 시간에 학점만 많이 이수한다고 그 성과를 거둘 수 없음을 다시 한 번 밝혀두는 바이다.

『창원기능대학보』 사설

04

정부의 산업 인력
육성책을 보면서

정부는 1992학년도부터 1995학년도까지 전국 이공계 대학 정원을 매년 4천 명씩 모두 1만6천 명을 증원한다고 한다. 또한, 고급 기술 인력의 수요에 대비하기 위하여 국립공과대학의 설치, 서울 소재 대학의 이공계대학의 증원 그리고 대기업의 특수목적대학과 특수직업전문대학 설치를 유도하는 등 획기적인 기술 인력 육성 대책들을 속속 발표하고 있다.

이러한 시점에 「우리나라엔 진정한 의미의 공과대학이 없다」(『한국경제신문』, 91.3.14.)면서 고급 기술 인력 교육의 문제점을 지적하면서 이공계대학의 제 기능을 가지기 위한 방안이 여러 가지로 제시되고 있다. 그 방안들을 보면 교수의 학생 부담률,

실질적인 실험·실습 방안, 실험·실습 기자재 확보, 교육 환경 및 교수의 질적 수준 등이 주로 거론되고 있다. 이러한 방안들을 보면, 묘하게도 이러한 조건들을 거의 만족한 대학이 우리나라에도 엄연히 존재하고 있으나 이러한 대응책에는 별로 거론되고 있지 않음을 발견할 수 있다. 즉 교수 대비 학생 비율이 1:9, 이론과 실습 비율(%)이 51:49, 충분한 실험·실습 기자재 확보, 학생 1인당 교정 점유율이 58평, 100%의 취업률, 이론 담당 교수는 공과대학 교수급 그리고 실습 교수는 다년의 실무 경험을 갖추고 소정의 기술자격증을 가진 교수들로 구성되어있으며, 2년간 총2,937시간의 실질 수업을 실시하는 기능대학법에 의한 대학이 다름 아닌 창원기능대학이다. 물론 그 외에 교육법에 의한 대학보다 다소 부족한 점이 없다고 단언하지는 않지만, 적어도 현재 제시되고 있는 각종 방안은 어쩜 우리 대학을 모델로 한 것이 아닌가 하는 착각마저 든다. 그런데 이와 같이 좋은 교육여건을 갖춘 우리 대학이 날로 번창하고, 발전하고 있는가? 라는 질문에 '그렇다'고 대답하기가 망설여지는 현실이 존재한다. 1991학년도 입학시험에서 1.9:1의 입시 경쟁률을 그래도 자족해야 하니 말이다. 매년 입시 때가 다가오면 대학 당국과 교수들은 신입생 유치 작전(?)을 수행해야 하는 아이러니가 왜 있는가? 물론 정부에서는 이미 오래전부터 학력 사회에서 능력 사회(자격 사회)로의 전환을 위한 부단한 노력을 하는 것으로 알고 있지만, 그래도 뭔가 배우고자 하는 자에게 크게 공감이 안 되는 까닭인지, 아직 사회여건이 성숙지 않아서 그런지는 몰라도 우리 대학은 이래저래 걱정이 많은 듯하다.

우리 대학도 기술 인력을 교육하는 대학임이 분명할진대, 근래 정부의 산업 인력 교육 대책에 우리 대학도 크게 기여하는 방향으로 가고 싶은 게 사실이다. 대학 입시철만 되면 매년 쏟아지는 70여만 명의 대입 낙방생에 대한 문제가 부각되고, 이듬해 3월쯤 되면 그 처방전이 다양하게 대두한다. 그러나 아직은 이렇다 할 묘수를 갖고 있지 못한 현실을 다시 한 번 생각할 때, 우리 창원기능대학이 발전할 수 있는 적극적인 정책 개발이 우선되고, 그래서 우리 대학에 입학하려는 입시생이 문전성시를 이룰 때, 지금 정부에서 검토하는 산업 인력 육성책이 성공했다고 할 수 있지 않을까 한다.

혹자는 관련법이 다르다는 것, 입학 자원이 다르다는 것, 교수 조건이 다르다는 것 등의 구차한 이유를 들어 오로지 교육법에 의한 대학 중심의 산업 인력 육성책을 고집할지 모르겠으나 사회 저변의 기술, 기능인에게 비전을 제시하고, 국가의 장래를 책임질 젊은이들을 범국가적 차원에서 본다면 어느 하나 소홀히 다룰 것이 없지 않은가 한다. 이러한 관점에서 우리 대학의 발전 방안이 이미 여러 가지로 제시되고 있으며, 이제 더욱 적극적인 자세로 현실성이 있으면서도 미래 지향적인 정책을 개발할 때라고 본다. 차제에 대학 당국은 이 국가적인 문제에 우리 대학이 적극 기여할 방안을 찾고, 한국직업훈련관리공단이나 노동부 또는 관련 부처와 활발한 논의를 통하여 공감된 의견 수렴에 적극적인 노력을 보여주길 바라는 바이다. 물론 그런 과정을 거치다 보면 다소 불만스러움이 표출될 수도 있고, 논외의 문제가 다시 발견될 수도 있지만, 모두를 대승적 차원에서 혼용하고, 우리의 발전이 곧 국가 발전에 기여함을 인식하여 전향적으로 모든 문제를 해결하여 나아가기를 바라는 바이다.

현재는 우리 대학이 분담해야 하는 산업 인력의 양이 극히 낮은 비율에 머물고 있지만, 앞으로 예견되는 기능대학의 확대 방안들이 이러한 관점에서 발전적으로 전개되고, 정부의 정책 의지가 뒷받침된다면 머지않아 산업사회에 우리가 분담해야 할 폭이 상당히 크면서도 높아질 것으로 기대된다. 이들 모두가 하루아침에 이루어지리라는 기대는 하지 않지만, 교육은 시대적 환경에 따라 끊임없이 변화되어야 하고 미래사회를 정확히 예측하여 그것에 적절히 대응할 때만이 그 국가나 조직의 운명은 밝아지는 것이다.

현재 추진되고 있는 정부의 산업 인력 육성책이 더욱 내실

있게 이루어지고, 그로 인하여 선진국과 기술 경쟁에서 우리가 우위를 점하여, 실로 국민에게 보람을 심어주고, 후대에 자랑스러운 조국을 남기기를 간절히 기원하는 뜻에서 정부의 산업 인력 육성책이 성공을 이루기를 바라며, 우리 대학도 이에 적극적으로 동참하기를 진실로 바라는 바이다.

『창원기능대학보』 사설

05

대학 개혁의
시작과 오늘

필자는 지난 2002년 1월부터 6개월간 일본 동경대학에 객원 연구원으로 파견되어 연구 활동을 수행하였다. 일본은 극심한 디플레이션으로 경제 침체가 이어지고, 이로 인한 실업자 발생이 극에 달하고 있었다. 기업은 연쇄 도산이 일어나고, 도산 기업 사장이 자살에 이르는 뉴스를 접하곤 하였다. 이에 못지않게 일본의 대학들도 극심한 구조 조정의 바람을 맞고 있었다. 126년의 역사를 자랑하는 동경대학도 내년부터는 행정독립법인체로 전환된다. 필자가 동경대학에 머무는 내내 캠퍼스 입구에는 커다란 반대 입간판이 붙어있었다. 그러나 이미 일본 내의 많은 대학은 통폐합이 이루어졌고 앞으로는 상위 10% 대학을 제외하고는 현재의 시스템으로는 살아남기 힘들 것으로 다들 전망하고 있다.

우리와 일본의 사정이 모두 같을 수만은 없다. 그러나 2003 학년도 신입생 모집에서 상당수 대학이 추가 모집을 하고도 정원을 제대로 채우지 못하는 경우가 발생하였다. 인구는 줄어들고 있는데 대학 정원은 계속 늘어나는 등 구태(舊態)를 벗어나지 못한 결과이다. 일본 대학 개혁의 바람이 이제 우리에게도 피할 수 없는 과제가 되었다. 일본의 경우 여러 해 전에 연구진을 구성하여 다각도의 연구를 수행하고, 수많은 공청회와 토론회를 거쳐서 결과를 도출하였다. 이제 일본의 대학들은 새로운 국제 경쟁을 위하여 나서는 모습이다. 우리나라도 결국 이러한 대학 개혁의 징조가 나타나고 있다. 참여 정부는 지방대학이 그 지방의 산업 발전을 견인하도록 하겠다는 것이다.

우리 대학은 1999년에 참으로 의미 있는 개혁을 단행한 바 있다. 바로 2개 단과대학에 소속되어있는 5개의 전공 혹은 학과를 통합하여 기계항공공학부(당초는 수송기계공학부)라는 하나의 단일 학부 단일 전공을 출범시켰다. 물론 BK21 사업이란 당근이 있었지만, 그래도 이것은 대단한 개혁임에는 분명하다. 특히 같은 캠퍼스 안에 있지 않은 단과대학을 뛰어넘는 통합을 이룩한 것이다. 이제 단일 학부 단일 전공의 완성 학년도가 되어 기존의 학과와 전공들은 모두 없어졌다. 바로 그 학부에 소속된 교수로서 이에 대한 감회가 남다르다. 그러나 개혁은 그리 단순한 것만은 아닌가 보다. 개혁을 반대하는 목소리가 정당해보일 때도 있고 과거로 회귀하려는 목소리도 있을 수 있다. 조그마한 어려움을 침소봉대(針小棒大)하여 개혁 자체를 부정할 수도 있다. 그러나 지금까지 지나온 것만으로도 우리의 개혁은 성공하였다고 볼 수 있다.

이제 대학의 주체들이 지혜를 모으고 교육 본연의 입장에서 지나온 개혁을 면밀히 평가하여야 할 것이다. 즉 교육의 수요와 공급의 측면에서 무엇이 성과이며, 무엇이 부족하였는가를 심각히 고려하여야 할 것이다. 이러한 고려를 통하여 더욱 발전된 교육 모델을 제시하여야 할 것이다. 이러한 결과는 우리나라 각 대학이 겪고 있는 구조 조정 내지 개혁의 참신한 모델로도 제시될 수 있을 것이다. 인근 대학과의 통합까지도 고려하여야 할 시대적인 소명을 생각할 때, 대학 내의 유사 전공의 통합은 학생들에게 다양한 선택의 기회를 제공하고 대외 경쟁력을 확보하는 데 중요한 요소이다.

지리적인 어려움과 초유의 본부 대학을 출범시켜 오늘까지 발전을 거듭할 수 있도록 배려한 관계자 여러분께 진심으로 감사드린다. 다시 초심(初心)으로 돌아가 지역을 넘어 세계를 견인하는 대학으로 거듭나기를 학수고대한다.

06

에너지 기술 개발의
국가 전략

필자는 최근에 일본 동경 지역의 수소 스테이션을 방문하여 기술 현장을 탐색하였다. 이 스테이션은 수소 연료전지 자동차에 수소를 공급하는 시설로, 자동차의 주유소에 해당하는 시설이다. 현재 일본은 수소 연료전지 자동차의 상용화 기술이 완성되었고, 시범 운행을 하고 있는 나라이다. 동경 지역과 인근 지역만 해도 10곳에 스테이션이 설치되어있다. 그중에서 필자 일행은 5곳을 방문하여 관계자들을 만나고 시설을 살펴볼 기회를 가졌다. 수소 연료전지 자동차는 아무리 생각해봐도 현재는 경제성이 없다. 왜냐하면, 차량 가격이 약 7억 원이고, 스테이션의 압축기만 하여도 약 10억 원이 든다. 이러한 상태에서 어떻게 상용 운전을 하며 기술 개발을 추진하는지 의문을 가지게 되었다. 수소 연료전지 자동차는 그 비용과 기술 개발의 난제가 너무 크기 때문에 필자로서는 현장을 살펴보는 것만으로도 매우 의미 있는 일이었다. 우리는 일본의 수소 연료전지 자동차 개발 전략을 살펴봄으로써 우리나라의 기술 개발 방법을 새롭게 모색하여 보는 계기로 삼았으면 하는 바람이다.

일본의 자동차 제조사들은 모두 수소 연료선지 자동차를 개발하였고, 상용 제품을 출시하고 있다. 이들을 효과적으로 뒷받침하고 있는 것은 JHFC (Japan Hydrogen & Fuel Cell Demonstration Project)이다. 이 프로젝트를 통하여 종합적으로 수소 연료전지 자동차의 개발을 주도하고 있다. 각 스테이션에는 일본에서 만든 자동차와 수입 외국산 자동차가 각 1대씩 배치되어있으며, 그것도 다양한 제조사들로 구성되어있다. 또한, 스테이션의 수소 압축 방법, 주유기(디펜서) 등도 옛날 모델부터 현재 모델까지 다양하게 설치되어있음을 알 수 있었다. 즉 시범 운행과 내구성 시험이 동시에 진행되고 있음을 알 수 있다. 놀랍게도 7억 원가량 하는 자동차의 소유주는 자동차 제조사이다. 즉 자동차 제조사는 JHFC의 요청으로 자동차를 제조하여 각 스테이션에 임대하고, 임대료로 매월 약 2,000만 원을 받고 있었다. 이러한 과정에서 일본 자동차 제조사들은 연료전지 자동차 부분에서 이미 수익 구조가 되어있으며, 머지않아 이 분야의 세계 리더를 꿈꾸고 있음을 금방 알 수 있었다.

즉, 일본의 수소 연료전지 자동차 기술 개발 전략은 국가 주도형 프로젝트임을 알 수 있다. 따지고 보면 대부분의 비용을 국가에서 부담하고 유연성과 조직성을 갖추고 있다. 필자는 이러한 시스템을 보면서 솔직히 무서운 생각까지 들었다. 국가 차원에서 일본의 체계적이고, 전폭적인 수소 연료전지 자동차 개발 프로젝트가 머지않아 세계 자동차 기술 개발에 절대 강자의 위치를 점할 것으로 풀이되었다. 우리나라도 이와 유사한 국가 기술 개발 프로젝트도 있고, 로드맵도 있다. 하지만 일본의 시스템과 운영과는 상당한 차이가 있음을 말하지 않을 수 없다. 특히 최근의 몇 사태에서 연구의 진실성 문제 또는 도덕성 등이 쟁점화되고, 연구원들 간의 연구 노하우의 경쟁이 이루어지면서 일선에서 연구와 기술 개발에 몰두하는 선량한 연구자 또는 기술자들마저도 같은 틀 속에 매도되는 현실을 고민하지 않을 수 없다. 시행착오와 실패가 없는 연구가 과연 있을 수 있겠는가? 모든 연구 계획에서 계량화되어있는 수치에 도달되면 성공이고, 도달 못 하면 실패라는 편의주의적인 연구 성과 평가 시스템이 과연 옳은지도 다시 새겨보아야 한다. 아마 많은 국책 과제를 수행하는 연구자들이 이러한 일로 고민하고 있을 것이다.

우리는 최근에 있었던 연구 윤리 문제를 조속히 극복하여야 한다. 연구자들에게 용기를 불어넣어야 한다. 과감하게 도전할 수 있는 용기를 주어야 한다. 특히 에너지 기술 개발은 경제성만 따져서는 장래를 보장하기 힘들다. 연구자를 신뢰하고 서로 격려하여나가면서 국가의 미래를 준비하여야 한다. 일본의 수소에너지 기술 개발 시스템이 모두가 옳은 것은 아닐 것이다. 그러나 적어도 에너지 관련 기술 개발은 국가 주도형 연구 사업으로 장기적인 전략과 과감한 연구비 투자가 시급하다.

07
더 큰 국가 발전의 기회

1950년 6월 25일에 6·25 전쟁이 일어나고, 3년간의 치열한 전투 끝에 1953년 7월 27일 휴전협정이 된 다음 해인 1954년에 필자가 태어났다. 그러하니 1950년대의 남북 관계와 국제 정세는 체험한 적이 없다. 전후 세대(戰後世代)로서 전쟁을 모르고 살아왔으며, 우리나라 지도자 중 상당수가 이제 전후 세대이다. 그러나 과거 역사를 통하여 미래 역사를 준비하는 것이 역사 발전의 원리이다. 나의 중학교 시절에는 필리핀이 대단히 부러움의 대상이었다. 1970년대에는 필리핀과 우리나라의 교역이 활발하였으며, 우리나라는 필리핀을 벤치마킹의 대상으로 삼았던 것으로 기억한다. 당시 필리핀은 우리나라보다 1인당 국민소득이 두 배나 높은, 잘사는 나라였다. 내가 태어난 1954년 우리나라의 1인당 국민소득이 66달러 정도였으니, 우리는 지구 상에서 배고픈 나라였다. 그 당시 필리핀은 자원이 풍부하고, 영어를 사용하고, 성장 잠재력이 매우 높은 나라로서 우리가 부러워하는 대상이었다.

60여 년이 지난 지금의 필리핀과 우리나라의 1인당 국민소 득은 어떠한가? 2008년 자료를 살펴보면 세계 179개 국가 중 에서 우리나라가 34위로서 19,751불 그리고 필리핀이 119위로 서 1,625불이다. 즉 우리나라가 필리핀보다 12배 이상 잘사는 나라가 된 것이다. 이제 우리나라는 머지않아서 30,000불의 시대로 진입할 것이다. 이제 필리핀의 많은 우수한 학생이 우리 나라에서 유학하길 바라고 있으며, 필자가 속한 대학에도 필리 핀의 학생들이 유학 와서 공부하고 있다. 그들이 영어를 못하 여서 우리나라에 오는가? 진정, 가난을 탈출하기 위하여 또한 우수한 학문을 배우기 위하여 우리나라에 와서 참으로 열심히 공부한다. 그런 모습을 보면 아이러니한 생각이 든다.

그럼 필리핀은 왜 가난을 벗어나지 못하고, 우리나라는 세계 34위의 부강한 국가가 되었는가를 생각하여보아야 한다. 이는 논자(論者)에 따라서 의견을 달리할 것이다. 많은 요소가 있을 것이다. 나는 그중에서 '민주주의 발전이 국가 발전의 요소였 다'고 주장하고 싶다. 우리나라는 모든 국민이 참여하는 직접선거로 대통령, 국회의원 그리고 지자체의 장 등을 선출하고 있다. 국내적인 시각으로 보면 매일같이 여야가 다투고 또는 중앙정부와 지방정부의 다툼으로 비칠 수 있다. 그러나 그 다툼의 저변에는 국가 발전에 대한 의견의 충돌이 대부분이다. 선거 때 후보자들이 내세우는 공약들은 모두 국가 발전에 대한 강한 의견의 표출이다. 이들이 모이고 토론되어 결국 국가 발전의 요소가 되는 것이다. 이제는 특정 정당이 계속 집권한다는 것이 어렵다는 것을 모두가 알고 있다. 국민을 위하여 좋은 정책을 펼치고 국가 발전에 기여하는 사람 또는 정당에 표를 주는 것이다. 바로 이것이 우리나라 국가 발전의 근간이었다고 생각한다. 분단국가로서 남과 북이 총을 겨누고 있는 정전(停戰), 즉 전쟁을 잠시 멈추고 있는 우리나라가 이렇게 발전하여 온 것이다.

그러나 우리는 만족하기에는 아직 이르다. 2008년 통계로 보면 세계 19위 국가인 독일이 40,000달러 정도이다. 욕심 같아서는 세계 최고의 부국(富國)이 되었으면 하는 것이다. 30,000달러 이상을 달성하는 과정에서 우리는 풀어야 하는 숙제가 있다. 그것이 바로 통일이다. 이에 대한 이견(異見)이 어찌 있겠는가? 남북이 총을 내려놓고, 남과 북이 하나 되는 것이 세계 속의 참으로 큰 대한민국을 이루는 중요한 전환점이 될 것이다. 지난 60년 우리나라 성장의 근간이 민주주의 발전에 있었다면, 앞으로 60년은 남북 평화통일이 그 근간이 될 것이다. 내부적인 치열한 토론이 필요하다. 그러나 그것은 더 큰 국가 발전의 기회로 작용하여야 한다.

08

저탄소 녹색 성장

지난 8월 15일 이명박 대통령께서는 경축사를 통하여 국가 성장 패러다임으로 '그린 성장'을 제시하였다. 이 대통령은 '그린 성장'의 실천 방안으로 친환경 주택 건립과 초고효율 자동차 개발을 제시하고, '그린 홈(green home) 1백만 가구'와 '세계 4대 그린 카(green car) 강국'이란 구체적인 목표를 제시하였다. 또한, 정부는 8월 27일 국가 에너지 기본 계획을 발표하여 2030년까지 신재생 에너지 비중을 11% 늘리는 20년 단위 장기 에너지 전략을 마련하였다. 즉 화석 에너지 비중을 현재의 83%에서 61%로 감소시키고, 신재생 에너지 비중은 현재 2.4%에서 11%까지 올린다는 야심 찬 국가 에너지 전략을 마련하였다.

저탄소 녹색 성장은 이미 세계적인 국가 성장 전략이 된 것이다. 늦은 감이 없지 않다. 그러나 지금이라도 국가의 장기 발전 전략을 이렇게 자연 친화적으로 잡은 것은 매우 의미 있는 일로, 적극 환영한다. 세계 문명사를 통하여 인류는 자연과 공존하여야 지속적인 발전이 가능하다는 것을 증명하고 있다. 이제 저탄소 녹색 성장을 위한 구체적인 실행 프로그램을 만들고 이를 차근차근 접근하여 나가야 한다. 그러나 저탄소 녹색 성장은 성장이라는 화두를 먼저 생각하면 그리 간단한 문제가 아니다. 여기서 그 성공적인 실천을 위하여 네 가지를 제안하고자 한다.

첫째는 국민적인 공감대를 만들어야 한다. 녹색 성장을 하면서 국가의 산업 발전을 획기적으로 이룬다는 것은 어찌 보면 이율배반적인 화두가 될 수 있다. 이를 극복하기 위하여, 지구온난화가 가져오는 세계적인 재앙이 결코 남의 일이 아니며, 후손에게 넘겨줄 이 지구환경을 이대로 갈 수는 없다는 인식이 필요하다. 정부는 모든 산업과 국가 정책 기조를 저탄소 녹색 성장에 맞추어나가는 국민적인 공감대를 먼저 만들어야 한다. 둘째는 더욱 긴 안목으로 국가 발전 전략을 세워야 한다. 현재 2030년까지의 에너지 기본 계획을 세웠고, 5년마다 계획을 수정·보완하는 것으로 되어있다. 그러나 5년마다 실시할 수정·보완이 조금은 걱정이다. 기술 개발과 인력 양성에는 이보다 더 많은 시간이 요구된다. 녹색 성장의 기조를 더 길게 보아야 한다. 5년간을 평가하고 재정 투자와 기술 개발 등의 방향을 수정·보완하여나가는 수준이 되어야 하지, 목표를 대폭 수정하는 단기적인 전략으로 변화하면 안 된다. 셋째는 장기적인 인프라 구축이다. 해당 분야의 기술 개발을 위한 장기적인 계획과 투자가 있어야 한다. 현재까지의 국가 기술 개발은 상당수가 경제성을 평가의 잣대로서 하여왔다. 즉 경제적인 평가의 잣대로서 명시적이고 계량화된 자료를 또한 요구하고 있다. 현재까지의 경제성 평가에서 우리가 간과하고 있는 것은 환경 친화성 또는 인류에게 이로운 기술에 대한 경제성을 평가하는 척도를 가지고 있지 않다는 것이다. 저탄소 기술 개발에 대한 평가에서 탄소 배출권을 장기적으로 평가하는 척도가 필요하다. 이를 기술 개발의 경제성 평가의 척도로 도입하여야 한다. 넷째는 녹색 성장에 대한 명확한 개념을 정립하여야 한다. 일반적으로 녹색 성장이란 느린 성장을 생각하게 된다. 이제 성장 일변도의 국가 전략을 수정하여야 한다. 조금은 느린 성장을 하여도 된다. 단지 장기적이고 거시적인 성장 모드를 갖추면 된다. 오늘과 내일만 잘 먹고 사는 나라는 안 된다. 100년 후에 먹고 사는 문제도 같이 생각하여야 한다. 우리나라가 세계에서 가장 환경친화적인 나라로 인식되고, 이를 근간으로 하여 지속적인 성장을 도모하여나갈 때 우리나라는 명품 국가가 될 것이다.

저탄소 녹색 성장의 에너지원은 지하자원인 화석 에너지원에서 신재생 에너지원으로 그 패러다임을 바꾸어 생각하여야 한다. 눈만 뜨면 볼 수 있는 하늘, 태양, 공기 그리고 바다가 모두 에너지원이다. 단지 해당 기술을 개발하고 확보하는 것이 문제이다. 지정학적으로 보아도 삼면이 바다이며, 청명도 높은 하늘을 가지고 있고, 4계절이 뚜렷한 나라이다. 이들이 바로 우리의 에너지원인 것이다. 이를 위하여 장기적이고도 획기적인 기술 개발과 인력 양성이 뒷받침되면 우리나라는 세계 속에서 에너지 강국으로 우뚝 설 수 있을 것이다.

경상대학교의 세계화

얼굴이 검고, 손으로 음식을 먹고, 화장실 배변 후 화장지를 쓰지 않는 나라 그리고 어쩐지 지저분한 나라로 생각되는 인도네시아로 연구년을 정하고 막상 우리나라를 떠날 날이 되어 갈수록 남모를 고심도 있었다. 과연 내가 그곳에서 1년을 무사히 지낼 수 있을지 하는 생각을 하면서 2010년 8월 30일에 인도네시아 ITB(반둥공과대학)에 여장을 풀었다. 기대 반 호기심 반이라는 말이 맞을 것이다. 학과 교수들의 부부 동반 환영 만찬은 가족적인 분위기에 친근감이 더하였다. 음식이 입맛에 맞지 않는 것은 나의 오랜 한국식 음식 탓이지, 이곳의 음식이 맛없어서는 아니었다.

1920년에 개교한 ITB는 12개 단과대학, 38개의 학부 과정, 47개의 석사과정, 27개의 박사과정을 두고 있는 인도네시아가 자랑하는 공학 교육기관이다. 특히 인도네시아 건국의 아버지로 추앙받는 스카르노 전 대통령이 졸업한 대학으로, 큰 줄기의 학문 분야로서는 공학 부분과 예술 부분이 있다. 수업 시간에 만나는 학생들의 열정이 대단히 높았다. 물론 외국인 교수의 특강이라는 점도 있겠지만, 활발한 토론 그리고 학부와 대학원 통합 과정의 운영이 새로워보였다. 내가 몸담은 이곳의 기계공학과에 외국에서 유학 온 학생들을 살펴보니 태국, 미얀마, 캄보디아, 말레이시아, 베트남, 라오스 등 17명의 석·박사과정의 대학원생들이 재학하고 있으며, 많은 학생이 ITB 자체 장학금 또는 일본 기업의 장학금을 받고 이곳에서 학업을 하고 있다. 반면에 ITB의 우수 학생들은 우리나라를 비롯한 미국과 일본 등지로 유학길에 오르고 있었다. 조금 더 나은 국가로 또는 좀 더 나은 교육 환경을 찾아서 세계의 젊은이들은 여러 국가를 찾아다니면서 학업을 하는 것이다.

　　인도네시아 인구는 2억5천만 명 정도로 추산하고 있다. 그리고 동서로 가로놓인 국가 형태로서 동서 간의 거리가 비행기로 7시간 정도 걸린다. 우리나라에서 이곳까지의 비행시간이 7시간이니 국가의 크기가 짐작된다. 세계 최대 이슬람 국가로서의 위상, 풍부한 지하자원, 꾸준한 인구 증가 그리고 6% 이상의 지속적인 경제성장률을 감안하면, 세계 역사에서 인도네시아의 국력은 크게 상승하고 있는 것이다. 내가 사는 반둥의 다고(dago) 북쪽 지역은 중산층이 사는 곳이다. 한 집에 자동차 3~4대와 오토바이 2~3대 있는 것은 보통이다. 그리고 가정부와 기사 등을 2~3명을 고용하고 있다. 이전에 내가 알고 있던 인도네시아의 모습과는 거리가 먼 것이다. 인도네시아 인구 중에서 상류층이 5%, 중산층이 15% 그리고 빈곤층이 80% 정도로 추산된다고 한다. 즉 20%가 중산층 이상인데, 내가 사는 이곳 사람들의 모습이다. 분명히 이 사람들은 나의 생활과는 확연히 다른 모습이다. 한국에서는 내가 직접 자동차를 운전하고, 아내가 직접 밥을 짓는다고 하는 것을 좀 의외로 받아들이는 것이 이곳 분위기이다. 이러한 중산층 20%가 5,000만 명 정도가 되는 셈이다. 이 사람들의 많은 자녀는 자비로 소위 선진국으로 유학길에 오르고 있다. 인도네시아에서 우리나라로 오는 유학생들은 학비와 생활비 등을 모두 유학하는 현지에서 해결하여야 하는 것으로 알고 있었던 나의 무지가 좀 부끄러웠다.

우리 대학교 총장님이 개교 60주년을 맞이하여 던진 화두는 전국화와 세계화이다. 특히 지방 국립대학으로서 갖는 애로를 어떻게 하면 극복하고 전국화와 세계화를 이룩하느냐가 이젠 우리 대학의 큰 숙제이다. 이 숙제를 잘 풀어나가면 우리 대학은 세계 속의 대학으로 지속적인 발전을 할 수 있을 것이다.

특히 우리 대학의 세계화 전략을 이곳에서 생각하여보았다. 지금까지 '세계화' 하면 미국, 일본, 유럽의 국가들을 대상 국가로 생각하고 있다. 즉 선진국과의 교류로서 공동 학위, 공동 연구 그리고 학생과 교수 교류 등을 생각하고 시행하고 있다. 물론 이러한 선진국과의 교류도 매우 중요한 의미가 있다. 그러나 우리 대학의 구호인 '동아시아의 중심 대학'을 구축하는 것을 좀 더 실질적인 측면에서 접근하여나가야 한다. 필사가 2003년 1월 50여 명의 방문단을 인솔하여 한글책 1,300여 권을 기증하였던 중국 산동대학 위해캠퍼스에 우리 대학이 금년에 '한국어교육센터'를 설치하여 한글 교육을 시작한다는 소식은 나에게는 매우 의미 있는 일이다. 여기에서 더욱 욕심이 나는 것이 있다. 동남아시아 각 국가에 경상대학교의 분교를 설치하자는 것이다. 이미 부산의 H 국립대학은 인도네시아와 2+2 교육 시스템으로 공동 학위제 운영과 분교 설치를 위한 MOU를 교환하였다. 국책 연구 기관인 한국기계연구원은 동남아시아와의 교류 확대를 위하여 원장이 각 국가를 순방하고, 한국의 기술을 지원하고 교육 및 훈련시킬 허브 구축을 서두르고 있다. ITB의 국제교류센터에는 세계 각국 유수 대학의 유학생 모집 공고문이 연일 붙고 있다. 우리에게도 큰 기회가 와있다. 이곳 사람들은 한국에 대하여 기대 이상의 좋은 이미지를 가지고 있다. 이곳의 젊은 인도네시아 사람들이 '한국사람보다도 더 한국을 사랑한다'는 취지로 만든 한사모(한국을 사랑하는 모임) 회원도 반둥에만 700명이 넘는다고 한다. 우리 조상들은 남의 나라를 침략하지 않고 베풀기만 하였는데, 이제 우리 세대가 톡톡히 그 덕을 보고 있는 것이다. 이러한 한류 열풍을 이제 현지인의 대학 교육과 연계하여 나간다면 역사적으로도 큰 의미를 갖는 일이 될 것이다. 해외 분교 설치에 관한 관계 법령도 정비된 현재가 좋은 기회이다. 인도네시아의 우수 인력을 현지에서 대한민국 경상대학교의 이름으로 교육하는 것은 세계화 전략으로서 큰 획을 긋는 일이 될 것이다.

재외국민에 대한 참정권의 확대조치와 금년부터 시행되는 이중국적 특례 인정 등이 또한 우리 대학의 세계화에 또 다른 기회이다. 인도네시아에만 하여도 재외국민이 40,000명가량 된다. 재외국민 중 대학 진학을 앞둔 많은 학생이 한국으로의 대학 진학을 희망하고 있다. 물론 미국과 유럽으로 가는 학생도 상당수 있지만, 이곳에서 태어난 우리의 2세대들은 한국에 대한 동경이 대단히 크다. 이 사람들을 우리나라의 국민으로 잘 교육해나갈 필요가 있다. 각 국가에 설치된 한인회가 이제 재외국민의 참정권 행사의 중심 단체가 될 것이다. 각 한인회의 협조와 현지 대학과의 협력을 통하여 대학 교육의 기회를 공유하여 일차적으로는 공동 학위제 그리고 장기적으로 분교 설치 및 장단기 교직원 파견을 통한 대한민국의 지적 영토를 넓혀가는데 우리 대학이 앞장서자는 것이다. 특히 이것은 지방 국립대학으로서의 애로를 극복하고 세계화를 이루어가는 큰 발판이 될 것이다. 또한, 국립대학으로서 국가 위상 제고에 기여하고, 세계인을 교육하여 대한민국 경상대학교 졸업생이 훗날 아시아 각 국가의 지도자로 활동할 수 있는 초석을 마련하는 것이다. 동남아시아의 저개발국가를 자세하게 관찰하여 나가야 한다. 각 국가는 인재 육성이 국가 발전의 근간임을 잘 알고 있다. 이곳에서 초등학교, 중학교와 고등학교 과정을 운영하는 B 국제학교의 월간 등록금이 1,500,000원이라고 한다. 이러한 국제학교에서 교육받은 많은 학생이 외국의 저명한 대학으로 진학을 꿈꾸고 있다. 그 꿈의 대학으로서도 대한민국 경상대학교가 자리매김할 수 있을 것이다.

새벽 4시가 넘으면 이슬람 사원에서 들려오는 아잔 소리에 잠을 깨고, 목욕하고, 기도하고, 6시면 출근을 서둘러 7시면 학교의 수업이 시작된다. 하루 2번의 샤워, 5번의 기도 그리고 기도할 때마다 얼굴과 손발을 씻는 사람들, 자신의 손이 대중식당의 수저보다 더 깨끗하다고 믿으며 손으로 식사하는 지구상의 40% 인구가 있다는 사실을 나는 이곳에 오기 전에는 몰랐다.

한국-인도네시아 수교 37년의 역사 속에서 이제 인도네시아에 대한 새로운 이해와 협력을 이루어나가야 한다. 이곳을 거점으로 경상대학교의 세계화 전략을 펼쳐나간다면 우리 대학은 동아시아의 중심 대학에서 세계의 중심 대학으로 나아갈 것이다.

『경상대학교 교수 회보』

냉열 에너지와
에너지 기계

우리나라의 에너지 소비 형태는 최근 10년간 매년 10%의 세계 최고의 증가율을 기록하고 있으며, 온실가스 배출량 증가율 또한 세계 1위를 기록하고 있다. 세계기후협약 이행이 늦추어지고는 있지만 머지않아 우리도 동참하여야 하며, 이는 우리나라의 대체에너지 개발의 필요성이 가중되고 있음을 예견한다. 선진 각국의 에너지 관련 기술 개발과 실용화를 위한 대체에너지로는 태양에너지, 풍력에너지가 주종을 이루고 있고, 바이오매스, 지열, 파력, 조력 등을 이용한 대체에너지 개발이 활발히 진행 중이다. 또한, 세계 각국은 미래 에너지에 관한 대책을 제시하고 있다. 1998년 미국 조지 워싱턴대학에서 발표한 「미국의 미래 기술」에 의하면 미국은 2010년쯤 에너지 소비량의

10%를 대체에너지로 충당할 것이며, 유럽연합(EU)은 1997년 발간한 『에너지 백서』에서 2010년까지 대체에너지 비중을 현재의 2배인 12%까지 끌어올리려는 계획을 갖고 있다.

우리나라의 미래 에너지 대책은 여전히 원자력 위주의 에너지 정책에서 탈피하지 못하고 있으며, 오히려 2015년까지 원자력발전의 비중을 1998년 27.5%에서 34.2%로 늘릴 계획을 하고 있다. 1997년부터 '에너지 기술 개발 10개년 계획'의 시작으로 현재 0.82%에 불과한 대체에너지 비율을 2%까지 상향시킬 계획이다.

국내의 LNG 도입은 1986년 최초로 인도네시아로부터 LNG를 도입한 이래 도입량은 해마다 급증하고 있으며, 2004년에는 22,153,000 Ton을 도입하였고, 현재 인도네시아, 말레이시아 외에 브루나이, 카타르, 오만 등으로 도입선을 다변화하고 있다. 국내 LNG의 공급 회로망은 총 길이는 2,452km에 달한다. 그 지름은 36~20inch 배관까지 사용하며, 가스의 압력은 최고 70kg/㎠(6.86MPa)에서 최저 8.5 kg/㎠(0.83MPa)다. 우리나라의 총 소비 에너지 소비량 증가에 비례하여 LNG의 소비 증가는 곧 이에 관련한 분야에의 인력 수요가 급증할 것이며, 저장 시설에서 기화되어 발전용 또는 도시가스용에 관한 신기술의 수요가 예상되고 있다.

에너지의 활용 기술이 없으면 해외 기술에 의존에 의한 막대한 로얄티의 지불이 불가피하다. 최근에는 국내의 에너지 수입원이 점차 청정에너지원으로 바뀌고 있으며, 이에 따른 에너지 분야의 연구도 필요한 실정이다. 또한, 관련 기술 분야의 설계와 운용할 수 있는 고급 인력의 공급도 필요하다. 이에 대하여 우리나라의 기본적인 에너지 정책은 미래 대체에너지를 재생에너지와 신에너지로 분류하여 관리하고 있다. 대체에너지 개발 및 이용 보급촉진법 제2조에 의하면 재생에너지에는 태양열, 태양광, 바이오매스, 풍력, 소수력, 지열, 해양 에너지, 폐기물 에너지 등 8개 분야로 구분하고, 신에너지에는 연료전지, 석탄액화 가스화, 수소에너지 등 3개 분야로 총 11개 분야를 지정하였다.

냉열 에너지 기계 산업 분야에서 냉열(냉각된 에너지)을 취급할 수 있는 특화된 기계 분야인 냉열 에너지 기계는 액화천연가스(LNG, Liquefied Natural Gas)를 기화 온도($-162°C$)의 초저온 냉열을 활용하는 분야로 예를 들 수 있다. 냉열 에너지가 관여하는 산업기계 분야, 초저온 액화 가스에 관련한 기계장치, LNG 관련 기계장치(LNG 수송 펌프, 수송라인의 초단열 설계 기술 등), $L-N_2$, $L-O_2$ (액화 질소, 액화 산소) 관련 기계장치, 환경 친화성 냉매를 활용한 초저온 냉동 시스템, 환경친화성 냉매(지구온난화 지수 및 오존층 파괴 지수가 Zero) 구동 냉각시스템, 환경 폐

기물의 초저온 분쇄 장비 시스템, 냉매 수송 기계 시스템, 차세대 에너지원인 수소 활용 장치 분야 특히, 수소 압축기의 부품 개발 분야, 차세대 수소 자동차용 수소 스테이션의 기계장치 등을 냉열 에너지 기계의 산업 분야로 볼 수 있다. 이는 국가 성장 동력 산업인 환경과 에너지의 양면을 고려한 차세대 핵심 분야이다. 환경 친화성이 높은 냉열 에너지 기계에 관한 고급 연구 인력의 양성은 화석 에너지원의 고갈과 환경 친화형 산업으로의 전환이 요구되는 세계 동향에 적극적으로 부응하는 것이다.

일반적으로 냉열이라 함은 주변의 온도보다 낮은 물질이 갖는 열원을 말하며, 에너지 기계는 이를 활용하기 위한 각종 기계장치를 말한다. 주변보다 온도가 낮은 물질일수록 활용도 및 에너지로서 효용가치가 높으며, 산업 현장에서 많이 활용되는 냉열원은 50℃~-200℃의 냉매가 많다. 냉열원 발생 냉매 종류에는 LNG, $L-O_2$, $L-N_2$, $L-CO_2$ 등이 있고 특히 냉열 에너지원으로서 가치가 높고 친환경적인 냉열 에너지원은 LNG이다. 세계의 1차 에너지 수요 중 천연가스(NG, Natural Gas)의 비중은 1982년도에 20.1%, 1997년 말에는 23.9%로 증가하고, 2010년에는 약 25%로 예상하고 있다. 우리나라의 LNG 수요는 1990년 239만 톤, 1995년 709만 톤, 2000년에는 1,271만 톤에 달한다. 또한, LNG(액화천연가스, Liquified Natural Gas) 수

입량은 해마다 증가하는 추세이다. 이러한 증가 추세에 있는 청정에너지를 유효하게 활용하기 위해서는 관련 분야의 발전이 무엇보다 중요하다. 그리고 고부가 가치의 관련 부품 기술에는 많은 핵심 기술이 집약된 LNG의 운반선(LNG Carrier)이 있다. 우리나라의 조선 시장은 전 세계 시장의 30~40%를 점유하며, 2000년대는 선박의 수주/건조량/수주잔량에서 일본을 제치고 세계 1위를 유지하고 있다. 조선 기자재 국산화 비율에서 Bulk Carrier, Tanker, 컨테이너선 등 일반 선종의 선박용 기자재의 국산화 비율은 90% 수준으로 매우 높다. 반면 LNG/LPG선, 여객선, Ro-Pax 등 고부가가치선의 선박용 기자재의 국산화 비율은 70% 수준으로 일반 선종에 비해 상대적으로 낮다. LNG 선박에 사용되는 고부가가치의 선박용 기자재 국산화가 미흡하며 선박용 기자재의 국산화를 통해 실질적인 부가 가치 창출에 기여할 필요가 있다.

에너지 기계 분야는 고부가가치의 산업을 획기적으로 뒷받침할 수 있는 핵심 분야로서 미래의 우리나라 산업 지도를 바꾸게 할 수 있다. 현재 우리나라의 LNG 관련한 인프라 구축 상황은 LNG 공급 배관이 2,452km에 달하며, 인천, 평택, 통영에 3대 LNG 인수 기지가 가동 중에 있다. 경남 통영에 2004년 14만 KL 용량의 5기를 완성, 2010년까지 총 15기를 완성할 계획에 있으며, 경남, 경북, 전남, 전북 지역의 냉열 에너지를 공급하고 있다.

초저온 LNG의 공급 계통은 LNG를 −162℃에서 저장하므로 이에 관련한 저장 장치, LNG를 NG(천연가스)로 변환하기 위한 기화 장치(Vaporizer), 육상의 일정 거리에 저온 냉매를 수송하기 위한 펌핑 기계장치, 육상에 설치되는 초저온 냉동, 냉장 장치 및 초저온 냉매를 활용한 급속 냉동 장치 분야로 분류한다. 현재까지는 LNG 기지 주변의 인프라가 구축되어있지 않아 매우 많은 냉열을 바다로 버리고 있는 실정이다. 이는 에너지의 유효 활용 측면은 물론 환경 파괴에 의한 부차적인 오염까지 유발할 가능성이 크다. 이미 알려진 원자력발전소의 온배수의 피해가 있듯이 LNG 기지 주변에는 냉배수의 문제가 제기될 가능성도 있다. 현재 냉배수를 차단하고 냉열을 이용 가능한 주변 기술은 축적된 상황이다. 정부 또는 지자체의 조그만 관심은 환경문제를 해소하고 나아가서 에너지의 유효한 활용도 가능하다. LNG 기지의 특성상 항구에 위치하므로 이에 걸맞은 부가 시설을 적극적으로 활용할 수 있다. 예를 들면 통영의 LNG 기지에서 방출되는 냉열은 주변의 수산물 가공 공장에 필요로 하는 급속 냉동 및 냉장에 공급되면 획기적인 생산 비용 절감 및 환경 보존에도 크게 기여할 것으로 생각한다.

냉열 에너지에 대한 새로운 발상과 접근이 시급히 요구된다.

또한, 새로운 학문 분야 연구와 기술 개발 그리고 정책적인 배려가 요구된다.

세계시장으로서 인도네이사

1950년 인도네시아공화국으로 복귀한 후, 2004년 취임한 유도요노 대통령이 최초의 민선 대통령으로 실질적인 인도네시아의 직접 민주주의가 성립한 것은 그 역사가 불과 7년 남짓하다. 현재는 지방정부도 직접선거로 지자체의 장을 선출하는 등의 민주주의 정립에 무척 노력하고 있다. 그러나 그 과도기에 겪는 부패와 국가 혼란이 계속 발생하고 있지만, 6.5%의 경제 성장률이란 고속 성장이 밑받침되면 인도네시아는 새로운 아시아의 용으로 태어날 수 있을 것이다.

인도네시아는 네덜란드의 지배를 350년 받고 그 후로 다시 일본의 지배를 3년을 받았다. 이로 인하여 인도네시아는 외세의 영향을 우리보다 훨씬 길게 받았으며, 지금도 그 흔적과 상처가 고스란히 남아있다. 반둥에 있는 일본의 침공에 대응한 땅굴, 따만 분딴라야(Taman Hutan Raya IR. H. Djuanda)는 하나의 군부대가 들어갈 만한 크기의 지하요새이다. 그 요새에는 치열한 전투의 상흔들이 아직도 그대로 남아있었다. 스마랑에서의 라왕 세우(Lawang Sewu)는 네덜란드 지배 시에 총독부로, 그 지하에는 수많은 인도네시아 사람들의 감옥으로 지금도 물이 차고 어둑어둑한 곳이 관광객을 맞이하고 있다. 곳곳에 물이 새고 곧 무너질 것 같은 건물의 모습이 처참하였던 인도네시아 역사의 한 단면을 이야기하는 듯하다.

이러한 인연으로 인하여 인도네시아에는 지금도 네덜란드의 풍경, 역사 그리고 그들의 후손들이 살고 있다. 상당히 동화되어 많은 인도네시아 사람들의 피부색이며, 그들의 생활양식이 네덜란드인들의 모습을 가지고 있다. 독재에서 벗어나면서 자유와 민주에 대한 열망이 커지면서 극심한 내부 혼란을 겪게 되었다. 우리나라의 9배 크기 그리고 13,000개의 섬으로 구성된 국가로서 중앙 통치에 한계를 드러내어 중앙 통치 구조의 애로를 겪고 있었다.

부패가 넘쳐날 무렵, 일본의 공산품이 유입되기 시작하였다. 일본은 인도네시아 인구 2억5천만 명에 주목하고, 그들의 공산품 중에서 자동차의 진출이 성공적으로 추진되었다. 일본의 토요타, 혼다, 닛산 등의 자동차가 홍수를 이루고 있다. 언뜻 보아도 우리나라 자동차 회사가 겪고 있는 엄격한 환경 규제가 이곳에는 없는 듯하다. 그리고 중앙정부 지원으로 45,000RP/L의 저렴한 가솔린 가격과 각종 규제에서 벗어난 인도네시아가 일본의 자동차 회사들로는 황금 시장이다. 부패의 틈을 타서 권력과의 유착을 통하여 일본의 자동차 회사들은 현지 조립 공장을 세우고, 구모델을 이용한 저렴한 자동차의 현지 조립을 시작하여 오늘날 일본 자동차의 천국을 만들었다고 한다. 도로의 부하를 넘어선 자동차의 보급으로 시도 때도 없는 도로 정체에 시달리는 자카르타를 보면 우리나라 GDP의 1/7의 나라라고 생각하기에는 아이러니가 있다. 이는 대중교통의 기반이 부족한 상태에서 개인용 자동차를 과잉 공급한 결과이다. 그러한 과정에 자국의 자동차 산업을 발전시키지 못한 것이 나의 눈에는 아쉬움으로 생각 들었다. 인도네시아 중산층의 집에는 일본 자동차와 일본의 오토바이가 모두 있다고 하는 말이 맞을 것이다.

인도네시아에서 중국은 잘사는 나라로 인식되어있다. 중국 사람들이 이곳에 진출하여 독특한 그들의 상술로서 부를 축적하였다. 이곳에서는 중국 사람과 부자를 거의 동의어로 생각될 만큼 하다. 딸을 가진 우리나라 동포가 툭 던진 말이다. "우리 딸이 중국의 부잣집 아들과 연애라도 하면 좋겠다." 우리나라의 설날을 이곳에서는 중국 신년(Chinese new year)이라 하면서 백화점에서는 대대적인 판촉 세일을 하고 있다. 월간 학비가 100만 원을 넘는 국제 학교의 상당수 학생은 중국의 자녀들이며, 심지어 중국 사람들은 곳곳에 직접 국제학교를 지어 그들의 교육 시스템과 국제화 교육을 하고 있다. 우리나라의 경우 자카르타에 1개의 국제 학교를 운영하는 것과는 사뭇 다른 모습이다. 중국으로부터 유입되는 생활용품은 인도네시아 전역을 휩쓸고 있다. 특히 의류와 주방 용품의 중급 가격은 중국에서 온 것으로 보면 맞다. 세계 4위의 인구를 대상으로 한 중국의 상술은 이것으로도 대단한 성과를 내고 있는 것이다. 우리나라에서 생각하는 중국은 대부분 우리보다는 좀 못사는 사람 또는 품질이 낮고 저렴한 가격의 공산품을 생각하기 일쑤이나 이곳에서는 그 모습이 완전히 다르다.

인도네시아 사람들은 담배를 무척 자주 피운다. 길거리에서 구걸하는 아이들도 담배를 입에 물고 있을 정도이다. 인도네시아의 세계적인 부자 회사가 담배 제조 회사이다. 2억5천만 명이 있는 나라에서, 사람들이 담배를 좋아하고, 이에 대한 규제도 없다고 하면 당연히 세계적인 규모의 미국 담배 회사에게는 너무나 좋은 시장인 것이다. 인도네시아의 밤거리를 밝혀주는 가로등 역할은 미국 담배 회사의 광고 네온사인이 하고 있다. 늦은 밤거리는 온통 미국의 담배 회사의 네온 간판만이 휘황찬란하게 거리를 누비고 있다. 그것도 도시를 뒤덮을 정도이다. 새로운 담배가 나오면 이곳 인도네시아 사람들에게만 피우게 하면 성공하는 것이다. 한때 세계 최대의 담배 생산국이 세계 최대의 소비국으로, 이제는 수입국이 된 것이다.

인도네시아 2억5천만 명에게 먹혀들어가는 생산품을 공급하면 그 회사는 성공할 수 있을 것이다. 우리나라의 인도네시아 시장 진출 역사는 1964년에 코트라 지사를 설립을 시작으로 볼 수 있으나 본격적인 것은 1968년 한국남방개발 현지법인이 설립된 것을 첫 진출의 역사로 보아야 할 것이다. 그리고 1973년에 초대 대사가 부임하였으니 국교는 현재까지 38년의 역사를 가졌다고 보아야 할 것이다. 2004년 현재의 유도요노 대통령이 취임하기 전까지는 정치적으로는 북한과의 관계가 더욱 가까웠다고 보아야 맞을 것이다. 그러나 짧은 교역의 역사 속에서 대박을 터뜨린 기업의 상품이 있다. 그것이 '미원'이다. 미원이 인도네시아에 설립된 것이 1973년으로서 초대 대사 부임과 역사를 같이하는 짧은 역사이나 일본의 조미료 회사를 제치고 인도네시아 2억5천만 명의 가정에서 먹고 있는 조미료가 된 것이다. 우리나라에서는 잊혀가는 미원이 이곳에서 신화를 이루어낸 것이다. 집집이 미원 회사에서 제공한 그릇 한두 개 정도를 발견하는 것은 보통이다. 나는 이곳에서 삼성 스마트폰을 처음으로 보았다. 반둥공과대학(ITB)에 있을 때 식당에서 회의한 내용을 교수님이 그 자리에서 메일을 보내고 그 메일을 즉시 확인하는 모습을 보았다. 그들이 사용하고 있는 것이 삼성 스마트폰이었다. 이곳에서 삼성 휴대폰은 품질 좋고 비싼 제품으로 알려져 있다. 코린도그룹은 많은 계열사를 거느린 굴지의 기업군으로 발전하였다. 포스코는 이곳에 합작법인을 이미 설립하고 공장 건설을 서두르고 있나. 2013년에는 세계 빅3의 제철소가 목표라고 하니, 들어만 보아도 기분이 좋다. 우리는 이곳에서 롯데마트를 종종 사용한다. 인도네시아에 진출한 롯데마트는 현재 20개의 대형 매장을 운영하고 있다. 또한, 한국타이어는 고무 원료가 대량생산되는 이곳에 타이어 생산 공장을 건설하면서 세계시장을 개척하는 전진 기지화를 하겠다는 기공식 장면을 뉴스로 접하기도 하였다. 우리나라의 중견 기업인 KS그룹의 현지법인에서는 이곳에서 석탄을 생산하여 우리나라 한전으로 공급하고, 그 회사는 지금도 금광 개발 그리고 해저 가스 시추를 위한 논의를 하고 있다. 우리나라 고등훈련기 T-50이 이곳의 영공을 날 준비를 하고 있다.

우리나라가 필요로 하는 대부분 자원이 이곳에 있다. 그리고 인도네시아가 필요로 하는 자원이 우리나라에 대부분 있다. 현재 이곳의 사람들이 네덜란드, 일본, 미국, 중국에 가지고 있는 감정보다 우리나라에 대한 친근감이 훨씬 높다. 우리의 조상들은 남의 나라를 침공하지 않았고, 우리의 선배들은 국가 간의 서로 지원하는 문화를 만들어주었다. 이제 다가오는 100년을 서로 호혜하고 교류하면 우리나라와 인도네시아의 양 국가는 세계 속에서 최고와 최대의 나라로 발전할 것임을 믿어 의심하지 않는다.

회상
65

제5부

가정 경영

:

때론 웃고, 때론 어리둥절하고,
때론 숙연하기도 한 아빠의 시간과 자식의 시간에
대한 타임캡슐을 열어놓은 추석날 밤이 깊어가는 줄을 몰랐다..

어머니
·········

그날은 어머니가 손을 흔들어 주었다.
꼬마 지게에 책과 식량을 담아 메고
천 리 길을 떠나온 날, 난 뒤를 돌아볼 수 없었다.
아마 당신은 멀리서 계속 지켜보았을 것이다.

한참을 걷고 난 후 어깨를 누르는 아픔이 몰려왔다.
사연도 모르는 눈물이 났다.
귀신이 버티고 있다는 열두 모퉁이에서는 으스스 소름이 돋는다.
입에서는 "어머니! 어머니!"가 저절로 나왔다.

서산에 걸린 해를 친구 삼아 산길 모퉁이에 홀로 앉아
당신이 손수 만들어 주신 적삼 옷깃의 향기를 맡아 본다.
당신 모습이 저만치 하늘에 나타나며
중학교 신입생의 발걸음을 재촉한다.

주신 사랑 주섬주섬 담아 차에 싣고
당신 만나러 그곳으로 가고 싶다.
덥석 안아 주면 좋으련만
당신은 멀리서 웃고만 있다.

01

기 억

할아버지는 선비의 모습이었다. 비가 오지 않아서 농사를 지을 수 없는 오랜 가뭄이 들면 기우제(祈雨祭)의 제관(祭冠)으로 참석하시곤 하였다. 도포(道袍)를 입으시고 탕건(宕巾)을 쓰신 할아버지의 모습은, 그 당시의 점잖은 선비의 모습 그대로였다. 늘 책을 읽으셨다. 홍길동전을 여러 번 읽으셔서 문밖에서 들어도 줄거리를 알 정도였다. 할머니는 체격이 크셨고, 가정에 어려운 일이 생겨도 힘든 내색 없이 잘 이겨내셨다. 사촌들과 같이 지냈던 우리 집에는 식구가 참 많았다. 친형제와 사촌 형제의 구분이 잘되지 않았던 어린 시절, 막내인 나에게는 형님과 누님이 여럿이었다.

할머니는 아버지에게 간혹 역정을 내시는 경우가 있었다. 할머니의 두 아들을 찾아와야 한다는 것이었다. 나에게는 두 분의 숙부가 계셨는데, 한국전쟁 속에 행방불명이 되었다. 그로 인하여 우리 가정에는 많은 일이 있었다. 할머니는 아픈 가슴으로 두 아들을 오랫동안 기다리셨고, 이로 인한 화풀이를 아버지에게 하셨던 것인데, 아버지는 아무런 반발 없이 할머니의 말씀을 그대로 받아들이는 것을 종종 볼 수 있었다. 나는 두 숙부를 본 적이 없어서 그러한 할머니와 아버지와의 관계를 잘 이해할 수 없었다. 큰숙부에 관한 아버지의 말씀을 들어보면, 북한군이 퇴각하면서 진주 남강 변에서 많은 사람을 죽였다고 하여 며칠 동안 그곳을 헤매며 동생을 찾으려 했지만, 결국 찾지 못하였다고 한다. 그리고 많은 시간이 흐른 뒤, 아버지는 손수 참나무를 깎아서 동생의 시신을 대신하였고, 큰무당을 불러 굿을 하면서 장례를 치르고 무덤도 만들었다. 작은숙부에 관하여, 아버지는 막냇동생이 어딘가에 살아있을 것이라 믿었고, 이에 돌아가시는 날까지 막내의 무덤도 만들지 않고 기다렸다.

상급학교에 진학하거나 취업을 하고자 하면 신원조회를 위한 조서를 작성하였다. 가족 중 행방불명된 사람이 있으면 그 조서에 사연을 적으라고 하였다. 나의 숙부도 행방불명이 되었으니 그 사연을 적어야 했는데, 이것을 작성하는 것은 힘든 일이었다. 언제 행방불명되었는지와 어떻게 행방불명되었는지를 기록하여야 하니, 곤혹스러움이 이만저만이 아니었다. 요즘의 파출소 격인 지서에서는 주기적으로 우리 집을 방문하였고, 한밤에 불쑥 군인이 들이닥치기도 하였다. 아버지는 당시 상황을 수첩에 기록해두었는데, 대검에 탄약까지 장전한 무시무시한 군인이 들어와서는 다짜고짜 혹시 북한에서 숙부가 오지 않았는가를 조사하곤 하였다고 한다. 아버지는 그러한 한스러운 시간을 묵묵히 이겨내고, 아침에는 아무 일도 없었던 듯이 지내셨다. 그때 아버지는 이러한 전쟁의 후유증, 아니 휴전의 시간을 그렇게 겪어나가고 있었다. 나의 큰형님은 공무원 시험에 합격하였으나 신원 조회의 문제로 인해 공무원으로 임용되지 못하였다. 당시 집에 돌아와 울음을 터뜨리던 큰형님의 모습이 기억난다. 연좌제(連坐制)의 무서운 그림자가 얼굴도 모르는 숙부와 조카 사이를 아프게 연결짓고 있었다. 오랜 시간, 여러 가지 일을 겪은 후, 할머니는 숙부들을 잊자고 마음먹으셨고, 그날 어른들은 그간 고이 간직하여온 숙부들의 앨범, 책, 옷가지, 소지품들을 마당에 모아놓고 태웠다. 나는 그렇게 마음속에서 숙부들을 저 멀리 보내던 할아버지와 할머니, 그리고 아버지와 어머니의 모습을 어렴풋하게 기억하고 있다.

2018년 4월 27일 남북 정상회담이 이루어지고, 남북한은 상호 교류하고 협력하기로 하였다. 철도 협의, 산림 협의, 축구

협의 그리고 단일팀을 구성하여 세계 대회에 나가는 다양한 체육 교류를 한다고 한다. 남과 북이 이데올로기로 인한 상처를 넘어서 평화로 가고자 하는 다양한 일들이 진행되고 있다. 유일한 분단국가로서 전쟁 중에 잠시 쉬고 있는, 즉 휴전을 65년간 이어오고 있는 우리나라에서 남과 북이 마주 앉아 평화를 논의하고 있다. 나는 휴전 중에 태어났고, 지금도 휴전 중에 살고 있으니, 전쟁 중에 잠시 멈춤이 일상이 되었다. 전쟁을 직접 겪지도 않았고, 통일에 대한 기대도 나의 부모님 세대에 비하면 그렇게 절실하지도 않다. 하물며 지금의 청소년들에게 통일이 과연 얼마나 절실하게 와 닿겠는가? 그러나 분명한 것은, 아직도 이산가족(離散家族)의 아픔을 안고 살아가는 수많은 우리의 이웃들이 있다. 어느 날 잠시 떠난 자식이 65년간 돌아오지 않는다는 것을 생각하면, 누가 무엇으로 해결하여줄 수 있을까? 살았는지, 죽었는지만이라도 알고 싶어 하는 그분들의 아픔을 어떻게 해소하여줄 것인가?

지금 논의되고 있는 다양한 남북 교류와 평화로의 진전이 구체적으로 어떠한 세부적인 전략을 통해 이루어질 것인지, 미국, 중국, 러시아, 일본 등의 이해관계는 어떠한지 등을 쉽게 알 수는 없다. 단지 이데올로기로 인한 가족의 헤어짐, 그리고 그 아픔을 이제는 해결해주어야 하지 않겠는가? 나의 처가에도, 나의 친한 친구의 집에도, 직장 동료의 집에도 우리 집과 비슷한 아픔이 있다는 것을 성인이 된 후에 알 수 있었다. 그간 모두가 쉬쉬하며, 혹시 빨갱이 또는 간첩의 가족이라는 누명을 쓸까 하면서 우리는 참으로 무서움 속에 살아왔다. 전쟁은 천재지변이 아니라 사람들이 일으키는 인위적인 싸움이다. 그런데 우리는 같은 민족끼리 어떻게 이렇게 긴 전쟁의 소용돌이 속에서 지내고 있을까? 나의 기억 속에서 할머니와 아버지는 평생의 시간을 반공 이데올로기 속에서 벗어나지 못하시다가 모두가 지금은 저승에 계신다.

나는 나의 손으로 아버지와 어머니의 시신을 안치하고 하관하여 묘소까지 만들었다. 그러나 살았는지 죽었는지도 모르는 부모를, 또는 자식을 그리워하는 나의 친구와 이웃들이 있다. 숙부를 기다리는 사촌 형제들의 기나긴 인생 여정을 생각하니, 조그마한 어려움에도 투정하고 불평해왔던 내가 미안하고 부끄러울 뿐이다.

02

고목나무 아래에서
생각하는 나의 부모님

가만히 생각하여보니, 아버님이 저승 가신지가 16년째이고, 어머님이 저승 가신 게 7년째 된다. 나는 다른 사람의 죽음 앞에서 슬픔을 겪어보기는 하였지만, 나의 부모님이 저승을 가실 것이라고는 대학생이 되어서도 별로 생각하여보지 않았다. 나의 부모님은 농사일을 하시지만 부유할 것이고, 부모님의 살아생전에 나의 대학 등록금 정도는 충분할 것으로 생각하였다. 그럼에도 불구하고 항상 부족한 듯 지원을 하는 부모님에 대하여 막내로서의 투정이 많았다. 그러다 어느 날 아버님이 저승을 가셨다. 아버님의 시신을 수습하는 과정에서, 다 떨어진 내의를 입고 아무런 말씀이 없으신 당신을 발견하였다. 옷장에는 자녀들이 선물한 새 옷들이 포장된 채로 있었다. 한 번도 입은 적이 없는 그 옷자락을 바라보며, 당신의 환생이라도 본 듯 나는 솟아오르는 눈물을 주체하지 못하였다.

한 번도 당신의 부족함을 말씀하신 적이 없다. 옷이 남루한 데 대하여서는 "마음이 빈약한 사람은 외적 치장에 신경을 쓰는 법이라." 하시며 당신의 검소함을 몸소 보여주셨다. 자식을 먼발치에서 바라보시고, 스스로 생활에서 깨닫게 하시는 아버님의 생전 모습이 교단을 지키는 나에게 커다란 스승으로 자리 잡기까지는 참으로 많은 세월이 흘렀다. 그 후로는 어머님과 함께 생활하게 되었다. 회사 생활, 대학원 생활 그리고 실업자 신세 등을 겪으며 말 못하는 고민에 빠져 나의 무능함이 한탄스러울 때는 밤늦은 시간 어머님을 붙들고 한없이 울기도 하였다. 영문도 모른 채 어머님은 같이 울어주셨다. 어머님은 왜 우는지 묻지도 않았고, 나 역시 설명하지도 않았다. 어머님과 같이 생활한 10여 년은 참으로 행복하였다. 이제 이 세상에는 홀로 남겨진 신세가 되었고, 흔히들 사용하는 효(孝)라는 문자를 나에게는 쓸 만한 곳이 없다.

세월은 참으로 빠르다. 가정을 꾸리고 자식을 셋 두었으며, 나의 자식이 커서 고등학생이 되었다. 사랑은 내리사랑이라고들 하는데, 나는 자식을 사랑하는 방법을 아직도 모른다. 저승에 계시는 부모님의 자식 사랑은 아직도 살아있는데, 내가 하는 자식 사랑은 피상에 머물러있다. 뜨거운 햇볕을 가려주는 고목나무 아래에 앉으면 옆에는 나의 부모님이 말없이 누워계신다. 남들은 다들 부모에게 효도하고 자식을 사랑하여 칭송들도 받는데, 나의 지나온 세월은 적을 게 없다. 그저 오늘같이 허전한 날이면 이곳에 와서 소주 한 잔 부어놓고 엎드려 인사드림이 전부인 신세가 되었다. 고개를 들어 신작로 귀퉁이를 바라보면 금방이라도 나타나실 것 같은 나의 부모님이지만, 이제는 만날 수 없는 너무나 먼 세상 사람들이 되었다. 나도 늙어 이 세상을 하직할 텐데 젊은 시절에는 왜 그렇게도 무지했던지…. 아무리 생각해도 아쉬움만 더해가고 무심한 세월은 흘러만 간다. 나의 제자들만이라도 나처럼 후회스러운 시간을 갖지 않기를 간절히 바란다.

멀리 보이는 산등성이에는 옛날이나 지금이나 눈부신 햇살이 빛나고 있다.

03

막내와의 전쟁

막내가 초등학교 5학년 때인가? 어느 날 숙제가 장래 희망을 적어오라는 것이란다. 그러면서 아빠의 생각을 물었으나 딱 부러지게 말을 할 수가 없었다. 너의 희망은 무엇이냐고 하니 자기는 모르겠다고 한다. 나는 막내에게 "훗날 세계 평화를 구현하는 UN 사무총장이 되었으면 좋겠다."라고 대답하였다. 그때 막내는 아주 즐거워하였다. 나는 곰곰이 우리 막내가 UN 사무총장이 되어 세계 질서의 중심에 서면 좋겠다는 생각을 해보았고, 어떻게 하면 UN 사무총장으로 접근할 것인가를 놓고 제법 그럴싸한 절차들을 논하였다. 막내도 이곳저곳을 헤집어보고는 그것이 상당히 어려운 것이 아닌지 등을 계속 되물었다. 우리나라 사람으로서 UN 사무총장이 될 수 있는가 하는 의문이었다.

그때 나는 우리나라에서 충분히 UN 사무총장이 나올 수 있다고 강조하였다. 세월이 흘러 2006년 12월 반기문 씨가 UN 사무총장이 되었다. 그 순간 우리 막내의 꿈은 사라지게 되었다. UN의 사무총장 선출 관례로 보면 막내의 꿈을 반기문 씨가 앗아간 것이다. 첫 번째의 전쟁은 어떻든 내가 지고 말았다.

3년 전에는 막내가 고등학교 졸업을 앞두고 진학할 대학 선택을 놓고 고민을 하여왔다. 막내가 미국에 있다 보니 사이버 공간인 가족 카페와 메일을 통하여 대화를 나눌 수밖에 없었다. 아빠의 의견을 달라는 것이었다. 아빠의 역할을 다한답시고 그때부터 미국 대학에 대하여 공부를 하였다. 특성화된 대학이 어떤 것인지, 또한 무슨 전공이 어떤 장래와 연결되는지 등을 조사하였다. 홈페이지, 신문 또는 이미 유학하고 있는 부모들을 수소문하여 나름대로 대학 선택의 기준을 정하였다. 결론은 보통 사람이 정하는 기준이었다. '대학의 규모가 좀 컸으면 좋겠다', '다양한 학문 군(群)이 존재하는 대학이 좋겠다', '대학 순위가 높은 것이 좋겠다'는 등등의 의견을 카페에 올렸다. 결론은 나의 의견이 먹혀들지 않았다. 최종적으로 막내는 작으면서 알찬 대학, 그리고 농구팀이 유명한 대학이라는 등의 이유를 내세우며 A 대학을 선택하였다. 아빠인들 어떻게 하겠는가? '그래, 너의 선택이 최선이겠지!' 하고는 아무런 토씨를 달 수 없었다. 그때부터 나는 막내가 다니는 대학이 미국에서 제일 좋은 대학이라고 되뇌며, 누가 물어도 그렇게 대답하였다. 막내의 논리가 이제 나의 논리가 되었다. 두 번째 전쟁에서도 나는 패하고 말았다.

지난해에는 호주로 교환학생을 간다고 하였다. 이때에도 또 대학 선정을 놓고 한참 전쟁을 치렀다. 당시 막내는 두 대학을 놓고 아빠의 의견을 물어왔다. 참으로 한참을 생각하였다. 이번에도 사이버 가족 카페에 리플 전쟁을 할 것인가? 아니면 아빠의 의견을 내지 않을 것인가? 자칫 무관심한 아빠가 될 수도 있고, 이야기 잘못하였다가는 낯 놓고 기역 자도 모르는 무식한 아빠가 될 수도 있을 것 같아 영 마음이 편치 못하였다. 막내가 가고자 하는 대학 둘 다 소위 명문 대학이었다. 마음속으로는 B 대학으로 가면 좋겠다고 생각하였다. 사이버 가족 카페에는 나의 의견을 올리지 않았다. 아내마저도 막내가 어디를 가길 원하느냐고 독촉을 하였으나 굳게 입을 다물고 마음으로만 기도하였다. 아빠가 생각하는 대학을 선정하여 달라고. 얼마 후 막내가 대학을 선정하여 호주로 갔다. 지금 호주에서 교환학생으로 톡톡히(?) 재미를 보고 있다. 막내가 선택한 대학이 내가 원하였던 대학이다. 내심 회심의 미소를 지었다.
'막내야! 이번에는 아빠가 이겼다.'

며칠 전 또 막내가 전쟁을 걸어왔다. 막내는 "아버지께서 꿈을 좇으면 돈이 따라오니, 돈을 좇지 말라고 하신 것이 기억납니다."라고 카페에 적고는 이러한 결론을 내어주었다. "꿈은 결국 자신이 원하는 것을, 모든 세상적인 이유를 제치고, 좇아가는 것이 아닐까 합니다. 그리고 그것이 '꿈'이 만들어져가는 과정이 아닐까 생각합니다. 그렇지 않다면, 결국 돈, 명예, 권력을 좇아가는 것이고, 그것들은 얼룩진 꿈이 아닐까 생각합니다." 등등이다. 막내는 왜 사람은 꿈을 가져야 하는지, 근본적인 의문을 가지고 있는 듯하다. 자기는 '-사'자 달린 것은 싫고, 무슨 큰 권력이나 돈을 많이 버는 것도 싫다고 한다. 호주에서 2~3개월씩 여행을 즐기면서 인생을 풍요롭게 사는 사람들을 보았다고 한다. 막내가 올린 내용을 읽고 또 읽으면서 리플을 달 것인가 말 것인가를 놓고 고민을 하고 있다. '사람은 왜 꿈을 가져야 하지?' 갑자기 내 생각에 혼란이 온다. 그래 막내 네가 생각하는 세상이 더욱 좋겠구나. 2~3개월씩 여행을 즐기는 인생, 조금 벌고 보통의 삶을 꾸려가는 인생, 막내가 더욱 현명한 판단을 하는 것은 아닌지? 아니야, 젊은이에게는 꿈과 이상이 있어야 한다. 그 꿈을 하나씩 이루어가는 보람을 가져야 한다고 하고 싶지만, 막내에게 말려들 것 같다.

이번에도 꾹꾹 참고 마음속으로만 기도하고 있다. '막내야 꿈을 가져라. 그리고 그 꿈을 하나씩 실현하여 가라.' 이번 전쟁은 또 어떻게 끝이 날는지?

04

도수체조

나는 고등학교 교련 시간에 처음 도수체조를 배웠고, 대학 때는 학도호국단으로서, 그리고 군대에서는 육군 사병으로서 본격적으로 도수체조를 하였다. 그러하니 나에게 체조하면 당연히 도수체조이다.

20여 년 전 큰아이가 초등학교 1학년일 때부터 우리 온 가족은 새벽 5시 30분이면 일어나 운동을 하게 되었다. 조금이라도 더 자고 싶어 하는 어린아이들과 아내를 반강제로 깨워 아침 운동을 나가는 것이 나의 아침 활동으로서는 매우 중요한 일과였다. 몇 년을 하고 보니 이것도 생활화가 되어 우리 집 아침 활동의 룰이 되었다. 어둑어둑한 새벽을 가르며 30분간

인근 야산에 오른다. 이른 아침을 연 사람들은 약수를 마시거나 운동을 하거나 하면서 일출을 맞이한다. 우리 가족에게는 산의 정상이 체조 장소였다. 어디 내가 아는 체조는 도수체조뿐이니, 우리 가족은 나의 구령에 맞추어 도수체조를 하였다. 나는 마음속으로 첫 자만 딴 '다~팔~목~가~.'를 하면서, "다리운동~ 하나, 둘, 셋~. 팔다리운동~."이라고 구령하였다. 체조를 마치고 나면 양나리를 쭉 벌리고 좌우로 허리를 굽히고, 양손을 위로 붙잡으며 힘껏 스트레칭을 한다. 그러고는 두 사람씩 서로 등을 맞대고 상대를 등에 태워주는 소위 '뭐 봤노?'를 각각 몇 차례 하고 나면 아침 체조가 끝났다. 집으로 돌아와서 아침 식사를 하고 나면 일과가 시작되었다. 아마 우리 집 아이들은 그때까지 체조하면 도수체조가 전부인 것으로 생각하였을 것이다. 우리 가족은 약간 변형된 이 도수체조를 아이들이 성장하여 대학을 갈 때까지 가족 체조로 계속하였다.

7년 전으로 기억된다. 미국에 유학하고 있는 셋째도 만날 겸하여 미국 메릴랜드에 사는 나의 친구 집에 3박 4일을 머물게 되었다. 우리 가족 다섯 식구가 하나의 방을 사용하였다. 나는 그 옛날 온 가족이 하던 체조 생각도 나고 새벽 공기도 마실 겸하여 아침 5시 30분에 온 가족을 깨웠다. 그리고는 친구 가족이 깰까 봐 살며시 나와서 조깅을 하였다. 고요한 미국의 한 동네에서 다섯 식구가 조깅을 하였다. 그리고 아무도 없는 넓은 잔디 공원에서 도수체조를 하였다. 나는 옛날처럼 구령을 붙였다. "다리운동~ 하나, 둘, 셋~. 팔다리운동~." 그리고 마지막으로 등을 맞댄 '뭐 봤노?'까지 하였다. 아이들이 모두 잘 기억하고 있었다. 이러한 일을 며칠 하고 있으니, 한국말이 서툰 친구의 딸이 나의 친구에게 "아빠 친구 가족은 모두 군인들 같아. 새벽에 줄지어 운동도 나가."라고 하는 말에 한바탕 웃었다.

2010년 8월 말에 대학으로부터 연구년을 받아서 아내와 둘이서 인도네시아 반둥에서 생활하게 되었다. 외국의 유학생활이 다들 그러하듯 학교에서는 나름대로 바쁜 일과를 보내지만, 집에서의 생활은 조금은 허전하고 무료하기도 하다. 특히나 얼굴색이 다르고, 길거리에서 만나는 사람들이 나를 신기하게 바라보는 환경 속에서 언어 소통보다도 더한 고립감이 조금씩 생기기도 한다. 반둥 생활이 2주쯤 지났을까? 토요일 저녁밥을 먹고 정원을 산책하던 아내가 나에게 불쑥 제안하였다. "여보, 당신 그 체조합시다." 기억을 더듬어서 그 도수체조를 부부 둘이서만 하였다. 나는 역시 또 구령을 붙였다. "다리운동~ 하나, 둘, 셋~. 팔다리운동~." 그리고 마지막 등을 맞댄 '뭐 봤노?' 스트레칭까지 하였다.

한 10년 지났는가? 오랜만에 도수체조를 하니, 그 옛날 온

가족이 아침 여명을 뚫고 산 정상에서 나의 구령에 맞추어서
하던, 그 도수체조와 아이들의 얼굴이 눈앞에 어른거린다.

05
나의 가정 경영

가정 경영이라 하면 거창하게 들릴지 모르겠다. 그러나 가족과 더불어 사는 우리네들의 가정도 하나의 중요한 사회적인 구성체이며, 여기에도 가정마다 나름의 운영의 묘미가 있으리라 생각된다. 내가 어렸을 때는 아버지의 그림자도 두려워했다. 어머니 당신의 희생을 통한 가정교육이 있었다는 표현이 맞을 것이다. 그러나 시대가 바뀌었고, 자녀들의 생각도 사회변천과 더불어 많이 변했다.

우리 가족 구성원은 처와 아들 세 명으로 모두 다섯 명이다. 아들 셋을 두었으니 가정 분위기는 상상이 되리라 생각한다. 매달 가족회의를 한다. 이 회의는 가족 모두가 소중하게 생각한다. 회의에서 지난달의 반성, 다음 달 계획, 건의 및 토의, 다음 달의 총무 선임을 하고, 공금을 결산한 후 그달의 가족상 대상을 뽑고 시상한다. 지난달의 반성에서는 한 달 동안 자기 생활에 대하여 반성을 한다. 보통은 늦잠을 많이 잤느니, 건강관리를 소홀히 했느니, 학업이 소홀했느니, 용돈 기록장의 작성이 부실했으니 등이 나온다. 그리고 새달에 대한 자신의 계획도 발표한다. 새달의 계획에는 부모와 사식 모두의 계획을 발표하고 회의록에 기록한다. 건의 및 토의에는 부모로서 자식들 개개인에게 당부와 자식들의 건의 사항을 토의하고 결정한다. 여기서 결정된 사항은 특별한 사유가 없는 한 변경하지 않는다는 게 불문율이다. 따라서 이곳에 다다르면 토론이 활발하다. 간혹 용돈의 인상 요청이나 형제간의 다툼에 관한 판단을 구하는 수도 있다. 일과 운영표와 학업 계획표도 작성한다.

우리 집에는 항상 총무가 있다. 자식들 간에 돌아가면서 총무를 맡는다. 총무의 역할 중에서 가장 중요한 것은 공금 관리이다. 공금함이 있고, 공금 출납부가 있다. 공금 출납부에 기록하고 필요한 만큼 가져다 쓰면 된다. 물론 입금은 적절히 부모가 하며 회의 때 총무가 결산보고를 한다. 또한, 총무는 각종 회의의 준비를 책임진다. 가족상은 지난해까지는 MVP라는 명칭을 썼으나 우리나라 말로 바꾸는 게 좋겠다는 건의를 받아들여 금년부터 명칭을 바꾼 것이다. 가족상에 대하여서는 대단히 관심이 많다. 학업 계획의 실천, 일과 운영의 평가, 독서 감상문의 작성 수 그리고 당일 각 방의 정리 상태를 본 후 온 가족이 투표를 한다. 뽑힌 사람에게는 부모가 조그마한 선물을 하는데, 대개는 한 달 동안 모은 우표와 공중전화카드 등이 주어진다. 물론 연말 대상에는 더욱 푸짐한 선물을 주기도 한다. 독서 감상문을 소중히 생각한다. 보통은 도서관에서 책을 빌려오고, 읽고 나면 독서 감상문을 제출한다. 독서 감상문이 제출되면 온 가족이 회람하고 사인을 한다. 회람이 끝나면 부모가 일정 금액을 격려금으로 주고 독서 감상문을 사며, 거실 유리면에 붙여서 일정 기간 게시한다. 이러다 보니 우리 집은 모두가 독서를 많이 하는 편이다.

아이들 각자에게 가정의 시설물에 대한 책임이 주어져 있다. 고등학교 2학년인 첫째는 부엌이나 거실의 싱크대와 서랍장, 중학교 3학년인 둘째는 욕실의 각종 시설, 중학교 1학년인 셋째는 전기를 담당하였다. 이러한 곳이 고장나면, 담당자가 수리하든지, 안 되면 관리실에 의뢰하여 수선한다. 여행하거나 금액이 좀 크게 들어가는 물건을 살 때는 부모와 당사자 간의 적당한 비율(5:5 혹은 2:8)로 공동 부담하는 게 상례로 되어있다. 이러다 보니 매사를 부모에게 건의할 때에도 신중하게 결정한다. 공부하는 방법도 본인의 건의(학습지 또는 학원 수강 등)가 선행되고 나면 부모가 지원할 것인가를 결정하게 된다. 우리 집은 이 일을 7년째 하고 있고 거의 체질이 되었다.

이렇게 나열하고 보니 대단히 복잡해보이지만 우리 가족은 복잡하게 느끼지 않는다. '건강하고 보람스럽게'라는 가훈 아래 가족 간에 토론하고 결정하고 집행한다. 스스로는 옳은 길이라고 여기고 살고 있지만, 연습이 없는 우리의 삶이라 그 결과가 어떻게 될지는 모를 일이다. 단지 온 가족이 나의 의견을 따라주고, 가족이 서로의 의견을 존중해주는 게 고마울 따름이다.

지금처럼 항상 자기 일에 최선을 다하는 사람이 되기를 바라는 부모의 마음을 갖는 게 과한 욕심인지 궁금할 따름이다.

06

선 물

셋째 아들이 2000년에 유학길에 올랐으니 벌써 12년이란 세월이 흘렀다. 대부분의 부모가 그러하듯 막내에 대하여서는 짠한 마음이 있다. 나 역시 삼남일녀의 막내였으니 아무래도 내가 어린 시절에 느꼈던 것과 나의 막내가 지금 생각하는 것 사이에는 비슷한 부분이 있지 않을까 하는 생각을 하기도 한다. 나에게 있어서도 중학교, 고등학교, 그리고 대학 생활이 유학이었다고 할 수 있다. 단지 국내이니 굳이 유학이란 용어를 붙이는 게 조금은 어색한 것이 사실이다.

인천에서 출발하여 LA를 거쳐 뉴욕에 이르는 데는 거의 15시간이 필요하였다. 이코노미 좌석의 좁은 공간을 용케도 잘 버티어가며, 막내가 태어난 일부터 시작하여 자식들의 탄생과 성장에 대한 추억담으로 태평양을 무사히 건넜다. 어둠이 깔린 뉴욕 존 에프 케네디 국제공항에 도착하여 미국 특유의 버터 향기를 마시며 공항을 빠져나갔다. 뉴저지주의 저지시로 가는 택시 안에서 아내와 나는 멍하게 밖을 응시하였다. 아무 말 없이 정적만 흘렀다. 자식을 만나기 직전의 고요 그리고 만감이 교차하는 그러한 시간이 어색하게 흘렀다. 이 어색한 공기를 깨뜨리는 것은 운전석 옆에 앉았던 둘째 아들과 기사와의 부지런한 잡담이었다. 창밖의 불빛들이 환하였다. 택시에서 내려 어스름한 골목길에서 막내를 만났다. 아내는 막내를 안고 깊은 포옹을 하였다. 나는 악수를 하고 어깨를 툭툭 쳤다. 둘째는 환하게 웃으며 동생의 손을 잡고 마구 흔들었다. 다들 조금씩 다른 해후의 모습이다. 막내가 사는 집은 허름한 아파트의 3층이었다. 입구부터 잠금장치와의 싸움이었다. 자물쇠를 열고, 잠그고 또 자물쇠로 열고 하여 들어섰다. 허름한 아파트 한구석의 방 하나를 막내가 사용하고 있었다. 세 개의 방에는 다른 사람들이 살고 있지만, 그래도 거실도 있고 그럴싸한 주방도 있었다. 우리 부부는 아들이 사용하는 방으로 안내되었고, 약간은 어둑하고 전형적인 대학생의 자취방에 여장을 풀었다. 이웃 방에 방해될까 봐 여간 조심이 아니다. 그래도 며칠간을 막내의 체취가 묻어있는 침대에서 지내는 것이 좋을 것 같아서 같이 지내자고 하였다. 침대에 벌렁 누워 천장에 웅크리고 앉아

있는 전등을 응시하며 나의 자취 생활이 문득 생각났다.

중학교는 농촌으로 유학하였고, 그 후로는 도시에서 유학하였으니 농촌과 도시의 유학 추억을 두루 갖게 되었다. 밥 짓고 난방을 하기 위한 땔감 구하는 것이 가장 중요한 일이었다. 그때에는 주룩주룩 내리는 장마가 많았고, 그 장마철에 땔감을 구하는 일이 어려움 중에서도 어려움이었다. 땔감을 구하려고 남의 집 싸리 울타리를 훔치려다가 그 집 주인과 세 들어 살던 여 선생님 앞에서 밤새 기합받던 일이 생각난다. 꺼진 연탄불을 다시 지피기 위하여 신문지를 태우며 매캐한 연기와 싸움하던 일, 쓰레기 버리는 시간이 학교 수업 시간이라 부득이 불법 쓰레기 투기하던 일, 신문 배달, 주간지 판매 등등 도시에서의 자취 생활도 주마등 된다.

막내는 과묵하다. 아직 유학하면서 부모에게 미국 생활의 불평을 하는 일이 없었다. 늘 잘 지내고 있다는 이야기다. 그 속에 나는 아들의 고통을 조금은 읽고 있다. 대학 진학부터는 학비며, 생활비 모두를 스스로 해결하고 있다. 장학금으로 모든 생활을 한다고는 하지만 늘 걱정이 있음을 숨길 수 없다. 아내는 늘 '밥 잘 먹어라'가 인사이다. 이 자취생 방 안의 공기에서 막내가 나에게 던지는 무언의 이야기를 읽는다. 그 이야기가 무엇일까? 이른 아침 눈을 떴다. 그냥 눈만 떴다 감기를 반복하였다. 창밖의 나무에서는 매미 소리만 요란할 뿐 머릿속이 텅 비었다. 밖에 나가려니 거실 바닥과 소파에서 자는 아이들을 깨울 것 같고, 그냥 기다리려니 조금은 갑갑하다. 조심스럽게 화장실에서 샤워를 하였다. 해가 중천에 걸릴 무렵 아이들이 일어나서 빵과 주스 그리고 커피를 준비하였다. 그야말로 미국 자취 대학생의 아침을 함께 하였다. 그래도 멀리 있는 자식과 이역만리 미국에서의 아침 식단은 진한 추억으로 남을 것이다. 허드슨 강변에서 밤바람을 쐬었다. 벤치에 기대어 시원한 강바람을 맞으며 미국의 어제 그리고 오늘을 생각한다. 911 테러로 사라진 세계 무역 센터가 새로운 모습으로 뉴욕 밤하늘에 빛을 발하고 있다. '그라운드 제로' 그리고 그 바로 옆에 다시 무역 센터를 짓고 있다. 무수한 사람들의 목숨을 앗아간 그 건물을 다시 짓고 있는 것이다. 하늘 높은 곳의 건물 불빛 그리고 하늘을 장식한 영혼의 불빛들이 서로 엉켜있을 법한 뉴욕의 밤하늘이다. 서로가 어울림으로 살아갈 수 있는 세상이 그리워지는 것은 과욕인지? 허드슨 강물 속에도 뉴욕의 불빛들이 출렁거리고, 그날의 가해자와 피해자 그리고 남은 자들의 화해와 평화가 아쉬워진다.

타임스퀘어 중앙의 계단은 발 디딜 틈도 없을 만큼 군중들로 가득하였다. 계단에 앉아있는 것만으로도 뉴욕의 유행과 밤거리를 즐길 수 있다. 군중들 앞, 뒤, 옆, 어디에서나 나를 중심으로 모든 곳이 광고판 잔치이다. 삼성, 현대, LG 등 우리나라의 광고판 밑에서 미국 최대의 번화가의 여름밤을 즐기고 있다. 이곳에 앉아서 우리나라를 생각하여보니 그저 기분이 좋다. 일본으로부터 독립한 67여 년 만에 2만 불의 국민소득 그리고 OECD 가입 국가, UN 사무총장과 세계은행 총재를 배출한 세계 강국으로 우뚝 선 우리나라가 자랑스럽다. 선조들이 꿈꾼 조국의 모습이 오늘의 이러한 모습이 아닐까? 이제 새로운 4만 불, 아니 10만 불의 국가 모습으로 또한 품격 높은 문화를 가지고 세계 평화의 리더로 나아가는 대한민국의 한 사람이라는 것이 나는 참 좋다. 타임스퀘어에서 몇 골목을 걸어 코리아타운의 숯불 갈빗집에서 우리나라의 소주와 맥주의 절묘한 조화인 소맥을 즐기며 가족 파티의 절정을 맞이하였다. 우리 부부와 아들 둘이 함께하는 뉴욕의 밤은 그렇게 깊어만 갔다. 취기가 온몸을 휩쓸고 있는 늦은 시간에 우리는 어깨동무하고 콧노래를 부르며 뉴욕의 지하철에 몸을 담았다.

미국에서의 또 다른 1박 2일 가족 여행을 하였다. 막내가 빌려온 자동차가 우리나라 기아 자동차 제품이었다. 외국에 오면 한국산 자동차만 보아도 기분이 좋은 것은 나만이 느끼는 것은 아닐 것이다. 저지시에서 3시간가량을 달려서 저지 해안(Jersey Shore)에 도착하였다. 요트가 항구의 아름다움을 더하여주는 풍경이다. 항구 건너편에는 나지막한 섬이 해안을 따라

길게 누워있다. 요트가 들락거리는 항구 초입의 레스토랑에서 기분 좋은 해풍을 맞으며 행복한 가족 만찬을 가졌다. 눈부시도록 맑은 햇살, 여유로운 항구의 요트인들 그리고 레스토랑에서의 담소, 우리 가족도 그 속에서 하나가 되었다. 강인지, 바다인지는 관심도 없이 그저 맑은 해풍 속에 휴식과 즐거움을 나누는 시간이다. 몸을 푹 담근 벨마르(Belmar) 해변의 파도는 그 모습이 큰 장관을 이루었다. 부드러운 모래사상 그 속에 누웠다. 선글라스를 끼고 폼을 잡았다. 아내와 아이들과 함께 하는 파도타기는 새로운 즐거움이었다. 저 멀리 집채처럼 밀려오는 파도를 엉덩이로 맞으며 그 속에 하나 되어 나는 누가 보든 말든 개헤엄을 마음껏 즐길 수 있었다. 해변 놀이는 해가 저물어가는 시간까지 계속되었다. 바다 위에 통나무로 지은 레스토랑 그리고 어둠을 깨뜨리는 록음악 속에 우리도 어깨를 흔들며 같이 동화되었다. 밤은 이미 천지를 덮었지만 찬란한 불빛, 기타 가락, 노랫소리와 왁자지껄한 즐거움, 모두가 흥분한 해변의 축제 장면이다. 맥주잔을 부딪치면서 밤의 깊은 곳으로 우리도 흥얼거리면서 같이 들어갔다.

막내가 듀크대학교를 졸업하고 프린스턴대학교 대학원에 진학한 지가 3년이 되었다. 이제 석사 학위를 받고 박사과정 공부를 하고 있다. 프린스턴대학교 방문은 나에게도 기분 좋은 방문이다. 256년의 역사를 가진 대학의 교정 그리고 그들의 역사를 살피는 것도 좋았다. 하버드대학교, 예일대학교와 같이 미국의 3대 명문으로서의 위상을 갖는 대학이다. 오랜 역사를 품은 건물 하나하나, 그리고 건물 외벽을 장식한 조각들이 그들의 역사성을 말하고 있다. 미국의 28대 우드로 윌슨 대통령을 배출한 대학 그리고 우리나라 초대 이승만 대통령이 박사 학위를 받은 대학이다. 막내가 이곳에서 박사 학위에 도전하고 있다는 것이 나로서는 즐거움이지만, 자신에게는 많은 힘든 과정이 있을 것이다. 막내의 연구실 그리고 막내의 책상 앞에 앉아보기도 하고 실험실 이곳저곳을 기웃거리기도 하였다. 나는 막내에게 프린스턴대학의 석사 학위기를 엄숙하게 수여하는 장면을 연출하고 기념사진도 찍었다. 한적한 교정 그리고 잘 정돈된 로비에서 한 잔의 커피를 즐기면서 프린스턴대학교의 학부형 직위를 즐겼다. 대학 쇼핑센터에서 손자, 며느리와 아들에게 줄 선물도 챙겼다. 막내가 이곳을 졸업하고 나면 막내의 모교가 되는 곳이다. 큰 학문적인 업적을 이루기를 간절히 기도하면서 프린스턴대학교를 떠났다.

그간 뒹굴던 막내의 방을 떠나야 하는 시간이다. 막내의 짐과 혼재된 나의 짐을 정리하면서 그간 정들었던 방을 떠나는 서운함이 가슴으로 스며든다. 마치 다시 여행을 떠나는 기분이다. 공항에 도착하여 출국 수속을 서둘렀다. 막내와의 이별을 아쉬워하는 시간이 되었다. 한국의 외할아버지와 외할머니에게 드리는 막내의 영상 인사를 담았다. 89세의 장인이 병환 중이었다. 외손자의 영상 편지가 장인을 쾌유케 하는 메시지가 될 것이다. 막내가 외할아버지에게 내년에 한국에 가서 인사드 리겠다고 하니 아내의 눈시울이 붉어졌다. 부디 내년에 막내와 건강한 장인의 해후가 있기를 기원하였다. 뉴욕 상공을 이륙하 기 위하여 비행기 동체가 움직였다. 바깥을 응시하였다. 오후 3시의 뉴욕 존 에프 케네디 국제공항을 이륙하였다.

그리고 막내는 2014년 프린스턴대학교(Princeton University, USA)에서 Quantitative and Computational Biology 전공 으로 박사 학위를 받아서 나에게 학위기를 선물하였다.

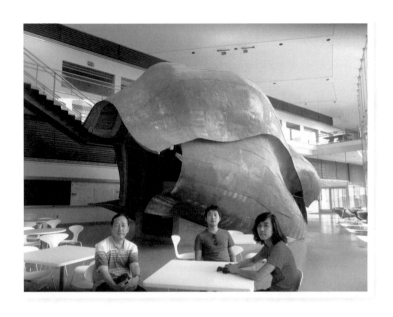

07

청탁

둘째 아들이 금년 5월 육군에 입대하였다. 군인이 될 수 있다는 것은 대한민국 남아(男兒)로서 당당히 그리고 자랑스럽게 생각하여야 한다고 귀가 따갑게 들었고, 나 역시 아들에게 멋진 군인이 되라고 강조하고 또 강조하였다. 사실 아들에게 아빠가 육군 병장(兵長)으로 제대한 것을 은근히 자랑하면서 육군 사병으로서 군무에 충실하여 국가의 큰 지도자로서의 덕목을 쌓으라고 부탁하였고, 아들은 그에 화답(和答)하여 자랑스럽게 입대하였다. 적어도 내가 보기에는 즐거운 마음으로 신병훈련소로 향하였다.

그러나 사실 나의 군 입대 이야기는 그리 자랑스럽기나 긍지를 가지고 간 것은 아니었다. 나이도 차고, 다들 군대를 갔다 오는데 어쩌겠는가? 입대 통지를 받기 전까지만 하여도 군대를 면제받을 수 있는가를 혼자서 요리조리 생각하여보았으나 뾰족한 방법이 없었다. 훈련소를 거치고 자대 배치를 받고는 운 좋게 물 맑고 공기 좋은 전방에 배치되었다. 대학 나왔다는 이유로 또는 나이 들어 군대에 왔다는 이유로 기합도 참 많이 받았다. 고등학교 동기가 장교로 입대하여 나의 부대에 오게 되고, 하필이면 같은 부서에 근무하게 되었다. 반가운 마음에 평어(評語)를 사용한 것이 화근(禍根)이 되어 다른 장교들에게 심한 기합을 받고는, '아! 맞아 여기는 군대다.'라는 생각이 번쩍 든 후로 나는 군인이 되었다. 강원도 산골을 뒤로하고 제대하는 날 아쉬움과 수많은 추억을 안았다.

아들이 군대에 가기 전의 마음이 나의 입대 때의 마음과 비슷한 것이 아니겠는가? 이 점을 생각하여 나는 군대에서의 좋은 추억과 신나는 이야기로서 아들의 마음을 다잡을 수밖에 없었다. 가끔은 '기합 없는 군인은 군인이 아니', '군대에서 만난 전우(戰友)가 참다운 친구가 될 수 있다'는 등으로 나는 나름대로 아들에게 군인 정신을 불어넣기에 열중하였다. 그러나 속내는 '어찌하면 신병 교육을 받고 있는 아들이 좀 더 편한 곳으로 배치받을 수 있는 방법은 없을까?' 하고 생각하는 중에 기쁜 소식이 왔다. 중학교 동기가 강원도 모 사단 본부 주임원사(主任元士)로 있다는 소식을 접하게 되었고, 그 친구가 우리 동기생(同期生)들을 강원도 전방 부대로 초청한다고 했다. 꼭 맞는 시점에 희소식이 아닐 수 없다. '거의 같은 지역이고, 사단 본부의 원사라고 하면 아들을 부탁하는 것은 식은 죽 먹기보다 더 쉬운 일이다.'라고 생각하였다. 나의 속내를 알지 못하는 친구들은 제주도 학회 참가 중도에 비행기를 타고 서울로 와서 다시 대절 버스에 합류하는 나의 정성에 다들 감동하였다.

차는 강원도 전방 부대를 향하였다. 초록 산록이 넘쳐 푸른 바다를 만들고 옥수(玉水)가 넘쳐 청아(淸雅) 세상을 창조하였다. 들판의 아낙은 한 폭의 그림이다. 이곳이 남과 북이 대치(對峙)를 하는 최전방이라고 하니 인간들의 욕심이 만들어내는 무서운 세상이 인간사(人間事)인 것이다. 자연이 만들어낸 아름다운 풍광과 오랜만에 만난 친구들과 어릴 적 이야기에 취하여 나는 참으로 즐거움에 흠뻑 젖었다. 특히 아빠로서 아들의 군대 부탁을 할 기회를 잡았으니 그 기대도 참으로 컸다. 차량은 오후 해거름이 되어서야 강원도 화천 땅을 밟을 수 있었다. 정말 33년 전에 보았던 우리의 산하(山河)이다. 산천도, 인걸도 그때 그대로이다. 곳곳의 군부대와 초소들이 나의 군대 생활과 아들의 군대 생활 그리고 내 친구의 군대 생활들을 교차시키면서 우리 차량은 부대 안으로 이동하였다. 전방과 부대 생활을 소개하여주었다. 나의 친구는 주임원사의 다부진 모습이 참으로 멋졌다.

초등학교를 개조하여 만든 정성이 듬뿍한 만찬장에서 나는 나의 친구와 마주하게 되었다. 포옹과 안부를 나누는 기쁨 그리고 중학교 시절의 추억담이 늦은 밤까지 우리를 자리에 붙들었다. 친구는 사병으로 입대하여 이 사단에서 근 30여 년을 생활하였고, 전역을 한단다. 나는 여기서 깜짝 놀랐다. '아니 현역으로 있어야 부탁하기 좋은데, 그래도 부탁할 수 있을 것이다.'라고 스스로 자위(自慰)를 하였다. 그는 친구들을 초대하여 전방의 모습과 자신의 군부대를 소개하고 싶었단다. 친구는 군대 생활에 대한 추억 그리고 평생을 몸담았던 부대에서의 일화(逸話)를 담담하고도 자신에 찬 모습으로 들려주었다. 부대에서 만난 사병들의 모습도 참으로 멋진 군인의 모습이었다. 다음 날 우리는 북한이 파놓은 땅굴 견학과 최전방 전망대에서의 북한 조망 등의 행사가 진행되었다. 국가가 건재(健在)할 수 있다는 것은 국방력이고, 젊은 우리의 아들들이 최전방을 사수(死守)하기 때문에 우리가 존재할 수 있다는 친구의 설명이 평소에 듣던 것과는 사뭇 달리 들렸다.

부하를 사랑하고 조국을 생각하는 친구의 모습이 그저 나 자신의 안위(安危)에 그친 자신을 채찍질하는 아픔으로 돌아오기도 하고, 중학교 시절의 교정으로 돌아가 재잘거리던 교정이 눈에 어리기도 하였다. 둘째 아들 생각이 더욱 절실하였다. 불과 군대 간 지 4주밖에 되지 않은 아들에 대한 속내는 좀체 내입 밖으로 분출되지 못하였다.

최전방 부대에서 평생을 바친 친구에게, 인근 부대의 훈련병에 대한 부탁은 그리 어려운 것이 아니고 나의 부탁을 적극적으로 수용할 것이라는 나의 마음에는 변화가 없었다. 땀방울이 맺힌 사병(士兵)들의 손을 잡아주고, "서로가 잘 지내고, 자긍심을 가진 군인이 되어라."라는 당부도 하였다. 설도 있는 사병들의 모습이 어떤 영문인지 모르게 아들의 모습으로 비쳤다. 어딘가 아들이 나타나서 나를 부를 것만 같았다. 평생에 한 번 있을 법한 최전방 부대 시찰은 그렇게 마쳤고, 늦은 오후 작별의 시간이 다가왔다. 나의 속내를 이제 이야기하여야 할 시간도 다가오고 있는 것이다. 마음이 콩닥콩닥하였다. 춘천 막국수 그리고 강원도 소주 몇 잔을 기울였다. 이제 헤어져야 할 시간이다. 나는 친구의 손을 잡았다.

'나의 아들이 인근 ***부대에서 신병 교육을 받고 있다. 잘 배치되도록 자네가 한번 수고하여주게.'라고 말한다는 것이 "그래, 전역을 진심으로 축하한다. 다음에 서로 연락하고 한 번씩 소주잔이라도 나누자."라고, 나의 입에서는 의외의 말이 나오고 있었다. 버스 창밖에서 손을 흔들어 배웅하는 육군 원사 친구를 바라보니 나의 모습이 부끄럽기 짝이 없었다.

08

영정 사진

어머니는 부부 직장 생활에 아이 셋을 둔 나의 어려움을 외면하지 못하고 노년을 우리 집에서 보내어주셨다. 손자 셋을 돌보며 규칙적인 생활 자세 그리고 한글 배우는 과정까지도 세심하게 챙겨주셨다. 그러한 덕분에 오늘날 나의 아들 셋은 잘 장성하였고, 할머니에 대한 깊은 추억을 안고 있다. 또한, 우리 부부도 무사히 직장인의 삶에 순탄한 시간의 흐름을 가질 수 있었다.

아버지가 별세하고 난 후에 우리 집에 계셔주시기를 부탁드렸다. 방학 때나 토요일 또는 일요일에는 언제든지 고향에 가실 수 있다고 간청히였다. 그 후로 어머니는 우리 집에 머무르게 되었다. 토요일 오전 근무가 끝나면 고향 가는 만원 시외버스에 오르셨고, 방학 시작하는 그 날, 아이 셋을 데리고 고향으로 향하였다. 그러한 덕에 우리 집 아이 셋은 고향 농촌의 흙내음을 맡고 자랄 수 있었다. 월요일 새벽에 잠자는 아이들을 뒤로하고 어머니의 배웅을 받으며 떠나오곤 한 고향이 아른거린다. 저승에 가신지가 벌써 26년의 세월이 흘렀으나 지금 생각하여도 감사함에 보답할 길이 없다.

어머니의 연세가 70세를 넘겼을 때, 나는 멋진 사진을 찍자고 제안하였다. 어머니는 나의 부탁에 아무런 말씀 없이 한복을 곱게 차려입고 나섰다. 사진관으로 가면서 이런저런 이야기를 나누었다. 어머니 방에 아버지 사진과 같이 걸고 싶다고 하였다. 빙긋한 미소 외에는 별다른 말씀을 하지 않으셨다. 늘 그러하듯 조용하고 차분하신 기품 그대로였다. 사진사에게 특별히 부탁도 하였다. 큰방에 걸어둘 것이며, 먼저 저승 가신 아버지 사진은 카메라 스냅사진을 확대하여 만들어달라고 하면서, 두 분의 사진을 대련으로 걸어두고 싶다고 하였다. 그리고는 어머니의 증명사진도 부탁하였다. 큰방에 두 분의 사진을 걸었다. 아버지와 어머니가 굽어보는 집안이 참 좋았다. 출퇴근 시간이면 큰방에 들러 어머니께 인사드리고, 그 사진에 눈을 맞추는 것이 일상이 되었다. 또한, 그 사진 속의 아버지를 그리워하는 어머니의 옆모습을 볼 수 있었다.

어머니가 별세하고는 그 사진을 영정 사진으로 모실 수 있었다. 안방에 차려진 빈소에 영정 사진을 두고는 그 속에서 어머니의 잔상을 찾고 있었다. 슬픔도, 기쁨도 모두가 그 사진 속에 들어있었다. 상례가 진행되는 동안 사진 속의 어머니를 보고 또 보았다. 보고 싶고, 만지고 싶은 어머니를 사진을 만지면서 체온을 느끼고, 대화를 이어갔다. 그 영정 사진을 앞세우고는 고향길로 갔다. 꽃상여는 꽹과리 소리와 구슬픈 앞소리를 따라서 아버지 묘소로 갔고, 그곳 아버지 옆에 모시었다. 우리는 영정 사진을 들고 다시 집으로 돌아왔다. 조그마한 빈소 상차림을 하였다. 허전함과 깊은 고독감이 몰려왔다. 그러나 어머니는 영정 사진으로 나를 지켜보고 있었고, 다시 삶의 일상으로 돌아가야 한다는 말씀을 하였다.

영정 사진의 축소판인 어머니의 증명사진을 내 지갑 가장 깊숙한 곳에 간직하게 되었다. 직장 생활을 하여야 하는 부부로서 초등학교 1학년, 3학년 그리고 5학년을 둔 우리에게는 어머니가 저승으로 가신 현실에서 가족들이 생활할 방법이 막연하였다. 지갑 속의 어머니를 붙들고 묻고 또 물었다. 지혜를 달라고 매달리기도 하였다. 그때부터 나에게는 지갑 속의 어머니가 나의 수호신으로, 그 모두를 감당하여 나가는 힘의 원천이 되었다. 즐거운 일이나 힘든 일이 있을 때는 어머니의 사진을 꺼내었다. 그 속에 길이 있었다. 지갑 속의 어머니는 그 답을 주었다. 내 지갑 속의 어머니는 나에게 늘 그러하셨듯 내 편에서 응원하였다. 어머니는 나의 신앙으로 늘 가슴에 닿아있고, 이 사진이 모든 것을 이루어나가는 용기의 원동력이 되었다. 그 사진 옆에 나의 사진도 하나 간직하였다. 참 편리하다. 생각나면 언제든지 볼 수 있다. 그리고 삶이 힘들거나 고독감에 사로잡힐 때도 나에게는 든든한 어머니가 함께하고 있다.

지난해 40년의 교직 생활을 마무리하는 아내의 훈장 수여식장을 나오면서 아내에게 우리의 영정 사진을 찍자고 하였다. 언제인가는 사진을 찍어두어야겠다는 생각을 하였고, 그 기회가 지금이라 생각되었다. 나이 든 초라한 모습보다는 조금은 젊고 건강한 모습의 사진을 남기는 것이 좋겠다는 생각을 하였다. 그러나 아내에게 영정 사진을 찍자는 제안을 쉽게 할 수가 없었다. 아마 아직은 시간이 많이 남았다는 생각을 할 것이고, 혹시나 나이 든 것을 확인시켜주는 것으로 오해하지는 않을까 하는 생각을 하였다. 그러나 언제인가는 남겨야 할 사진이다. 나는 아내에게 오늘같이 영광스러운 날 사진을 찍자고 제안하였다. 그리고 사진을 찍어두면 장수하고, 건강하고, 자식들에게도 좋은 일이 더 많이 생긴다고 서둘러 기분 전환용 멘트도 날렸다.

그러나 아내는 별로 대꾸를 하지 않았다. 지인들과의 인사하기, 기념사진 찍기와 축하 속에서 창원컨벤션센터 식장을 빠져나왔다. 나 역시 아내의 훈장 수여를 축하하고 그간의 수고에 감사함으로 인사를 나누었다. 아이 셋의 어머니로서, 직장인으로서, 결혼 후 대학원 공부를 계속한 남편의 아내로서의 헌신에 감사함을 전하였다. 이제 집에 도착하면 인근에 있는 사진관에 들러서 부부의 영정 사진을 찍으면 되는 시간이 다가오고 있었다. 말 없는 아내의 눈치를 살피면서 아내의 기분을 전환시켜야 하였다. 나의 지인들은 정년퇴직할 때 영정 사진을 대부분 찍고, 장인도 그러하였다는 등 이야기를 하며 열심히 작문도 하였다. 아내는 그저 듣는 둥 마는 둥 하였다. 그렇게 고성을 지나고 통영에 다다르기에는 30분 정도가 남았다. 그때 돌보미 아주머니로부터 전화가 왔다. 손자들이 할머니 언제 오는지를 묻는 이야기였다. 아내는 20분이면 집에 다다른다고 전하였다.

통영의 집 주차장에 도착하였다. 아내는 뒤도 돌아보지 않고 부랴부랴 손자들이 있는 우리 집 아파트의 엘리베이터 버튼을 누르고 있었다.

09

운전면허증
- - - - - - - - - -

성인이 되면 붙어다니는 증명서들이 있다. 그중에서 주민등록증과 자동차면허증은 현대인의 필수 지참물이 되었다. 나는 1981년에 운전면허증을 취득하였다. 1980년 12월에 결혼하였으니, 결혼 후 가장 먼저 챙긴 것이 운전면허증이다. 갓 결혼한 아내와 같이 운전면허 학원에 다녔다. 1종 보통에 도전하기로 하였다. 아내의 어리둥절함은, 자가용 운전은 2종이면 되는데 왜 트럭으로 면허들을 따야하는 1종이냐 하는 것이었다. 1종 보통을 따면, 소형 트럭과 영업용 승용차를 운전할 수 있다. 이는 우리 부부가 세상을 살면서 닥칠 어려움을 극복하는 수단으로 생각하였다. 최소한 택시의 보조 운전사를 할 수 있고, 트럭을 이용한 장사꾼도 될 수 있는 수단이 된다는 내용으로 아내를 설득하였다.

아내가 1톤 트럭으로 실습 교육을 받는 일이 여간 힘들지 않았다. 내가 1981년에 운전면허증을 따고 그다음 해에 아내가 운전면허증을 땄다. 아내가 실기 시험을 칠 때는 둘째를 임신한 상태였다. 제법 배가 불러있었다. 장거리 주행 시험은 시험장에 인공적으로 만들어놓은 장애물들을 거쳐 한 바퀴 돌수 있게 되어있다. 시험판정관이 조수석에 타고 수험자가 코스를 따라 운전을 하게 되며, 구두로 정지 또는 출발을 지시하기도 하였다. 또한, 불합격자가 속출하기 때문에 화물 적재함에는 수험생들이 타고 있었다. 수험생이 운전석에서 불합격 받으면 그 자리에서 차를 정차하고 내려서 집으로 가면 된다. 조마조마한 마음으로 아내의 운전면허 시험을 지켜보았다. 그 당시에 여성이 1종 보통에 도전하는 경우는 거의 없었다. 시험판정관이 아내의 부른 배를 힐끔 보면서 임신 중이냐고 물었단다. 이번에 꼭 면허증을 따야 하는지에 대한 질문에 아내는 꼭 합격하여야 한다고 하였단다. 시험판정관은 아무리 생각하여도 임산부의 수험생을 장거리 코스 한 바퀴를 도는 것은 무리라고 생각하였는지 아니면 측은하게 생각하였는지 2~3개 장애물을 지나자 "합격!"을 소리쳐주었다. 멀리서 환한 얼굴로 달려오던 아내의 모습이 선하다. 배 속의 둘째 아들 덕분에 아내는 운전면허증을 쉽게 딴 셈이다.

34년의 세월이 흘렀다. 2015년 7월 7일 경남 진동에서 운전면허증을 갱신하였다. 사진을 제출하고 공무원 건강검진 자료 열람에 동의하는 서류를 제출하고 나니, 한 30분 후에 나의 새로운 운전면허증이 나왔다. 운전면허증에 표기된 다음의 적성 검사 기간이 '2025년 1월 1일~2025년 12월 31일'로 되어있다. 잠시 그때의 나의 나이를 짚어 보니 71살이 되는 때이다. 문득 '그때까지 내가 살아있을까?' 생각하다가 '그때까지 운전할 수 있을까?' 이런저런 생각들이 주마등 되어 나타났다.

나의 유년 시절 집 앞 건너편의 신작로에는 자동차가 거의 다니지 않았다. 소에게 풀을 먹이러 뒷산에 오르면 우리는 '자동차 보기' 놀이를 하였다. 신작로에 가는 자동차를 먼저 본 사람이 "자동차 보았다!"를 소리치면 그 친구가 이긴 것이다. 그 사람은 친구들에게 심부름을 하나 시킬 수 있다. 버스만 타본 경험이 있었으니, 승용차 안에는 사람들이 누워있다는 등, 화장실이 있는 자동차도 있다는 등, 하늘을 나는 비행기로도 변신한다는 등, 밑도 끝도 없는 이야기꽃을 피우기도 하였다. 그러하니 자동차를 운전한다는 것은 꿈도 꾸지 못하는 일이었다.

부산에서 고등학교 시절 학교에 자가용이 하나 들어오면 우르르 몰려가기도 하고, 어느 반의 부모님이 자가용을 가지고 있다는 소식은 학내의 큰 이슈였다. 그러한 시절을 지난 나에게 운전면허증을 갖는다는 것은 참으로 대단한 일이었다. 아내가 운전면허증을 따고는 곧바로 중고 포니 승용차를 하나 샀다. 아내 명의로 등록하였다. 우리 집의 첫 승용차는 아내 소유가 되었고, 지금도 나는 아내 명의의 차를 운행하고 있다. 승용차를 처음 구매한 우리 부부에게, 이보다 더한 큰 즐거움은 없었다. 그도 그러할 것이 당시 창원의 12층짜리 양곡 상가아파트 단지 안에는 자가용이 없었다.

당시 나는 회사 생활과 부산에서 대학원 학업을 겸하고 있었고, 아내는 창원에서 고등학교 교사 생활을 하고 있었다. 우리 집의 포니 승용차는 우리 부부에게 소중한 교통수단이 되었다. 주로 아내의 출퇴근용으로 이용하였고, 나는 부산에 있는 대학원에 공부하러 갈 때만 사용하였다. 아내가 근무하는 고등학교에 자가용은 아내의 자가용 한 대뿐이었다. 그것도 28살의 여선생님의 자가용이었던 것이다. 모두가 놀랄 일이었다. 아내는 그 자동차 덕분에 학교에서 인기가 높았다. 급한 학교 일이 생기면 아내의 자가용이 동원되었다. 비 오는 날 학교 앞 비포장도로에서 자동차 바퀴가 진흙 구덩이에 빠져 교감 선생님을 비롯한 고참 선생님들이 바지를 걷어올리고 구두와 양말을 벗고 맨발로 자동차를 밀어준 일부터 하여 자가용에 얽힌 에피소드가 많이 생겼다. 나 또한 대학원에 가는 날이면 학생 중에서 유일한 자가용족이니 인기 있기 마련이었다. 시도교수님이 어딜 행차하시는 날은 나의 승용차를 이용하였고, 나는 뿌듯한 기분을 즐겼다. 승용차와의 추억은 이렇게 영글어갔다.

두 살 터울의 아들 셋을 키워야 하고, 우리 부부가 다 같이 직장 생활을 하니 자연히 고향의 부모님에게 아이를 돌보아달라는 부탁을 하였다. 토요일이면 승용차를 가지고 고향길에 오르고, 월요일 새벽에 창원으로 내려와서 직장에 출근하였다. 그러한 일상을 가능하게 한 것도 운전면허증이 허락하여준 것이다. 운전면허증이 가져다준 내 삶의 변화는 참으로 컸다. 1981년에 취득한 운전면허증이 나의 오늘의 삶을 만들어주었다. 대학원 학업을 겸할 수 있게 한 일, 아내의 장거리 출퇴근, 아내의 대학원 과정 수학, 아들 셋을 키울 수 있게 한 일, 세월이 흘러 서울로 유학 간 아들을 만나러 다닌 일 등등 수많은 나의 추억장에는 자가용을 떼어놓고는 생각할 수 없는 일들이다. 운전면허증이 있었기에 가능하였던 그 수많은 일이 오늘에야 보인다.

운전면허증을 다시 살펴보았다. 운전면허증 갱신 기간인 '2025년 1월 1일~2025년 12월 31일'. 그때도 운전면허증을 갱신하여 새로운 추억을 더듬어나갈 수 있을까?

10

사랑의 농도

세 살이 채 안 된 손자를 통영으로 데려오기 위하여 우리 부부는 집 정리에 부산을 떨었다. 문갑 앞에 세워둔 사진을 옮기는 일부터, 진공청소기 돌리는 일 그리고 손자 먹거리 준비 등으로 시간을 보냈다. 사돈이 여행을 떠난다고 하며 며느리가 아이 돌보는 것으로 걱정하였을 때 나는 "괜찮아. 통영에 오면 걱정 없이 잘 돌볼 수 있어!" 하고 큰소리를 쳤는데, 날이 가까워질수록 걱정이 쌓여가기 시작하였다. 손자가 태어나서 처음으로 부모 곁을 멀리 떠나 할아버지와 할머니만 사는 낯선 통영으로 오는 것이다. 과연 손자가 나에게 잘 올까? 아프면 어떻게 할까? 계속 울기만 하면 어떻게 할까? 갖가지 걱정의 산이 자꾸만 높아만 지고 있었다. 그러나 나는 태연할 수밖에 없었다. 또한, 아들과 며느리에게 할아버지의 역할도 보여주고 싶었다.

초여름의 더위를 식혀주는 비 내리는 고속도로를 달려 경기도의 사돈집에 도착하였을 때는 이미 어둠이 내리고 있었다. 거실에 들어섰을 때 나는 손자를 안을 수 없었다. 한참 만에 보는 할아버지를 보고 낯가림이라도 하여 혹시 울어버리면 체면이 말이 아니다 싶어 조심스러웠다. 그러나 아내는 달랐다. 꼭 안고 한참의 시간을 보내는 것이 참으로 신기하였다. 손자는 울지 않았다. 조금은 어리둥절한 모습이지만, 그래도 아내를 잘 따랐다. 그러나 나는 쉽게 용기를 내지 못하였다. 손자의 발가락을 만지면서 눈을 마주치지 않았다. 그런대로 스킨십에 성공하였다. 차츰 접근하였다. 손을 잡고 아파트 계단을 내려서 자동차에 올랐다.

아내는 차 안에서도 손자를 꼭 껴안으며 극진한 정성을 쏟았다. 나는 계속 뒷자리에 앉은 손자를 주시하면서 고속도로를 달렸다. 손자는 가만히 안겨있었다. 말을 할 수 없으니 참는 것인지, 할머니는 알아보는 것인지 알 수가 없었다. 아마 누구인지는 잘 모르나 자기에게 잘해주는 사람과 함께 승용차에 탄 것으로 이해할 것이다. 어딜 가는 것인지도 모를 것이다. 조금은 두렵지만 그래도 믿을 만한 사람들 같다는 등 손자의 마음에 대한 생각들이 나의 뇌리를 빠져나가질 않았다. 조심스레 달리는 우리 승용차는 어둠 속으로 들어섰다. 차창 밖은 어둠이 진하게 깔렸다. 어느덧 손자는 할머니 품 안에서 깊은 꿈나라로 향하였다.

통영 집에 도착하여 우리 부부 사이에 손자를 눕혔다. 혹시나 손자가 깰까 봐 방 밖의 거실에서도 집게발 걸음을 하였다. 다음 날 아침을 맞이하였다. 아내의 극진한 접근이 계속되었다. 그림책 읽어주기, 노래 불러주기, 장난감 가지고 놀아주기, TV 어린이 프로 보여주기 등 아내의 정성이 계속되었다. 손자가 우리의 정성과 마음을 아는지 TV 어린이 프로를 재미있게 보면서 잘 놀기 시작하였고, 할머니와는 급격히 가까워졌다. 거실이나 방에서 오로지 할머니의 쫄쫄이가 되었다. 나의 접근은 아직도 경계하는 것이 확실하였다. 그도 그러할 것이 아내의 정성은 대단하였다. 평소 잠자리에서 흔들어 깨워도 꿈쩍하지 않던 아내는 손자의 돌아눕는 소리에도 화들짝 깨었다. 손자는 할머니의 정성에 감동한 것이다. 손자는 샘이 날 정도로 완전한 할머니의 팬이 되었다.

일요일을 지나고 월요일이 되었다. 우리 부부는 모두 출근을 하여야 하니 난감하기 그지없었다. 나의 연구실의 모습을 바꾸었다. 동료 교수의 도움으로 나지막한 나무 침대를 마련하고 그 위에 매트를 깔아 임시 놀이터를 만들었다. 아침에 할머니와 같이 연구실 놀이터에 와서 잠시 놀고, 할머니와는 적당한 이별을 하였다. 그러나 조금 지나니 나의 손을 잡고는 어디론가 가자는 것이었다. 아마 할머니에게 가자는 뜻일 것이다. 복도를 거닐며 우리 손자가 태어나서 고맙고, 할아버지에게 와 주어서 고맙고, 우리 집에서 며칠을 잘 지내자고 이야기하였다. 투정하던 손자는 지쳤는지, 포기하였는지 알 수는 없지만, 곧 안정을 찾는 것이 분명하였다. 다시 연구실 놀이터에 와서 기차놀이, 로봇 놀이 그리고 책 읽기를 하면서 즐거운 시간을 보냈다.

어린이집에 보내기로 하였다. 몇몇 어린이들이 옹기종기 모여있고, 각종 놀이 기구들이 잘 갖추어져 있었다. 친절한 원장 선생님도 만났다. 손자를 적당히 그곳에 얼버무려 놓고 아내와 나는 총총걸음으로 어린이집을 나왔다. 그러나 아내가 영 편치 못한 기색이다. 손자가 울 것 같고 힘들어할 것 같다면서 이대로는 못 가겠다고 우기는 것이다. 설득할 수 없었다. 어린이집 창가에 기대어 안쪽의 동정을 살폈다. 우리 손자의 울음소리는 다행히 들리지 않았다. 나는 학교로 돌아와서 강의 준비를 하는데 손자 얼굴이 자꾸 떠올랐다. 애써 태연한 척하였지만 나 역시 그러하지 못했다. 아내 앞에서는 큰소리를 쳤는데, 결국 참다가 아내 몰래 혼자 어린이집에 갔다. 어린이집 문에 귀를 대어 보았다. 손자는 또래들과 잘 놀고 있었다. 때론 제법 재미있어 하는 소리가 들리기도 하였다.

우리는 손자와 가까워졌고, 아침 식탁에서의 즐거움도 컸다. 손자의 마음을 읽고 그를 이해하는 데까지 시간이 필요하였다. 손자가 무엇을 생각하는지 나는 쉽게 알 수가 없어서 헤매기가 일쑤였다. 그러나 아내는 신기하게도 금세 알아차렸다. 아내는 가슴으로 대화하였다. 내가 하는 손자 사랑과 아내가 하는 손자 사랑은 그 농도가 달랐다. 손자는 그것을 쉽게 알아차린 것이다. 손자는 나에게는 적당한 타협으로, 아내에게는 신뢰를 바탕으로 답한 것은 아닌지, 손자가 외가로 떠나고 나서야 느껴졌다.

11

신 손자병법

(新 孫子兵法)

손자들이 통영에 온 지도 벌써 6개월이 지나고 있다. 우리 집에는 큰 변화가 있었고, 그 변화가 이제 자리를 잡아가는 모습이다. 유치원생인 큰손자와 어린이집 다니는 둘째 손자와의 생활이다. 며느리가 통영으로 부임하고 나서의 변화이고, 아들 내외의 주말부부 생활을 곁에서 보는 부모로서의 아리한 마음도 경험하고 있다.

큰손자가 초등학교 병설 유치원에 입학하기 위한 경쟁부터 시작되었다. 아내가 초등학교 강당에서 파란색과 노란색 공이 담긴 상자에 손을 넣고 파란색 공을 건져올리면 합격, 노란색 공이면 불합격하는 이 숨 가쁜 시간을 경험하게 되었다. 다행히 큰손자는 합격의 영광을 안게 되어서 집에서 가까운 병설 유치원에 입학하게 되었다. 둘째 손자도 운 좋게 아파트 단지 내의 어린이집에 다니게 되었다. 긴장된 아침을 맞았다. 손자들의 식사 준비와 출근을 서두르는 며느리 그리고 우리 부부의 출근, 아침의 그림은 흡사 전쟁이었다. 아침 전쟁이라는 용어가 이러할 때 쓰는 것인가? 나는 큰손자를 맡기로 하였다. 아침 세수, 식사 그리고 유치원 등교 지원을 서둘러 끝내고는 다시 집으로 발길을 돌려 둘째 손자의 등원을 지원하는 순서이다. 이러한 생활을 시작한 지 며칠 지나지 않아서 며느리가 연수차 서울에서 1주일을 보내게 되었다. 손자들로서는 오랜만에 엄마 없는 시간을, 그것도 낯선 통영에서 시간을 보내야 하였다. 큰손자가 열이 나기 시작하였다. 체온계를 재어보니 39도를 넘기고 있었다. 우리 부부는 어떻게 하여야 할지 엄두를 내지 못하였다. 그러나 며느리에게는 알리지 말고 우리가 치료하자고 하였다. 손자들을 잘못 돌보았다는 며느리의 원성도 조금은 걱정이 되었고, 이왕 연수받으러 갔으니 연수를 잘 받고 오라는 생각도 있었다. 우선 방안을 시원하게 한 후 손자의 얼굴을 수건으로 닦고 이마에는 물수건을 얹었다. 그러나 열이 내리지 않았고, 손자는 고래고래 고함을 지른다. 새벽 1시 손자를 업었다. 병원까지 뛰었다. 응급실에 도착하고 보니, 한쪽 신발이 없었다. 응급실 침대에 눕히고, 어머니께 기도하였다. '당신의 증손자가 아픕니다. 열을 내리고 낫게 하여 주십시오.' 돌아보니 아내가 둘째 손자를 업고 뒤에 서있었다.

아동 병원의 단골이 되었다. 아동 병원은 일반 병원의 모습과는 다르다. 노란반, 빨간반, 파란반 등으로 유치원의 교실 이름으로 각 진료실이 구성되어있다. 어린이들이 편안하게 뒹굴 수 있도록 의자도 배치되어있고, 아이들이 좋아하는 만화 텔레비전 프로그램을 내내 방영하여준다. 간호사 선생님들의 호주머니에는 늘 사탕이 있다. 진료를 받거나 주사를 맞고 나면 사탕이 주어지니 아이들은 사탕 욕심으로 아픔을 참아내는 것 같다. 대부분은 엄마가 아이들을 데리고 온다. 칭얼대는 자식을 손잡고, 포대기에는 또 다른 자식을 안고 있는 어머니들을 보는 것으로 우리들의 어머니의 모습을 본다. 여기서는 때로는 차가운 엄마의 모습이 될 수밖에 없는 경우도 허다하다. 진료실에서 손발을 힘으로 제압하기도 하고, 주사가 별로 아프지 않다는 등의 거짓말도 흔하게 한다. 1층의 약국에는 아이들 눈높이에 초콜릿이며, 장난감이 진열되어있으니, 할아버지께 이것저것을 사달라고 하지만 나는 그 청을 잘 들어주지 않는다. 주말에 너의 아빠가 오면 사달라고 하라고 얼버무리지만 궁색한 답변이다. 왜 안 사주는지에 대한 의문에 "할아버지는 돈이 없어."라고 하면 "월급을 받지 않았어?"라고 한다. 너의 아빠는 월급을 많이 받지만, 할아버지는 조금 받기 때문이라고 하면서 어쨌건 위기를 모면하지만, 때론 무너지기도 한다. 아동 병원에서의 하루는 이 세상 어머니들의 자식 사랑을 체험할 수 있는 성인들의 좋은 교실이다.

통영에 오자마자 큰손자는 태권도 도장에 등록하여 계속 태권도 운동을 하고 있다. 그리고 실제 태권도를 좋아하고 있다. 통영에 올 때 노란 띠였는데, 지금은 파란 띠를 하고 있다. 집에 오면 할머니와 할아버지에게 태권도를 가르치려고 안간힘을 쓰기도 하고, 동생에게 태권도 폼으로 형님의 위상을 보여주기도 한다. 거실에서 태권도 품새를 하고 가족들의 박수에 힘껏 폼을 잡는 손자는 그 자체가 아름다운 그림이 된다. 시원하게 샤워하고 발가벗은 상태에서 태권도 띠만 허리에 차고 폼을 잡으면, 어린이집 동생도 질세라 형님의 이전에 하던 노란 띠를 매고 나선다. 손자들의 기합 소리, 뜀뛰는 소리가 한바탕 지나고 나면 출출하여 간식을 먹곤 한다. 손자들의 노는 모습을 사진으로 남기고 카톡으로 가족들과 공유하는 것이 새로운 삶의 모습이 되었고, 아내는 이러한 일에 정말 최선을 다하는 것을 보면서 신은 세상에 할머니를 만들어서 평화가 오고 있다고 생각한다.

저녁 9시면 우리 가족은 모두 잠자리에 든다. 큰손자는 할머니 옆에 꼭 붙어 잔다. 혹시나 다른 방에서 자다가도 잠이 깨면 할머니에게로 온다. 손자들에게 할머니의 인기는 대단하다. 할머니를 서로 차지하기 위하여 때론 눈을 붉히기도 한다. 큰손자는 자기의 공부를 같이하자며 조르고, 작은손자는 장난감 놀이를 같이하자고 한다. 아내에게는 난감하기가 늘상의 일이 되었다. 나는 장난감 종류가 이리도 많은 줄은 몰랐다. 통영 죽림의 마트에 가면 장난감 코너가 엄청 크다는 것도 나에게는 새로운 사실이다. 가격도 만만치 않다. 10만 원짜리는 즐비하니, 그곳에 가면 호주머니가 걱정스러울 때가 많다. 그곳에 갈 일이 있을 때는, 나는 이 핑계 저 핑계로 빠진다.

손자들이 통영에 온 지 6개월 만에, 아들 내외와 가족회의를 하였다. 모두 힘들었던 6개월을 회상하면서 눈시울도 적시며, 가족 간 소통의 시간을 가졌다. 손자들에게 일과표를 만들어 주자는 것과 주 중에는 TV 시청을 차단해보자는 것 등에 의견이 일치되었다. 매일 눈만 뜨면 TV를 보는 손자들의 TV 시청을 차단하는 것이 과연 가능할지 논란이 많았다. 아들에게 손자한테 잘 설명하여 TV 코드를 뽑으라고 하였다. 그 다음 날 아들이 손자와 이야기하고는 TV 코드를 뽑았다. 큰손자는 이의가 없었다. 단지 둘째 손자가 한번 칭얼대었으나 형님이 TV 시청을 하지 않는 데 대한 적극적인 동의인지, 금방 받아들였다. 이제 우리 집은 주중 TV 시청이 아예 없어졌다. 우리 부부나 며느리 역시 TV는 보지 않는다. 손자에게 물어보았다. "너가 보고 싶어 하는 TV도 못 보게 하고 아빠가 밉지 않으냐?" 하니 손자는 대답하였다. "아니요. 다음에 커서 잘되라고 하는 것이에요." 나는 깜짝 놀랐다, 손자에게 한 방 먹은 기분이었다. 이렇게 하여 주 중에는 TV를 보지 않게 되었다. 아들 내외가 의논하여 손자의 일과표를 만들었다. 아침 6시 30분 기상부터 저녁 9시 잠자리에 들기까지 꼼꼼한 일과표를 만들어 거실 유리창에 붙였다. 손자는 이 일과표를 매우 중요하게 생각한다. 그리고 신기하게도 철저하게 지켜나가고 있다. 눈 뜨고는 일과표대로 일어났는지부터 살핀다. 아침 체조 시간에는 가족들이 모두 동참한다. 아직 어린 둘째 손자도 한쪽에서 폼을 잡고 있다. 아침 8시 유치원에 등원하는 시간도 스스로 챙기게 되었다. 밤 7시부터 9시까지의 공부 시간이 되면, 조그만 상을 거실에 놓고는 한글이며, 숫자 공부를 열심히 한다. 이런 모습은 참으로 신기하기까지 하였다. 어느 날, 손자는 불쑥 왜 자기만 일과표가 있느냐고 질문을 하였다. 할아버지도, 할머니도, 엄마도 일과표가 있어야 하지 않느냐는 것이다. 맞는 말이었다. 나는 서둘러 일과표를 만들었고, 아내까지도 독촉하여 일과표를 만들었다. 우리 부부의 일과표를 손자 일과표 옆에 붙였다. 그리고 그 일과표대로 움직이기 위하여 마음고생도 하지만, 이것이 손자에게 큰 이치를 배우는 과정이기도 하다.

손자는 할아버지와 할머니 그리고 엄마와 아빠를 대하는 것이 다르다. 가끔 며느리가 늦게 귀가하는 날에는 큰손지는 기다리는 표시를 내비치지 않는다. 일이 많아서 늦을 것이라고 스스로 판단을 하고 도리어 할머니를 설득하기도 한다. 또한, 아침에 며느리가 늦잠이라도 자서 체조 시간에 동참하지 못하였을 때도 손자는 관대하다. 그러나 할머니가 동참하지 않을 때는 불호령이 떨어진다. 이게 부모와 자식 관계인가 보다. 부모에 대한 이해가 선행되는 손자의 모습에서 30여 년 전의 나의 어머니와 나의 아들 셋의 모습을 보는 것 같다. 아내는 늘 이야기한다. 시어머니가 우리 아들 셋을 사랑과 헌신으로 키워 준 데 대한 보답이라고, 그래서 자신의 생활에 손자가 최우선이라고 한다. 나는 아내도, 며느리도, 아들도 모두가 직장인으로서 바쁜 일상을 가지고 있으며, 모두가 직장 생활에도 성공하여야 하고, 손자들도 잘 자라야 한다고 생각하고 강조하고 있다. 그러나 현실 속에는 모두가 성공하기란 쉽지 않다는 것을 알고 있다. 아침부터 저녁까지 계속되는 7살과 4살의 손자들의 일상을 보면서 나의 아버지와 어머니 그리고 이 세상의 할머니, 할아버지 그리고 이 땅의 모든 부모님의 역할과 희생으로 이 세상이 만들어지고 있다는 생각이 절실하다.

손무가 쓴 『손자병법』은 전쟁을 치르는 병법을 기술하고 있지만, 적과의 관계를 어떻게 설정할 것인가 또는 전쟁의 시작과 마무리를 어떻게 할 것인가를 설명하고 있다. 전쟁의 여러 가지 양상을 구별하여, 그 상황에 대응한 전술을 시행하라는 것이 있다. 또한, 실제 싸우지 않고 이기는 전쟁이 훌륭한 병법임을 말하고 있다. 이는 손자를 훈육하고 교육할 때 혼내거나 나무라지 않고 교육하여 성공하는 것이 가장 좋은 교육임을 생각하게 한다. 특히 말 못하는 손자의 경우가 더욱 그러하다. 또한, 『손자병법』에는 전쟁의 주도권을 중시하고 있다. 이는 손자를 가르치고 보육하는 주도권은 부모가 확실하게 가져야 한다. 그래야 이성을 겸비하여 나가는 가정교육에 성공할 것으로 여겨진다.

『손자병법』을 다시 보면서 우리 손자들과 관계에서도 『손자병법』의 지혜를 가지고 전쟁이 아닌 교육과 보육에서도 성공하여야겠는데, 부족하기 그지없는 나는 할배이다.

12

환갑잔치

1954년생이니 올해가 환갑이다. 할아버지와 아버지의 환갑 때의 모습을 떠올려보면 참 연세가 많아보였던 기억이다. 그런데 난 그러하지 않는 것 같은 것이, 착각인지 아님 사실인지 하는 의문이 든다. 도포를 입으시고 하얀 수염의 할아버지 앞에 큰상 차려놓고 절도 하고, 시조창도 하고, 노래도 하는 동네잔치를 하였다. 그런데 나는 전혀 그렇게 할 수 있는 처지가 아니다. 또한, 주변에 누구도 그러한 환갑잔치를 하는 사람이 없으니, 조용히 지나가는 것이 맞는 듯도 하였다.

그러나 그냥 지나가기에는 조금 아쉬움도 있었다. 나이가 60살+1살이라는 의미를 새기면서 주변을 돌아볼 수도 있을 것 같았다. 큰아들 내외도 그냥 지날 수 없다고 야단이고 하여 못 이기는 척하면서 나의 형제들과 조카들을 통영으로 초청하였다. 통영 바다에 요트를 띄웠다. 한 배를 타고 떠나는 자체가 즐거움이었다. 하얀 뱃전에서 케이크와 와인으로 멋진 생일잔치를 하였다. 와인 잔을 들고 갑판에 서서 삼삼오오 이야기도 나누고, 어색한 폼을 잡기도 하고, 『타이타닉』의 포즈도 취하였다. 가족 그리고 형제들과 함께한 환갑잔치는 소주잔 부딪치는 소리와 함께 새벽까지 달려갔다.

사회 초년 시절의 기업체 생활을 빼면 평생을 교직에 몸담았다. 그러다 보니 제자들과의 인연이 많이 생기게 되었다. 1980년 12월 결혼, 직장 생활, 대학원 생활, 대학교수 생활들이 엊그제 같은데 벌써 세월이 이만큼 흘렀다. 곰곰이 생각하여보니 나는 운이 좋았고, 좋은 인연들 덕분에 내 능력 이상의 대우를 받으면서 살아왔다. 특히 훌륭한 제자들을 많이 만나는 행운을 가졌다. 돌이켜 생각하여보면 선생으로서 부족함이 늘 뇌리를 떠나지 않고 있다.

그간 나와 인연 맺었던 제자들에게 환갑 턱을 내야겠다고 생각하였다. 서울, 대전, 창원, 부산, 통영, 거제 등지에 박사학위자 30여 명을 위시한 제자들이 많이 있다. 그간 통영까지 와서 나눈 시간이 대부분이었다. 이제 내가 가서 현지에서 식

사 초대를 하는 것도 좋을 것 같았다. 지역을 돌면서 식사 초
대를 하였다. 왜들 식사하러 오는지 궁금해할 것 같아 '사제 교
류회'라고 그럴싸한 이름도 하나 지었다. 첫 번째 모임은 중국
관 만찬이었다. 그리고 호텔 야외 마당에서 생맥주를 앞에 두
고 깊어가는 여름밤 공기도 같이 마셨다. 가로등 불 밑에서의
제자들과 함께 하는 밤, 밤공기를 안주 삼아 나누는 생맥주
500cc 한 잔은 힐링의 시간으로 충분하였다. 조그마한 것이지
만 나의 마음을 담은 선물을 하나씩 돌리고 늦은 밤 귀갓길에
올랐다. 오늘 만난 제자 그리고 못 만난 제자들의 얼굴이 하
나씩 나타났다 사라지곤 하였다. 나이 든 제자들의 아픔을 들
을 수도 있었다. 나이가 들어가면서 조금씩 아픈 사람이 도리
어 몸을 잘 관리하여 장수한다고 일러주었다. 나는 100살까지
살 것이고, '백세클럽'을 만들어 100살까지 못 산 사람들에게
는 벌금을 물리자고 하니, 한바탕 웃음꽃을 피우기도 하였다.

호텔 스카이라운지에서는 잔잔한 클래식 음악이 흐르고, 발
아래에는 대전 유성 도시가 한눈에 들어왔다. 동문수학한 여
러 분들이 서로 도우면서 살아가면 좋겠다고 하며 동료의 부족
함을 묻어주고 격려하는 모습 그리고 성공을 공유할 때의 행
복함을 당부하였다. 경부고속도로의 새벽을 가르면서 통영으로
온 생각을 하여보니, 지금도 행복함이 있다. 졸업 후 10년 만
에 만난 제자도 있었다. 모두가 잘 지내고 재미있는 직장 생활

을 한다고 하니 마음 한 켠으로 고마움이 컸다. 해맑은 모습으로 소주와 맥주를 섞은 일명, 소맥을 만들어 같이 러브샷을 하자고 한다. 자주 만나고 서로 안부를 묻는 행복을 갖자고 다짐도 하였다. 성공한 제자들도 많이 있다. 그러나 어려움이 많은 제자가 가슴에 더 많이 남는다. 제자들의 자식 걱정도 같이하였다. 대학생이 농땡이 치는 데 대한 걱정부터 자식 결혼에 대한 걱정도 같이하였다. 조기 유학을 보내면 어떻겠냐는 고민도 한참을 하였다. 교수가 된 제자도 나를 붙들고 대학교수로서의 어려움을 토로하고 같이 고민도 하였다. 사실 내가 무슨 도움이 되겠는가? 그래도 나에게 하소연하여주는 그 제자가 고마울 뿐이었다. 나의 환갑잔치는 2014년 8월 말에야 모두 마칠 수 있었다.

그간 제자들에게 선생으로 대우받은 데 대한 보답으로서는 약하지만 그래도 나의 마음을 전할 수 있는 자리는 되었다. 60살+1살이라는 용어를 많이 사용하였다. 환갑의 의미가 또는그러한 것이 아닌가? 이제 이 세상에 새롭게 태어난 사람으로서 모습도 새롭게 하고 제자들에게 꿈도 심어주고 나의 부족함을 메울 방도도 찾아보아야겠다. 환갑 해에 많은 제자를 만날 수 있었다. 둘째 손자도 태어났다. '할배'로서의 위치를 공고히 하기도 하였다. 이래저래 나에게는 행운이 겹친 해이다. 순회 환갑잔치를 통하여 사랑하고, 보고 싶은 많은 사람을 만나고 즐거운 이야기꽃도 피웠다. 그러나 혹시 그분들의 중요한 일상의 시간을 빼앗은 것은 아닌지, 또는 노인의 잔소리를 자정 너머까지 듣게 한 고통을 준 것은 아닌지 하는 걱정이 번뜩 머리에 스친다.

지난 추석

아내는 무척 바쁜 일주일을 보냈다. 자식들과 같이 보낼 추석 쇼핑을 위하여 한 번만 가자던 쇼핑몰에 4번이나 더 갔다. 1년 간 연수차 독일에 사는 큰아들 부부의 초청으로 그곳에서 올 추석을 보내기로 하였다. 둘째 부부는 서울에서, 셋째 아이는 폴란드에서 각각 독일로 오고, 우리 부부도 태국에서 독일로 가서 추석 명절 연휴 일주일을 자식들과의 시간으로 보내기로 하였다. 아내는 쌀, 현미, 찹쌀, 콩 등의 곡물을 비롯하여 젓갈 과 고춧가루도 준비하였다. 가벼운 배낭 하나 메고 독일로 간 다는 내 생각과는 영 거리가 멀었다. 타이항공의 수하물 일 인 당 한도 30kg을 꽉 채워 60kg의 수하물과 기내 수하물도 각 각 7kg으로, 이삿짐 같은 추석 나들이를 시작하였다.

수바르품 국제공항에서 출발한 비행기는 11시간의 비행 끝에 프랑크푸르트 국제공항에 도착하여 셋째 아들과 만났다. 중학교를 졸업한 후 미국 유학길에 올라서 현재에 이르고 있으니, 19년간을 해외에서 지내고 있는 막내아들이다. 아내는 막내에 대하여 걱정이 많다. 식사는 제대로 하였는지, 어디 아픈 데는 없는지, 미혼 자식에 대한 엄마의 마음이려니 하는 생각을 하지만, 교수 생활하는 30대의 성인 아들에게 과한 걱정 같기도 하다. 하지만 그것이 엄마 아니겠는가 하는 생각이 들기도 한다. 프랑크푸르트 공항에서 1시간을 달려서 하이델베르크대학교 게스트 하우스에 도착하였다. 대학 캠퍼스 내에 있는 5층짜리 게스트 하우스의 꼭대기 층이 아들네의 집이다. 복층 아파트의 위쪽이 침실이었다. 이미 잠들어있는 손자들의 얼굴을 대하고는 추석 연휴 첫 밤을 지냈다. 아침에는 9살과 6살 손자들과의 반가운 만남으로 아내의 눈가에는 눈물이 어렸다. 손자들의 등교도 도울 겸 하여 학교에 동행하였다. 가을바람이 코끝을 스치는 캠퍼스의 골목을 지나서 유유하게 흐르는 네카어 강을 지났다. 손자들의 학교에서 선생님도 만나고 교실도 보았다. 둘째 손자는 집에서나 학교 가는 트램에서도 나에게 딱 붙어 앉거나 손잡고 걸었다. 손자들이 서로 할아버지를 차지하려고 다투는 모습이 이번 추석의 큰 선물이었다.

둘째 아들 부부도 도착하고 보니 세 명의 아들과 두 명의 며느리 그리고 두 명의 손자가 모두 모여, 아홉 명의 가족 구성원이 함께하는 추석 명절이 되었다. 자식들과 어울려 도심을 걷기도 하고, 간단한 쇼핑도 하였다. 맥주와 스테이크를 즐기면서 호탕한 웃음의 시간이 늦은 시간까지 이어졌다. 선비 모습의 나의 할아버지 그리고 손자 사랑이 극치에 달하였던 할머니와의 생활 이야기로 회상의 시간을 보냈다. 말 없는 중에도 큰 가르침으로 또는 생활 속에 인내를 가르쳐주신 나의 아버지 그리고 신사임당을 떠올리게 하는 어머니에 대한 그리움도 자식들과 공유하였다. 특히 둘째 며느리는 우리 가족이 된 지 1년 반밖에 되지 않았으니, 처음으로 우리 집의 역사를 알게 되는 시간이다. 나의 중학교 시절의 자취 생활 그리고 산에서 땔감하고 우물에서 물 길어 밥 짓던 그 시절의 기억도 풀어내었다. 육군 훈련병으로 입대하여 병장으로 제대한 시간 속의 에피소드는 며느리들에게는 조금은 뜻밖의 선물 보따리로 보였다. 논산 훈련소의 혹독한 훈련의 시간 그러나 그 속에서 나눴던 우정과 선후배의 진한 전우애, 그리고 강원도 최전방 생활에서의 잔잔한 고난 극복들이 무용담처럼 때로는 우스꽝스러운 이야기로 들리기도 하였을 것이다. 아빠의 시간을 자식들에게 남겨주는, 어쩌면 소중한 시간이었다.

이에 질세라, 아이들은 초등학교 시절의 애환에 관한 이야기로 시작하여, 아빠 때문에 매일 새벽 산 정상을 향하여 뛰었던 시간, 신문 배달, 가족회의 그리고 학업 등에 대한 힘들었던 순간에 대하여 추억담으로, 아빠에 대하여 당시의 어려움을 토로하기도 하였다. 특히 부모의 직장 생활 속에서 이어지는 초등학교 1학년, 3학년 그리고 5학년으로서의 고충을 들으며 며느리들도 남편들이 참 고생하였구나 하는 눈치가 역력하였다. 중학교, 고등학교 그리고 대학에 이르기까지 그 기나긴 시간에 대한 아들 셋의 고충을 적나라하게 들을 기회이기도 하고, 오늘의 시간은 그러한 수많은 고통을 이겨낸 결과라는 아들들의 자평도 들을 수 있었으나 돌이켜보면 미안한 구석이 많이 나타남을 부인할 수 없었다. 엄한 아빠의 모습에서 어린아이 때부터 힘들고 어려웠던 자식들의 수고와 노력에 고맙기도 하였다. 나는 의자에서 조용히 일어났다. "너희들에게 어린 시절 너무 고생시킨 데 대하여 미안하다." 하고는 고개를 숙여 인사를 하였다. 모두 어리둥절하였다. 그러나 언제인가는 한번 하고 싶은 이야기였고, 오늘이 그 순간이 되었다. 우리는 다시 "위하여!"를 외치며 와인 잔을 부딪쳤다. 때론 웃고, 때론 어리둥절하고, 때론 숙연하기도 한 아빠의 시간과 자식의 시간에 대한 타임캡슐을 열어놓은 추석날 밤이 깊어가는 줄을 몰랐다. 구도심 끝에 있는 하이델베르크 성에 올라서 시원한 가을바람을 마시며, 부디 자식들에게 건강하고 멋진 삶이 그들 앞에 펼쳐지길 기도하였다.

추석 뒷날이 큰아들의 생일이었다. 조각 케이크와 음료를 마련하여 촛불을 켜고 생일을 축하하였다. 온 가족이 박수치면서 생일 축하 노래를 부르고 덕담도 주고받으며, 독일에서 조그마한 잔치를 같이하였다. 아들과의 송별의 포옹 그리고 눈물이 고인 큰며느리를 뒤로하고 하이델베르크를 떠나서 프랑크푸르트로 이동하였다. 유럽연합의 중심으로 유로(EURO) 발행을 총괄하는 유럽 중앙은행 앞에 다다랐다. 유럽연합의 경제 중심지이다. 유럽 공동체의 실현이 이곳에서 이루어진 것이다. 유럽 28개 국가가 통일된 의회, 재정 그리고 화폐 통일을 이루었고, 국경 통행에도 동일 국가 형식을 갖는 모습이 이곳에서는 이미 일상이 되어있다. 분단국가인 조국을 생각하면 부러운 모습들이 곳곳에 있다.

아직은 신혼의 단꿈 속에 지내고 있는 둘째 부부와 세계를 즐기는 셋째 아들과의 프랑크푸르트의 마임 강 크루즈는 여유와 휴식을 겸하는 순간이었다. 한쪽은 공장 지대로, 다른 한쪽은 여유로운 도시 정원을 가로지르는 크루즈에서 자식들과의 지난 이야기며, 앞으로의 이야기를 배의 속도처럼 천천히 나누는 시간을 가졌다. 머리 위 하늘을 가로지르는 비행기의 저 구름 궤적처럼 멋진 삶의 미래가 진행되길 기원하기도 하였다. 막내는 자기 걱정을 절대 하지 말라고 한다. 도리어 부모님은 이제 편안하게 삶을 즐기라고 당부를 거듭하였다. 자식이 커가면서 가정을 꾸리고 가족이 늘어나고, 또한 새로운 가정을 꾸려 나가는 순간들이다. 나의 부모님과 나의 역사를 들려주는 시간이 얼마나 남았을까?

자식들의 힘들었던 시간들 그리고 어려운 학업의 순간들이 다시 내 앞에 나열되면서 나는 자리에서 일어나 '그간 고생시켜서 미안하다.'라고 말하려고 하는데, "쿵!" 하면서 태국 수바르폼 국제공항에 착륙하는 비행기 소리에 잠을 깼다.

제6부

회 상

⋮

나의 등에서 편안한 잠을 청하기도 하던
선후가 오늘은 무척이나 그리워진다.

성장 일기

아랫동네와 윗동네가 세상의 끝이었다.
엄마는 나를 데리고 가면 될 오일장을 홀로 남겨 두고 가셨다.
해거름이 오면 감나무 꼭대기 가지에 올라 엄마를 기다린다.
엄마는 감나무에 올라간 사실을 어찌나 잘 아는지 신기하기도 하였다.

초등학교 입학식 날 누나의 손목을 잡고 노량(露梁)으로 나아갔다.
신작로를 굽이굽이 돌아서 동무들과 같이 걸어가는 것이 참 좋았다.
처음 보는 넓은 운동장이 턱 하고 펼쳐진 것이 신기하였다.
파란 바다도 눈을 부시게 하였고, 집과는 사뭇 다른 교실의자에 앉
았다.

윗동네를 지나, 열두 모퉁이를 돌아서 공동묘지를 지나간 곳이 양보
(良甫)였다.
3년 후를 생각한 어머니는 커다란 교복을 만들어 주셨다.
조금은 어색한 중학생 모자를 쓴 포즈로 누나와의 사진촬영이 신기
하기만 하였다.
엄마가 하던 밥 짓기와 빨래하기도 하고 땔감도 매일 하였다.

부———웅 뱃고동으로 떠나는 갑성호 갑판에서 바라보는 고향 땅, 나
는 그곳을 떠나 하늘을 나는 새가 되었다. 남해, 삼천포, 충무, 성포
를 거치고, 낙동강 하류에서는 삼등실 바닥에 바짝 엎드려 멀미를 참
을 수 있었다. 박카스나 오징어 사라는 외침을 들으면서 어떤 맛인지,
왜 저것을 파는 것일까 하는 의문 속에 해답은 없었다.

새벽에 부산진역에서 받은 신문을 들고 좌천동(佐川洞)에서 범일동(凡一洞)의 산꼭대기까지를 달음질하면서 "신문이요!"를 외치고 나면 아침 햇살이 이마의 땀과 마주쳐 빛이 된다. 터질 것만 같은 버스에서 차장 아가씨가 "오라이!"를 외칠 때까지 밀리고 또 밀리면서 고딩의 추억이 익어 갔다. 영선동(瀛仙洞)에서 의자를 머리에 이고 청학동(靑鶴洞)까지의 기억 속의 한나절을 걸어서 이사한 고교 시절이 그립다.

유신(維新)의 정치 시절 대학생의 길을 묻는 말이 지금도 생생하다. 탱크가 정문을 지키고 데모는 일상 중에 하나처럼 느껴질 때, 21사단 육군 이등병이 되었다. 엄마를 외치면서 유격 훈련의 뛰어내리기를 하고, 동료 병사가 국립묘지에 가는 과정을 지켰다. 개구리복을 입고, 부산으로 오는 기차 창가에 기대었다. 바깥 풍경은 쉼 없이 참으로도 빠르게 흘러갔다.

아르바이트를 할 때 선생님 소리에 현혹되어 학생들 앞에 폼을 잡기도 하였다. 그러나 공학 전공은 나의 발목을 창원공단의 기업으로 인계하였다. 사원증, 사원복, 사택 생활 그리고 아내가 생겼다. 가족도 불어났다. 그 옛날 갑성호가 충무항에 닿았을 때, 충무김밥 냄새 맡기만으로도 행복하였던 그곳 충무에 인계되었다.

학생들과 함께하는 교수로서 캠퍼스에 섰다. 이제 나는 어디로 인계될까?

01

나의 세월

나는 1954년 2월 6일(음력)에 경남 하동군 금남면 송문리 신기부락 90~1번지에서 태어났다. 아버지 정기현 그리고 어머니 이맹남의 3남 1녀 중에서 막내로서 이 세상에 왔다. 고향 송문리 90~1번지는 청룡(青龍) 끝이라고 하는 별칭을 가지고 있었는데, 금오산 기슭을 따라서 푸른 용이 바다로 나가는 머리끝이 우리 집이었다. 특히 집 뒤로는 푸른 숲 동산이 형성되어 지금 보니 영락없는 청룡 끝이다. 매일 황소에게 신선한 풀을 먹이기 위하여 뒷산으로 갔는데, 산 위에서 보면 동네 앞으로는 신작로가 있고, 그 너머 남해안의 다도해가 평화롭게 자리 잡고 있었다. 서른다섯 가호(家戶) 정도의 조그마한 부락이 우리 동네이며, '신기부락' 또한 한자 훈으로 '새터'라고 하였다. 우리 동네 위로는 대송리 대송 부락이고, 아래로는 송문 부락이다. 특히 대송리에는 금정사라는 절이 있는데, 이 절이 할머님 때부터 지금까지 우리가 찾아가는 절이다. 어머님의 손을 잡고 이 절을 다닌 기억들이 참 많이 난다.

어머니는 전주 이씨 양반집에서 시집오셨다고 들었다. 항상 단아하고 말씀이 적었다. 그리고 기억력이 정말 좋아서 동네 사람들의 생일과 제사 날짜 등을 모두 알고 있었다. 6·25 전쟁 이후 할아버지와 할머니, 우리 형제 3남 1녀 그리고 전쟁 중에 행방불명된 숙부 집의 사촌 형제들 네 분이 같이 살았다. 또한, 시집간 고모 댁의 두 명의 고종사촌도 함께 살았다고 한다. 지금 손꼽아보니 14명의 가족을 거느린 대가족이었다. 그러나 나는 사촌 형제까지를 모두 합하여도 제일 막내였으므로 특히 할머니의 사랑을 독차지하였다. 혹시 누나하고 싸움이라도 하면 항상 혼나는 쪽은 누나였다.

노량초등학교, 양보중학교, 부산남고등학교를 졸업하고 동아대학교에서 기계공학을 전공하여 학부를 졸업하고, 공학 석사와 1987년 8월에 공학박사 학위를 받았다. 돌이켜보면 마치 어제 일 같은데 많은 세월이 흘렀다. 나는 1980년 12월 13일 아내 차윤선과 결혼하였다. 당시 나는 대학교 4학년이고, 아내는 고등학교 음악 선생님이었다. 결혼하여 평생을 살면서 아내는 40년간의 교직 생활을 마무리하고, 2017년 8월 31일 통영의 충무중학교 교장으로 정년퇴직하였다. 그간의 수고와 고마움에 대하여 가족들이 2017년 8월 25일 정년퇴임 축하 만찬을 베풀었다. 큰며느리가 오프닝 인사를 하고, 둘째 며느리가 사회를 보았다. 막내는 폴란드에서 보낸 영상 편지를 당일 공개하는 등 즐거운 만찬의 시간을 같이하였다. 이제 나의 세 아들 홍범, 홍규, 홍훈이가 성장하여 큰아이는 2009년 2월 2일에 결혼을 하여 착한 며느리, 백지예가 우리의 복덩이 가족이 되었고, 2010년 10월 10일 사랑을 듬뿍 안고 이 세상에 온 나의 손자 나후 그리고 2014년 5월 21일 둘째 손자 선후가 우리에게 왔다. 큰며느리가 서울중앙지방법원에서 자원(自願)하여 창원지방법원 통영지원의 판사로서 전근하여 재직하고 있다. 둘째 아들 정홍규는 삼사관학교 교수 요원으로 갈 수 있는 기회를 마다하고 육군 이등병으로 강원도 원통에 배치받아서 2011년 3월 병장으로 제대하였다. 군 생활 동안의 체력왕상, 국방부 장관상, 훈련병 우수상 등의 많은 수상을 하였고, 이것이 훗날 둘째 아들이 살아가는 데 중요한 스펙이 되는 것을 보았다. 2017년 2월 4일 이해림 변호사를 아내로 맞이하여 부부 변호사가 되었다. 막내는 미국에서 고등학교를 마치고 듀크대학교에서 학사 그리고 프린스턴대학교에서 석사와 박사 학위를 받았다. 지금은 폴란드 바르샤바대학교에서 조교수로 근무하고 있다.

나는 3남 1녀의 막내로 태어나, 이만큼 공부도 하고 이렇게 글을 쓸 수 있게 된 데 대하여 저승 계시는 부모님께 진심으로 감사드린다. 무어라 해도 형제간 중에서 가장 많이 공부하였고, 우리 친지 또는 고향을 둘러보아도 나만큼 공부한 사람은 흔치 않다. 그러한 내가 지난날에 대하여 부족하였던 점을 이야기한다는 것은 당치도 않은 일이라는 것을 알고 있다. 지나간 세월 속에 나를 키워주고 인연 맺은 분들에게 감사의 말씀을 드린다.

02

희미한 유년

나의 고향은 참으로 아름다운 지역이다. 특히 내가 태어난 곳은 지금도 동네 입구에서 올려다보면 평화롭기 그지없다. 내가 태어난 때가 1954년이니, 6·25전쟁이 끝난 4년 후였다. 아버님은 전쟁 통에 두 동생이 행방불명된 것 때문에 마음고생이 참 많았다고 한다. 할머님께서 동생을 찾아오라고 하여 진주 남강변의 시체들 속을 헤맨 이야기부터 이데올로기가 혼란스러웠던 그 당시의 이야기들은 조금씩 들었으나 어슴푸레하다. 젖먹이 시절 나는 부모님과 함께 부산 아미동으로 이사를 했다. 그곳에서 아버님은 목수 일을 하면서 새로운 삶을 꿈꾸셨다고 한다. 부산시 금정동의 부산대학교와 왕자극장의 건축 현장에서도 일하셨다고 하였다. 그때의 기억으로는 아미동 우리 집 마당에는 개나리꽃이 아름답게 피었고, 조그만 마루를 이리저리 뛰어다닌 기억이 난다. 그곳에서 찍은 두 장의 사진이 나의 유년 시절을 이야기하여준다. 부모님은 할아버님과 할머님을 모시기 위하여 다시 고향으로 돌아오셨고, 나는 고향에서 노량초등학교에 입학하였다. 누님이 고학년이라 누님 덕을 많이 보았다. 우리 반의 청소를 누님 친구들이 와서 해주기도 하였다. 그 누님 친구들을 요즘도 만나지만 누가 그때 도와준 누님인지는 모른다. 2학년 때 동네 뒤에 책 빌리러 가다 먼당(지명 이름)이라는 곳에서 넘어져 이마를 다쳤다. 그리고는 3학년 때 다시 동네 앞의 신작로 개설 공사 돌무덤에 넘어져 또 같은 곳을 다쳤다. 상처 부분을 된장으로 감싸 맨 덕분에 이마에는 V자의 흉터가 생기게 되어 선명하게 자리를 잡았다. 나는 이 흉터가 승리를 가져다주는 징표로 생각하여왔고, 지금도 자랑스러운 훈장처럼 생각한다.

우리 집의 풍경은 바쁜 농촌의 한 가정이었다. 매일 아버지는 새벽에 일어나 집 도랑을 한 바퀴 돌고는, 시락국에 찬밥 한술을 말아 드시고는 아침 농사일을 하였다. 내가 아침에 눈을 뜰 때, 아버지는 이미 아침 일을 한 번 하시고, 풀 한 지게는 지시고 집으로 들어오시곤 하였다. 소, 돼지, 닭, 개, 고양이가 항상 우리 집에 있었다. 소는 농사일하는 데 중요한 역할을 하기 때문에 상당히 대우를 받았다. 나는 주로 소 키우는 일을 담당하였다. 봄부터 가을까지는 매일 학교를 마치고 나면 소를 몰고 산에 가서 해 질 무렵까지 소에게 풀을 먹이고 왔다. 동네 아이들과 함께 소를 산에 풀어놓고 산등성이에 있는 넓은 풀밭에서 풀로 만든 공을 이용한 손 야구며, 축구를 즐겼다. 해 질 무렵 소가 보이지 않아서 울며불며 깜깜한 밤에 산속에서 헤매던 일, 우리 집 소의 배가 불러있어야 하는데 그렇지 못하면 혼날 것이 두려워 억지로 물을 먹이기도 하였다. 겨울에는 소죽이라고 하며, 볏짚과 콩깍지 그리고 왕겨 등을 큰 가마솥에 넣고 물을 부어 끓여 소의 먹이로 하였다. 이 소죽을 끓이는 것도 나의 몫이었다. 소죽 끓이는 부엌 아궁이에서 고구마를 구워 먹기도 하고, 소죽을 퍼내고 난 후 그 가마솥에 물을 부어 손과 발을 씻는 온수로 사용하기도 하였다.

누님은 초등학교를 졸업하고 부산으로 중학교에 가고, 형님 두 분도 부산에서 고등학교와 대학교를 각각 다니고 있었다. 나에게는 부산이 항상 동경의 대상이었다. 방학이면 형님과 누님 그리고 사촌들을 만나게 되는데, 형님들과 누님의 하얀 얼굴이 참 부러웠다. 특히 사촌들은 귀하기로 소문난 만화책을 가져와서 주고 간 적이 있었는데, 그 만화를 몇 번을 보았는지 외우게 되었다. 땅속 굴을 파서 이웃으로 가서 놀고 하는 이야기들인데, 지금도 그 만화 내용이 조금씩 생각난다. 초등학교는 지금도 신노량에 있는데, 그곳은 우리 고향에서는 번화한

도시이다. 그곳에 사는 아이들은 우리와 전혀 다른 세상의 사람들이었다. 신노량 선창 부두에서 아이들이 먹는 어묵을 보면서 그것이 무엇인가 궁금해한 시절도 있었고, 담임선생님으로부터 과외라는 것을 받는 아이들 그리고 소풍 때 과자를 가지고 오는 아이들이 있었다. 참으로 신기하게만 느낀 일들이었다.

미국 원조인 옥수숫가루로 만든 죽을 점심 급식으로 제공하였다. 나는 옥수수 죽 먹는 대상이 아니었다. 우리 반의 많은 학생이 옥수수 죽으로 점심을 대신하였으니, 지금 생각하면 나에게 점심 도시락이 있었다는 것은 그래도 살만한 집안이었다는 증거이기도 하다. 소풍 때 6원을 할머님으로부터 받아 간 기억도 난다. 그 돈으로 소풍지인 산 능선까지 따라온 지게꾼의 임시 가게에서 비닐봉지에 넣어주는 물감들인 단물을 사다가 할머님과 할아버님께 사다 드린 기억이 난다. 매일 밥이 든 도시락을 가져갈 수 있었고, 고구마로 점심이나 저녁밥을 대신하지 않을 만큼 우리 집은 잘살았다. 보리 흉년이 들어 상한 보리도 귀하였을 때가 있었으니 쌀밥은 오죽하였겠는가? 우리가 그만큼 살고 우리 형제간이 학교에 다닌 것도 알고 보면 아버님과 어머님의 엄청난 노력 결과였는데, 그 당시에는 그 행복을 몰랐다. 상한 보리밥이 먹기 싫어 조금만 먹고 참고 있으면 할머니께서 쌀밥을 남겨주신 기억이 나는데, 나는 실제로 남는 밥인 줄만 알고 있었다. 몰래 혼내는 어머니를 할머니께 고자 질한 적도 있었으니, 지금 생각하면 입가에 웃음이 나온다. 나도 농사일에는 소질이 없었다. 그때 돼지 먹일 풀을 베면서 다친 흉터가 지금도 손가락에 커다랗게 남아있으니, 낫질 솜씨가 없었던 것 같다. 누님 손을 잡고 고향보다 더 산촌인 양보중학교로 진학하였다.

03

삶의 소중한 자산

초등학교를 졸업하고 다들 진주, 부산, 서울 등지로 유학을 떠나는데, 나는 고향보다도 더 산골 농촌인 양보중학교로 진학하게 되었다. 초등학교 졸업 및 중학교 진학 기념으로 아버지께서 조그마한 지게를 하나 만들어주셨다. 그 지게에 일주일 분의 식량인 쌀 두 되, 된장, 간장 그리고 질그릇에 담은 김치 한 단지를 지고는 한나절을 걸어서 양보로 갔다. 대도시로 가면 아이를 버린다는 아버지의 말씀을 믿고 나는 양보중학교로 진학하여 자취 생활을 시작하였다. 처음에는 부모님으로부터의 자유를 받은 즐거운 마음으로 떠났으나 일주일 자취를 하고 집에 왔다가 다시 나서는데 눈물이 갑자기 앞을 가렸다. 아무도 모르게 하려고 뛰어서 집을 나왔다. 지금 보아도 참 먼 길이다.

점심을 먹고 출발하면 밤이 되어야 자취방에 도착할 수 있는 거리였다. 중학교 3년간 중에서 약 6개월간은 자취방이 없어서 하숙하였고, 그 외에는 모두 자취를 하였다. 많은 학생이 중학교가 최종 학력이었고, 집안 농사일이 공부보다 우선이기 때문에 농사철에는 결석하는 학생이 많았다. 그러나 나는 학기 중에는 부모 슬하를 벗어나있으니 어찌보면 행운아였다. 땔감 준비에 어려움이 많았다. 모든 산은 주인들이 지켰다. 남의 산에서 함부로 나무를 할 수 없었고, 나무가 없으면 밥도 제대로 해 먹을 수 없었다. 소위 눈에 보이는 것은 땔감밖에 없다는 이야기를 하곤 하였다. 한 끼에 한 홉의 쌀로 밥을 지으면 1주일에 쌀 두 되를 사용하게 된다. 그러나 참고서를 사기 위하여 한 홉의 80% 정도의 깡통 그릇을 만들어 사용하여, 남은 쌀을 팔아서 자습서며 참고서를 사보기도 하였다. 점심 도시락을 준비하였다가 한 숟가락만 먹는다는 것이 모두 다 먹어버리고 마는 등, 당시는 항상 배가 고팠다. 어머니께서는 성적이 떨어지면 걱정의 말씀을 하기도 하였으나 아버지는 중학교 마치고 농사일을 하면 잘살 수 있다며 교과서 공부만 잘하라고 하였다. 중학교 자취하는 동네인 양보면 운암마을의 하나 있는 우물에서 두레박으로 물을 길어서 집으로 이동시켜야 하였다. 두레박질하는 게 참 어려웠다. 나의 키보다 높은 우물 외곽 때문에 우물 밑의 물길을 볼 수가 없었다. 또한, 양손에 물통을 들고 30분 정도 계단을 오르는 일이란 쉬운 것이 아니었으나 거의 매일 반복하여야 했다. 땔감 나무를 구하는 것은 생활에서 필수 요소이다. 야심한 밤에 남의 산에 가서 땔감을 구하여 오곤 하였다. 마음씨 착한 이모가 동기였다. 그 이모 집에는 할머님이 계셨는데, 그 집에 자주 갔다. 맛있는 음식도 먹고, 간혹 빨래도 해주었다. 두고두고 고마운 분들이었다.

나는 밀가루 음식을 싫어하였다. 대부분 가정집에는 방앗간에서 만든 밀가루를 저장하여서 사용하였으며, 국수를 만들어 여름철의 바쁜 농번기에 먹기도 하였으나 조금은 상한 것인지 냄새가 영 좋지 못하였다. 그런저런 이유로 밀가루 음식을 잘 먹지 않았다. 중학교 3학년 때 잠시 하숙을 하게 되었는데 저녁 식사로 밀가루를 얇게 밀어 만든 수제비를 주었는데, 억지로 먹은 것이 탈이 났는지, 식중독에 걸리게 되었고 급기야 의식을 잃었다. 연락받은 어머님께서 밤을 새우며 걸어서 새벽녘에 하숙집에 당도하였으나 오전쯤에 정신을 차릴 수 있었다. 어머님 등에 업혀 집으로 돌아왔다. 동네 한약방에서의 진찰 결과 맹장염이라고 하여 웅담(곰 쓸개)을 먹고 나은 기억이 난다. 그럭저럭하다 보니 근 3개월 학교를 결석하였다.

중학교 때의 자취는 훗날 삶의 소중한 자산이 되었다. 그때는 밤에 주로 공부를 하였다. 창살이 바람에 춤을 추는 추운 겨울밤에도 새벽을 기다리며 공부를 하였다. 방안에 둔 먹는 물이 얼어서 새벽에는 마실 수가 없었다. 땔감이 없어서 남의 집 울타리를 훔치다가 들켜 잡혀간 집이 하필이면 좋아하던 여자 음악 선생님 자취 집 주인댁이었다. 마당에 꿇어앉아 손들고 밤새 벌 받은 기억도 난다. 같은 반의 친한 친구의 어머님이 돌아가시고 참으로 슬피 우는 친구의 많은 형제를 보았다. 특히 너무 어린 동생들의 모습이 나를 슬프게 하였다. 그 친구의 누님이 계셨는데 그분이 나를 자기 동생처럼 대하여주었다. 당시에는 참으로 귀한 라면을 끓여주시기도 하였는데, 양을 불리려고 국수를 넣어서 끓여 먹은 기억이 난다. 천사 같은 친구의 누님에게 감사의 마음을 깊이 간직하고 있다. 부산의 경남고등학교에 응시하였다. 커트라인이 6개(틀린 개 수)인 것으로 기억나는데 낙방하였다. 아버지는 그렇게 고등학교가 가고 싶으면 상업계 고등학교로 가면 어떠하냐고 하였다. 그때 아버지 앞에서 약속하였다. 인문계로 가고 싶고, 고등학교까지만 시켜달라고 하였다.

아버지는 아무런 말씀을 하시질 않으셨다. 지금 생각하여보니 집안의 경제 사정의 어려움이 가장 컸을 것이나 어린 자식에게 그러한 말씀을 차마 하시지 못하였을 것이다. 불효한 자신의 모습이다.

04

유 학

큰형님 덕분에 부산남고등학교에 원서를 접수하게 되었고, 진학하였다. 부산 지리도 모르고, 어떠한 학교들이 있는지도 모르는 완전한 촌놈이었다. 막내 고모님이 입학시험 날 학교까지 안내하고 도와주었다. 그 추운 날 고모님의 따뜻한 격려를 받았다. 한없는 고마움을 가지고 있으나 세월이 흘러도 그 은혜를 갚지 못하였다. 부산에서의 첫 생활은 큰형님 집에서 기거하였다. 아미동에서 중학교 동기 동창생을 만났다. 그때 그 친구는 자전거로 막걸리 배달을 하고 있었다. 훗날 공무원이 되었고, 지금은 회사의 중견 간부이다. 그 친구의 지난 세월을 들어보니 각고의 노력에 고개를 숙이게 되었다. 옛날 아미동에서 나를 만났을 때, 나의 교복 입은 모습이 참으로 부러웠다고 회고하기도 하였다.

　고등학교 1학년 때부터 신문 배달을 하였다. 좌천동 꼭대기에 있는 아파트 부엌의 다락방과 신문 보급소의 한쪽이 나의 방이었다. 새벽 6시에 부산진역으로 달려가서 100부 정도 되는 신문을 좌천동과 신암동 산동네에 배달하고 나서 등교하였다. 덥기도 하고 힘도 들었다. 일요일에는 『주간한국』 등 주간지를 팔아서 차비를 벌 수 있었다. 주간지 파는 솜씨가 좋았다. 주로 다방에서 데이트하는 청춘 남녀에게 주간지 하나를 사달라고 하면 남자가 여자 친구의 눈치를 보며 선뜻 사주었다. 주간지 팔아서 생기는 돈이 쏠쏠하였다. 큰형님 덕분으로 학교에 다닐 수 있었다. 저승에 계시는 큰형님께 깊이 감사를 드린다. 고등학교 2학년 때부터는 큰형님 집에 머무를 수 없었다. 나를 위하여 작은형님이 영도구 청학동에 방을 얻게 되었고, 나와 같이 자취 생활을 하게 되었다. 부평동 막내 고모님 댁이 직장이었는데, 넉넉하지도 못한 작은형님이 나 때문에 청학동에 방을 얻은 것이었다. 작은형님은 부평동까지 자전거로 출퇴근하였다. 나는 밥 짓고 빨래하면서 그래도 공부할 수 있는 공간이 생긴 게 참 좋았다. 그러나 사람의 욕심은 한이 없는가 보다. 대학을 가야겠는데, 입시 문제와 등록금에 대한 해결책이 없었다. 참으로 많은 방황을 하였다. 그나마 서로 격려하며 공부할 수 있었던 것은 지금도 만나는 '애친회' 친구들이었다. 당시 그 친구들이 참으로 부러웠다. 학원에 다니는 데다 방학이면 캠핑도 갔었다. 자존심 때문에 나는 캠핑을 좋아하지 않고, 학원도 다니기 싫다고 말하곤 하였다. 그 당시 자취 집 뒤를 올라가면 산 중턱에 '전선교' 친구의 집이 있었고, 그 집에 가면 친구의 자상한 어머님이 삶은 달걀을 주기도 하고, 참으로 푸짐한 식사를 차려주시곤 하였다. 오랫동안 혼자서 청학동 집을 지키시다가 하늘나라로 가셨다. 그 친구 어머님은 이 땅의 예수님이셨다. 고생한다고 그 당시 귀한 소고깃국을 끓여 내가 먹는 그릇에 고기를 더 얹어주곤 하였다. 나에게는 참으로 소중한 친구가 바로 그 친구임에는 지금도 변함이 없으나 미국에 이민을 가서 지금은 손자를 돌보면서 지낸다고 한다. 그때 만난 인연들 때문에 나의 막내아들이 그 친구 여동생 집에서 미국 유학을 시작하게 되었다.

고등학교 3학년 봄에 많은 방황을 하였다. 진로에 대한 걱정 그리고 현실 생활에서의 어려움이 겹쳐지는 시간이었다. 아버지에게 일 원을 보내달라는 편지를 보낸 적도 있다. 지금 생각하면 불효막심한 일이었다. 그리고는 심한 방황 속에서 유서를 썼다. 그런데 그날 왜 그리도 눈물이 많이 나던지 바람도 불고 비도 내리는 밤이었다. 그런데 생명은 참으로 질긴 것이었다. 아무런 연락도 없이 학교를 결석하고 있었으니, 학교 친구들이 찾아왔다. 그때는 몸도, 마음도 아주 힘들었다. 스님이 되어야겠다는 생각으로 무작정 집을 떠났다. 범어사 입구에서 스님을 만나게 되었고, 같이 걸어가면서 배움을 주셨다. 중 되는 것이 얼마나 힘든 일인가를 가르쳐주었다. 처음 보는 스님과의 산책 그리고 천천히 말씀하시는 것을 들으며, 마음속으로 나는 울고 있었다. 열 명 중 한 명 정도가 중이 된다면서 어려울 것이라고 하였다. 결국, 나는 중이 되지 못하였으니 그 스님이 참으로 용하다는 생각이 든다. 고향으로 돌아갔다. 그래도 나의 아버지와 어머니가 나의 마지막 안식처라는 사실을 알게 되었다. 아버지는 아무런 말씀이 없었다. 지금도 생각하면 '나의 그러한 과정을 아버지는 아셨을까?' 하는 의문이 생긴다. 1년 후에 학교에 복학할 수 있었다. 3월이 아닌 5월에 복학하였다. 학교 친구들은 아파서 휴학한 것으로 지금도 알고 있다. 그러나 부모 속 썩인 벌을 받았는지 다시 맹장염을 앓게 되었다. 서면 전포동 유신병원에 입원하여 수술을 받았다.

병원 침대에 누워 그 당시에 많은 생각을 하였다. 중학교 3학년 때와 고등학교 3학년 때, 입시가 가까울 때마다 병원 신세를 지게 된 것이다.

05

대학과 군대에서의 인연

나의 청을 받은 부모님이 할머니를 모시고 부산으로 이사를 오셨다. 오랜만에 하늘 아래 슬래브 지붕 옥상에서 여름밤의 저녁을 먹었다. 아버지는 그 집의 문패에 나의 이름을 붙여주시고, 내 집이라는 이야기를 들려주시었다. 그 문패 부분을 사진 찍어 지금도 가지고 있다. 할머니가 돌아가시고 난 후에는 조금 큰 집으로 이사를 하였고, 곧 큰형님과 집을 합하게 되었다. 그때부터 입주 아르바이트를 시작하였다. 입주 아르바이트의 좋은 점은 먹는 것과 잠자는 것이 해결되고 돈도 생긴다는 장점이 있었다. 그것이 나의 최초의 가르치는 생활이었다.

천하의 농땡이였으나 의리는 대단히 컸던 학생을 만나게 되었다. 중학생이었는데 당구가 200점이었고, 파출소 순경을 때려서 말썽이 나는 그 학생을 나는 몽둥이로 때리기도 하고, 달래기도 하였다. 훗날 나와는 의리로 맺어진 형과 동생의 모습이 되었다. 그 친구는 부산에서 아들딸을 낳고 잘 살고 있다고 한다. 고등학교 3년의 세월이 4년 만에 끝났고, 이미 성적이 많이 내려가있었다. 결국, 1차에 낙방하고 취직 잘되는 전공이 무엇인가를 물어서 동아대학교 기계공학과에 입학하였다. 취미나 적성이 무엇인지를 고려하는 것은 나에게는 사치였다. 고등학교 때 아르바이트한 덕분에 대학 입학금은 무사히 처리되었다. 나의 아르바이트의 명성도 꽤 났다. 대학의 일과가 오후 5시 20분에 마쳤는데, 5시 30분부터 나에게 배우려고 학교 정문 앞에 방을 얻어놓고 공부하는 학생들이 있었다. 밤 10시경 아르바이트를 마치고 막차를 타고 집에 가면 통행금지 시간인 밤 12시를 간신히 지켰다. 대학에 입학하고 나서는 기술 고시를 하여야겠다는 생각이 들었다. 쉬는 시간과 일요일을 투자하면 어떨까 생각을 하였다. 수업 시간에도 고시 공부에 매달린 덕분에 1학년 대학 성적이 나쁘게 나와 지금도 고생이다. 아무런 정보도 없이 혼자서 기술 고시를 준비하였다. 결국, 기술 고시는 실패하고, 대신에 등록금 걱정은 없어졌다.

대학 3학년을 마치고 군대에 갔다. 이미 친구들은 군대를 제대하거나 선임이었다. 고등학교 동창생이 나의 상관으로 우리 부대에 육군소위로 부임하였다. 반가워서 엉겁결에 말을 놓았다는 이유로 그 동기 친구들로부터 몹시 두들겨 맞았다. 또한, 같이 서울로 휴가를 나왔는데, 그 장교 친구들이 "아 졸병을 데리고 다니는구나." 하는 것이었다. 그 당시에는 기분이 나빴지만, 그게 사회라는 것을 훗날 알게 되었다. 사실 이보다 더 심한 것이 즐비한데, 그 당시에는 섭섭하기도 하였다. 그 친구는 참 좋은 친구였는데, 요즘은 어디서 무엇을 하는지 궁금하다. 나의 아내는 나와 같은 대학의 입학 동기이다. 음악을 전공하였고, 입학할 때 학과 수석으로 입학하였다. 대학에 입학하여 묵향회(墨香會)라는 붓글씨를 쓰는 서클(동아리)에서 입학 동기인 아내를 만났다. 그 당시 생머리가 허리까지 치렁치렁하고 얼굴이 고왔다. 원피스 입은 모습이 나에게는 천사였으며, 특히 기계공학을 전공하는 나로서는 피아노와 바이올린을 연주하는 모습이 참 좋았다. 감히 넘볼 수 없는 아름다움을 가진 도시 아가씨였다. 중간고사 무렵, 도서관의 자리를 맡아준 것이 인연이 되어 슬쩍슬쩍 나의 속내를 비치면서 사랑을 만들어 갔다. 나의 전공학과의 동아리인 'DMS'의 MT의 파트너로 동반하여 옥치균 지도교수님에게 소개한 것이 인연으로 발전하였다. 그러나 아내의 반응은 늘 정중동이었다. 나의 애를 많이 태웠다. 그래도 군대 간다고 진주까지 배웅과 편지를 하여주어서 한결 가벼운 마음으로 입대하였다. 군대에서 여러 번 편지를 보냈는데, 한 번은 관제엽서에 답이 온 것으로 기억이 난다.

초등학교부터 결혼하기까지 여러 사람과 인연이 있었다. 사랑하기도, 우정을 나누기도 하였다. 나와의 인연을 가졌던 모든 분께 감사와 안부를 전하고 싶은 게 솔직한 심정이다. 그리고 모든 인연 맺은 분에게 고개 숙여 감사드린다.

육군 21사단 169 포병대대가 나의 군부대이다. 논산 훈련소를 거쳐 103보충대 그리고 21사단 교육대에서 후반기 교육을 받고는 강원도의 경치 좋은 169포병 대대에 배치를 받았다. 나의 주특기는 대포를 움직여서 대포를 쏘는 포반이었으며, 본부 포병대대 병기과에 배치를 받아서 업무를 보았다. 군대에서 좋은 인연들을 만났다. 내가 상등병일 때 부대장의 아들과의 학업 상의도 하고 좋은 인연을 맺었다. 부대장 아들이 중학교 2학년이었던 것으로 기억한다. 그때 나를 만나러 처음으로 왔다. 부대장의 집에서 부대까지는 자전거로 20분 정도의 거리였다. 그날 만남을 마치고 나니, 밖에 비가 오고 있었다. 그때 부대장 아들이 자전거의 안장을 닦아달라는 것이다. 그래도 나는 선생님인데 하는 생각에 욱하여 뺨을 때리고 큰소리로 야단을 쳤다. 결국, 부대장 아들은 스스로 자전거 안장을 닦고 돌아갔다. 그날 저녁 잠을 이루지 못하였다. 뒷날 부대장이 호출하여 CP로 가게 되었고, 도리어 격려를 하여주어 그 뒤로도 계속 그 학생과의 만남이 이어졌다. 인연도 꽤 깊었다. 제대할 때는 부대장 가족들의 축하를 받을 수 있었다. 참 훌륭한 분들을 만나는 계기였다. 나의 군대 선임이었던 정환모 씨와는 그 이후에 계속 인연이 있었다. 먼저 제대한 그분은 휴가 때 서울에서 나에게 휴가 중에 사용할 용돈을 건네주기도 하였고, 멀리 사우디아라비아에서 현대건설(주) 소속으로 근무할 때 나와 많은 편지를 주고받으면서 우정을 쌓았다. 그분의 신혼집인 서울 쌍문동의 반지하 단칸방에서 나와 같이 밤을 지낸 기억이 새록새록 난다. 두 딸을 둔 그분은 시금노 나의 소중한 인연으로 온 가족이 함께 자리하기도 한다. 우리 집 아이들이 서울 유학을 시작할 때 직접 방을 구하여 주기도 하였다. 참으로 나에게는 소중한 은인이다.

1979년 6월에 제대하고 본격적인 아르바이트를 하였다. 학원 강의와 개인 과외를 많이 하였다. 대학 4학년 복학하고는 권순석 교수님을 만나게 되었다. 그 당시에 부교수 이상에게는 무급 조교를 둘 수 있었는데, 교수님의 심부름과 연구실 정돈 등을 하여주면 등록금을 면제하여주는 것이었다. 이러한 인연으로 교수님을 만나게 되었고, 지도교수님으로서의 가르침으로 제1호로 박사 학위까지 받게 되었다.

06

신혼 그리고 사회 입문

서면의 대아호텔에서 상견례도 하고, 그럴싸한 절차를 거쳐 부모님의 승낙도 받았다. 1980년 12월 13일 부산의 부전예식장에서 결혼을 하였다. 부모님께 받은 80만 원과 내가 아르바이트를 하여 모은 돈으로, 결혼에는 별문제가 없었다. 혼수를 마련하려고 고등학교 동기생인 김삼중 친구와 둘이서 부전시장에 갔다. 오색실과 대추 등을 샀다. 빈 가방에 80만 원짜리 부산은행 수표 한 장을 넣고는 처가에 갔다. 처 할머님께서 얼마나 공손히 그 함을 받으시던지, 혹시 열어볼까 안절부절하였다. 우리 정(鄭)씨 집안 풍습은 우리가 돌아갈 때까지 열어보시면 안 된다는 말로서 무사히 넘어갔다. 결혼하고 보니 살 집이 없었다. 결국, 약 2개월 동안 처가에서 신혼의 시간을 보내게 되었다.

대학 졸업과 동시에 취업과 대학원 입학을 하게 되었다. 창원의 동명중공업(주)이 나의 첫 직장이었다. 독신자 아파트를 주었다. 나는 그때 유일하게 결혼한 사람으로, 그 동료들과 잠시 같이 생활하고는 마산시 구암동에 단칸방을 구하였다. 월세 4만 원짜리였다. 본체에 슬레이트 지붕을 달아내어 부엌을 만든, 연탄 화력 위가 방 입구였다. 당시 아내도 진영농공고등학교 선생님이었으니 연탄불 관리가 안 되어 고생하였다. 주인집으로부터 많은 도움을 받았다. 그때 주인집의 유치원생이 훗날 아내가 근무하는 고등학교에 입학하여 제자가 되었다. 참으로 인연은 소중한 것이다. 1981년 9월 25일 첫아이인 홍범이가 태어났다. 직장 생활하는 부모를 둔 탓에 홍범이는 아내의 출산휴가 2개월이 끝나자마자 고향 하동으로 가서 할아버지와 할머니 집에서 보냈다. 우리 부부는 토요일이면 하동에 갔다가 월요일 새벽녘에 창원으로 달려오곤 하였다. 할머니가 밭일하는 곳에서 큰 다라이에 앉아 놀곤 하면서 자연과 더불어 자라났다. 할아버지와 할머니는 참으로 손자를 아끼셨고, 사랑이 깊었다.

대학원 생활에는 위기가 닥치곤 하였다. 대학원과 직장 둘 중의 하나를 선택하라는 당시의 대학원 주임교수님 말씀에 부득이 한 학기를 학교에 가지 못한 적도 있었다. 그때 그 교수님을 많이 원망도 하였는데, 훗날 친하게 되었고 병환 중에 계실 때는 황토가 좋다고 하여 지리산 첩첩산중에 황토를 구하러 혼자서 돌아다닌 적도 있다. 그때 지리산 자락의 '원지'에서 승용차가 눈 속에 빠져 어두웠을 때야 겨우 돌아왔던 기억이 어제 일 같다. 양산 신불산 장지에서 관을 내려놓으면서 세상사 인연이 이렇게 끝난다는 생각이 들었다. 나는 그 교수님이 돌아가신 후에 회고담을 『대한기계학회지』에 남기기도 하였다.

대학 졸업하기 전인 1980년 11월에 창원에 있는 동명중공업(주)에 입사 원서를 넣었다. 곧 결혼을 앞둔 처지라서 취업을 서두를 수밖에 없었다. 그리고 그 당시 대학원에도 합격한 상태였기에 돈이 필요했다. 그런데 동명중공업(주) 면접일이 결혼식 날과 겹치게 되었다. 회사에 전화하여 결혼식 날짜와 겹쳐서 그러니 면접일을 따로 잡아달라고 하였고, 그 청을 들어주었다. 그 당시에는 동명목재가 부산에서 큰 기업이었고, 계열사이기 때문에 나에게는 취업하고 싶은 기업이었다. 덕분에 신혼여행까지 마치고 면접을 하러 갔다. 회의실에 들어서니 면접관들이 둘러앉았는데, 나에게는 큰 부담이 되었다. 면접에 임하면서 나에게 먼저 발언의 시간을 달라고 하였고, 그 요청을 웃으면서 들어주었다. 만일 합격하면 대학원에 보내달라는 것과 결혼을 하였으니 사택을 달라는 청을 하였고, 이 두 가지를 들어준다면 면접에 임하겠다고 하였다. 잠시 술렁임이 있었으나 면접은 진행되었다. 그러나 전공 질문에 하나도 대답을 하지 못하였다. 떨어졌다고 생각하고 부산으로 귀가하였는데, 합격 통보를 받게 되었다. 대학원에 다니게 되었고, 우선 독신자 사택에서 지내고, 조금 있다가 사택을 주겠다고 하였다. 그렇게 하여 동명중공업(주) 특수사업부에 배치되어 잠시 근무하게 되었으며, 그 짧은 기간에 유압에 관하여 많은 공부를 하게 되었다. 참으로 고마운 회사에서 친절한 분들을 만난 시간이었다.

취업에 대한 욕심이 더욱 발동하였다. 대림자동차공업(주)가 나의 두 번째 기업이었다. 오토바이를 만드는 회사인데, 대림그룹 계열사로서 나에게는 더 좋은 기회가 되었다고 생각하였다. 입사하고 보니, 사규와 출퇴근 시간 등이 엄격하였다. 동명중공업(주)에서 보는 것과는 사뭇 다른 환경이었다. 여기서는 대학원에 다니는 것이 문제였다. 사택을 받아서 신혼살림을 차려야겠는데, 이것도 어려워보였다. 13층 높이의 양곡동에 있는 사택은 당시 창원에서 제일 높은 아파트로서 중앙난방을 하는 곳이었으며, 시민들이 부러워하는 아파트였다. 공장 운영을 책임지는 분은 공장장이었다. 공장장은 혼자 사택에 살고 있었고, 가족들은 서울에 체재하고 있었다. 나는 공장장 집의 문을 두드렸고, 대학원에 보내달라는 부탁을 하게 되었다. 당연히 불가능하다는 것이었다. 새벽까지 공장장님의 아파트 냉장고의 맥주를 다 비웠다. 그리고 이때부터 대학원에 간다고 총무부에 이야기하고 외출계를 제출하니, 어리둥절한 모습이었다. 공장장님에게 허락을 받았다고 하고는 능청스럽게 외출을 하게 되었다. 그러한 것이 쉽게만 진행이 되겠는가? 당시에는 숙직하고 나면 그 뒷날 반일 근무만 하면 되는 제도가 있었다. 숙직을 대신하고 대학원에 가는 일을 자주 하였다. 나에게는 참 좋은 제도였다. 회사에는 낙하산이 왔다는 둥, 나에 대한 여러 궁금증이 파다하였다. 공장장님은 사택에서 마라톤으로 회사 출근을 하곤 하였다. 신입 사원들과의 회식을 위하여 모였고, 공장에서 상남동까지 마라톤으로 달렸다. 수육과 소주를 얼마나 마셨는지 대부분의 신입 사원은 쓰러졌다. 공장장님에게 우리 집에 담은 술이 있으니 가자고 제안하였고, 밤 11시가 넘어서 구암동 단칸방에 공장장과 우리 부부가 마주 앉게 되었다. 술을 한잔 나누고 보니, 통행금지 시간이 되었다. 뒷날 출근하여 보니 책상 위에 박카스가 놓여있었다. 6개월이 지나야 사택을 줄 수 있다는 총무부장의 보고에도 아랑곳하지 않고 공장장님은 나에게 사택을 주라고 하였고, 사택에 조기 입주하는 행운을 얻었다. 엘리베이터, 중앙집중 난방, 넓은 거실과 3개의 방, 꿈만 같은 나의 신혼집이 준비되었다. 그때야 처가에 당당할 수 있었다. 회사에서 도배도 하여준 덕분에 행복한 신혼집에서의 시간이 시작되었다.

개인 회사의 사원이 낮에 대학원에 다닌다는 게 원천적으로 불가능한 것이었다. 그때 마음고생도 많이 했지만, 참으로 고마운 분들도 많이 만났다. 윗사람 눈치 보며 학교 갔다 오라고 출장 아닌 출장을 보내준 상사도 있었다. 그때 만난 잊지 못할 분들이 이현일 실장, 김정웅 부장, 이재화 차장 그리고 김광덕 계장 등이다. 나에게 생명 같은 은인들이다. 회사 생활을 하면서 많은 생각을 하게 되었다. 공학을 전공한 사람의 한계를 보게 되었다. 그리고 개인기업의 경영자와 나와의 관계를 생각하게 되었다. 신입 사원 시절 공장관리실에서 기획 업무를 거쳐서, 자재부 부품개발과 그리고 기술부에 근무하게 되어 좋은 대우를 받았다. 그러나 미래를 생각하여보니 '이게 아니다.'라는 생각이 들었다. 결국, 재벌 총수의 마음에 의하여 움직여나갈 수밖에 없고, 그 바탕에는 인연이라는 것을 알게 되었다. 혈연, 학연 그리고 지연 등이었다. 나에게 해당하는 것이 하나도 없었다. 그때 큰아이 홍범이가 태어났고, 고향 부모님 댁에서 자랐으므로 우리 부부는 토요일이면 고향을 향하였다. 그러던 중 어느 주말 하동으로 갔는데 외출하셨던 아버지가 쓰러져서 돌아오셨다. 나는 아버지를 업고 부산행 버스를 타고 이 병원 저 병원으로 다녔으나 결국 돌아가시고 말았다. 이때부터 어머니는 우리 집에 같이 거처하시게 되었다.

회사의 제품인 오토바이를 대상으로 하여 석사 학위를 받을 수 있었다. 회사 생활도 조금은 익숙하여졌고, 기획 업무에서 자재부 부품개발과로 옮겼다. 고분자 파트인 고무 제품과 플라

스틱 제품을 외주 개발하는 것을 담당하였다. 사실 기계공학과 출신이 고분자 제품의 외주 개발을 맡는다는 것이 힘든 일이다. 전공이 다른 부분이었으나 어떻게 하겠는가? 부서 배치 후 그날 저녁에 고분자 편람을 사서 공부하기 시작하였다. 또한 현대자동차(주)의 표준화 자료를 조금 구할 수 있었다. 대림자동차의 표준화 작업을 하여야겠다는 생각을 하게 되었다. 부품개발에는 개발 공정과 원가 산출이 가장 중요한 일인데, 당시까지는 표준화된 내용이 없었다. Daelim Motor Standard의 약칭으로 DMS 라는 명칭을 붙이고는, 담당하고 있는 제품의 공정 표준화와 원가 산출 표준 모델을 만들어나갔다. 이것이 나중에 공장장과 부사장님에게 보고되어 많은 칭찬과 격려를 받았다. 사장님은 서울에 근무하여 우리가 만날 수 있는 분이 아니었다. 회사를 떠나면서 월급 받고, 대학원 공부 그리고 기술 공부도 하였으니, 졸업이라고 생각하였다. 대림자동차를 떠나는 날, 나는 각 부서를 돌면서 같이 근무하였던 사람들과 기념 사진을 찍고, 그룹 사보에 「C형에게」라는 글로 떠나는 나의 마음을 대신하였다. 감사한 마음으로 회사 생활을 마무리하였다.

07

전임 교수 그리고 이별

박사과정에 입학하면서 경남대학교에서 시간강사를 시작하게 되었다. 처음으로 학생들에게 '교수님'이란 이야기를 들은 때가 1983년 9월이었다. 경남대학교의 시간강사가 나의 교수 생활의 출발이었다. 경남대학교 강의, 박사과정 수강, 회사 업무 등 참으로 바쁜 일과였으나 나름대로 보람도, 재미도 있었다. 어떻게 시간이 흐르는지 분간이 가지 않았다. 그러면서도 교수님들과 회사 상사들의 눈치를 살펴야 했다. 회사 생활의 한계를 절감하기 시작하였다. 새로운 것을 시도하는 데는 투자가 따라야 하고, 그것은 회사의 최고경영자가 결정한다. 개발 일정도 이미 결정되어 내려왔고, 전체의 제품 가격도 정하여져 왔다. 지금 생각하면 당연한데 당시에는 그것도 불만이었다. 회사는 돈을 버는 것이 목적이고, 이 목적에 나는 부응하여야 하는 것이다. 그렇지 않으면 회사를 그만두면 되는 것이다. 나는 회사원일 뿐인 것이다. 요즘 신입 사원들도 이 원리를 파악 못 하여 헤매는 경우가 많다. 나의 대학 동기가 대학 졸업 때의 첫 직장에 현재까지 그대로 근무하는 사람은 드물다. 그나마 옛날보다 적은 월급이지만 다른 직장에서라도 생활하는 사람들은 그만한 노력을 추가한 사람들이었다.

「C형에게」라는 글을 회사 사보에 남겼다. 회사를 떠나야겠다는 마음을 먹고 심경을 이야기한 것이었다. 'C'는 나의 성명 첫 영문 글자(Chung)이다. 사직을 말리는 상사들을 뒤로하고 회사 정문을 기약 없이 나왔다. 대림자동차공업(주)를 그만두는 것을 아내 외에는 아무도 동의하여주지 않았다. 학교 졸업하듯 회사 이곳저곳을 다니며 동료들과 기념 촬영을 하면서 인사를 나누었던 생각이 난다. 회사에 사표를 내고는 곧장 석유곤로와 담요를 챙겨서 동아대학교 실험실을 찾아갔다. 아무도 쓰지 않던 실험실에 자리를 잡았다. 동아대학교 기계공학과로서는 처음으로 실험실에 자면서 공부하는 대학원생이 된 것이었다. 1985년 박사 학위를 위한 연구에 돌입하였고 그해 12월 14일에 막내인 홍훈이가 세상에 태어났다. 1986년 처음으로 나는 미국으로 지도교수님과 여행을 가게 되었다. 그리고는 1987년 8월 박사 학위를 받게 되었다. 그즈음이 마침 어머니 70세였으며, 어머니 칠순 잔치와 나의 박사 학위 취득 기념 잔치를 고향에서 하였다. 박사 학위복을 입고 할아버지와 할머니 그리고 아버지 산소에 성묘하고, 고향 집 마당에서 잔치를 하였다. 모처럼 고향 분들을 우리 집에 초대하여 같이 즐기고, 노래와 춤도 추는 흥겨운 시간을 가졌다. 고향 분들이 준비한 화동(花童)에게 꽃다발도 받고, 춤과 노래가 어우러지는 정말 흥겨운 시간이었다. 한복을 곱게 차려입은 장모님의 「한 많은 내동강」 열창은 지금도 눈에 선하며, 왠지 눈물이 난다.

그 당시 나는 동아대학교 기계공학과 조교 신분을 가지고 있었다. 후배들에게 조교 자리를 물려주는 것이 후배들에게 또는 학과 교수님들에게 예의라고 생각하고 기약 없이 조교직 사표를 썼다. 또다시 취업 전선에 나섰다. 몇몇 기업에 원서를 넣었는데, 의외로 우호적이었다. 그러하던 중 창원기능대학에서 교수 모집 공고가 났다. 창원기능대학 열설비학과 조교수로 임용되었다. 그때가 1988년 3월이었다. 그때 같이 신임 교수가 된 분이 여덟 분이어서 우리는 '88 교수회'라는 명칭을 만들어서 자체 세미나도 하고, 정기적인 연수회도 하였다. 참 즐거운 시간을 보내게 되었다. 학내에서도 신선한 바람몰이를 하게 되었고, 서로 협력하고 돕는 모임으로 발전하여나갔다. 학교 신문사 주간을 맡아서 사설을 쓰면서 새로운 대학 언론 문화를 맛보기도 하고, '울림글'이라는 시를 쓰는 동아리의 지도교수로도 활동하였다. 곧이어 대학장기발전위원회 그리고 교무과장을 맡게 되었다. 대학 조직에는 학장, 교학처장, 교무과장, 학생과장 그리고 연구개발과장, 행정실장 등이 있었다. 당시 학장님은 육군사관학교 출신으로 육군 장군으로 예편한 분이었다. 올곧은 마음과 온화한 품성으로 대학을 위하는 분이었다. 같이 어울리고 대학을 위하는 일은 무엇이든 하는 모습이었다. 당시 전두환 대통령 시절이라서 학장의 대외 인맥은 대단하였다. 창원기능대학법이 따로 있었기 때문에 학교 예산을 별도로 하여 EPB(국가 예산기획처)에 제출하고 또한 국회까지 통과를 시켜야 하였다. 예산을 더 많이 가져오기 위한 노력이 그때는 중요한 업무였다. 참으로 바쁜 시간 중이었지만 보람도 같이하는 시간이 흘렀다.

1991년 봄, 노동부는 기능장 인력 확충이라는 명분으로 2년제 학제를 1년으로 단축하는 기능대학법 개정에 착수하였고, 학생들의 극심한 소요 그리고 교수들까지 나서는 정부와의 마찰이 극에 달하여 나갔다. 당시 기능장의 위상은 박사-기술사-기능장을 동급으로 보는 국가 정책이 있던 중이라 그 반발은 대단히 컸다. 수업이 중단되고 보직자들은 학교에서 비상대기하면서 한 치 앞을 볼 수 없는 지경에 다다르게 되었을 때, 학장님은 기자회견을 준비하라고 하면서, 기자회견 후에 자신이 사표를 제출할 것이니 그에 대비하라고 하였다. 학장님은 정부 정책이 잘못되었음을 지적하고, 사표를 팩스로 한국산업인력공단 이사장에게 제출하게 되었다. 사표는 곧바로 수리되었으며, 뒷날 이임식을 학교 본관 앞에서 하였다. 나는 사회를 보면서 목이 메 말을 이어가지 못하였다. 울음바다를 뒤로하고 학장님은 떠났다. 학장 직무 대행 체제가 시행되었고, 대학은 더욱 심한 혼란에 빠져들었다. 교무처장, 학생과장 그리고 교무과장인 나 이렇게 세 사람은 교수직 사표를 내었다. 사표 내기 전날 밤에 아내와 의논하였다. 아내는 사표를 내는 쪽에 적극적으로 동의하여 주었다. 내 인생 처음으로 연구실과 전임 교수 직함을 받았던 창원기능대학을 1991년 10월에 떠나게 되었다. 전체 교수들에게 편지를 남겼다. 창원기능대학이 나의 교수직의 첫 직장이며, 나의 고향이다. 그리고 내내 안녕을 기원한다는 이야기를 남겼다. 그리고는 학교 곳곳을 사진 찍어 나의 기억의 역사 속에 남겼다. 훗날 그 정책은 오류였다고들 하지만, 이제 그때와는 사뭇 다른 모습의 학교로 되어있다. 그때의 위상은 이제 찾아보기 힘들게 되었다.

매일 출근하던 아들이 갑자기 출근하지 않으면 어머니의 상심이 클 것 같고, 그렇다고 집에 그대로 있기도 힘들었다. 아침이면 도시락을 싸서 가방에 넣고 양복 입고, 마산행 버스에 몸을 실었다. 마산 고속버스 터미널 휴게소에서 신문을 읽고, 마산시립도서관으로 갔다. 전공에 대해 정리하기 시작하였다. 차근하게 부족한 전공 부분을 새로 보는 시각으로 노트 정리를 하였고, 경치 좋은 정원에서 도시락을 먹었다. 멀리 있는 배들이며, 섬들도 눈에 들어왔다. 큰형님이 별세하시고, 큰형님 49제를 마치는 날부터 어머니가 몸져누웠다. 나는 40일간을 마산 삼성병원에서 어머니와 같이 지냈다. '병상 일기'를 썼다. 나의 지난 시간 그리고 어머니와 같이한 시간을 생각하면서 하루도 빠지지 않고 밤을 같이 지냈다. 내 집 안방에서 어머니의 임종을 하고 장례를 치렀다. 조그만 아파트에 너무 많은 조문객으로 인하여 주변에 미안함이 컸으나 도리어 이웃들이 격려하여주고 추모하여주어, 고마운 이웃의 정을 알게 되었다.

30여 대의 승용차가 따르는 장례 행렬이 고향으로 향하였고, 꽃상여로 어머니를 아버지 곁에 모셨다.

08

교수로서의 보람

큰형님이 별세하였다. 어머니는 세상을 살 재미를 잃어버린 것 같았으며, 한숨이 많았다. 막내인 홍훈이가 초등학교만 들어가면 당신의 할 일은 끝난다고 늘 말씀하셨다. 큰형님 49제를 모시기 위하여 승용차를 타고 고향 하동으로 향하였다. 차 안에서 이런저런 이야기들을 많이 하셨다. 그것이 마지막 당부였다. 1992년, 홍범이가 초등학교 5학년, 홍규가 3학년 그리고 막내 홍훈이가 1학년 때 어머니가 별세하였다. 고향 집 장롱에서 어머니가 자신의 일생과 자식들에게 남기는 말씀을 옛 한글로 적어가던 것을 발견하게 되었다. 지금 생각하여도 죄송한 마음이 참으로 크다. 그때에는 창원기능대학 교수직을 그만두고 실업자의 신세였다. 그때까지도 실업자가 되었다는 말씀을 드리지 못했다. 아마 저승에서 막내가 실업자인 줄을 아신 모양이다. 통영수산전문대학에 교수 초빙이 있었고, 1993년 3월에 통영에 있는 통영수산전문대학에 직장을 갖게 되었다. 그리고는 1995년 3월부로 경상대학교와 통합되면서 경상대학교 교수가 되었다. 어머니가 저승에서 새로운 직장이라는 선물을 주신 것이 확실하다. 누가 뭐라고 하여도 나에게는 과분한 직장이다. 국립 경상대학교 교수가 된 것이다. 당시 선박기계공학과 교수진은 나를 포함하여 다섯 사람이었다. 부부 동반 모임, 해외 단체 여행, 부부 건강검진 등 이루 말할 수 없는 정도로 교수 간의 우애와 단합이 잘 되었다.

나의 지도교수님의 박사 학위논문 심사위원의 제자가 진주의 경상대학교 기계공학과 교수님으로 있었다. 그분과의 인연으로 우리 학과와 진주의 기계공학과와는 교류하게 되었고, 그분이 나에게 경상대학교 교수로서의 생활에 많은 도움과 고마움을 베풀어주었다. 우리 학과와 진주의 기계공학과 교수들이 같이 배를 타고 낚시를 즐기기도 하고, 상호 관심사를 논하는 자리도 만들게 되었다. 그러한 시간이 흐르면서 대학원에 진학하고자 하는 제자들이 생기기 시작하였다. 당시 우리 학과에는 대학원 석·박사과정이 생기지 못하였기 때문에, 진주의 대학원 기계공학과에 학적을 두고 연구는 통영에서 하는 형식으로 대학원 학생 지도를 시작하였다.

정부가 세계적인 대학원 교육을 가치로 하는 BK21(Brain Korea 21)에 공모하게 되었고, 진주 기계공학과에서 같이 하자는 연락이 왔다. 우리 학과는 BK21 사업에 참여하게 되었다. 이로 인하여 진주의 공과대학 기계공학과, 기계설계공학과와 농과대학의 농기계공학과 통영의 해양과학대학 선박기계공학과와 기관공학과는 단일학부로서 수송기계공학부로 소속 단과대학이 없는 총장 직속의 '본부 학부'가 탄생하게 되었다. 기존의 학과는 '∼ 과제'로 불렸다. 그러나 여전히 옛날의 학과의 모습으로 운영되었다. 이로 인하여 학과는 큰 발전을 할 수 있는 기회가 되었다. 대학원생들에게는 파격적인 지원이 이어졌고, 학부 과정도 큰 도움이 되었다. 대학원이 활성화되면서 당시 통영 캠퍼스의 대학원생 대부분을 우리 학과 학생이 차지하였다. 40여 명의 대학원생 재학생이 있었던 기억이다. 많은 대학원생을 가지는 학과로서 논문, 연구비 및 국제 활동 면에서 최고의 위상을 가지게 되었다. 그리고 BK21 사업이 끝나기 전에 정부에서는 NURI 사업을 추진하였고, 이에 또한 참여하는 행운을 안게 되었다. 통영 캠퍼스에서는 상상하기 어려울 정도로 풍부한 예산이 지원되면서 학과의 모습은 날로 발전을 거듭하였다. 그러나 큰 어려움은 학과 간의 통합에 대한 요구였다. 우리 학과는 진주로의 통합을 추진하게 되었으나 성사되지 못하고 BK21이 종료될 무렵, 2단계 BK21 사업이 공고되었다. 대학 본부에서는 본부 학부를 다시 분리하여 공과대학만으로서의 2단계 BK21를 추진한다고 하였다. 우리는 이에 강력하게 반발하게 되었고, 나는 그때 학과장(실제로는 과제 책임자)으로서 전면에서 학부 분리를 반대하였다. 어렵게 총장 면담이 이루어졌고, 학과 교수들과의 면담에서 대의를 위하여 희생을 요구하는 내용을 듣게 되었다. 총장실을 나서면서 우리 학과 단독으로 2단계 BK21에 도전하자고 제안을 하고는, 그날부터 2단계 BK21을 준비하였다. '친환경냉열에너지기계사업팀'이 탄생하였다. 나는 팀장으로 이 사업을 성공적으로 이끌어야 하는 책임을 안게 되었다. 교수님들도 적극적인 참여와 큰 보람 속에 사업이 진행되었다. 7년간의 2단계 BK21 사업은 나에게는 팀장과 팀 소속 교수로서 의미 있는 시간이었다. 매년 평가에서도 좋은 성과를 내어, 중도탈락 없이 끝까지 완주하는 성공을 거두었다. BK21, NURI 그리고 2단계 BK21의 참여 교수로, 나는 대학교수의 보람을 가지는 기회가 되었다.

국제학술대회의 체계적인 발전을 위하여 2005년 1월 베트남 하노이의 대우호텔에서 ICCHT(International Conference on the Cooing and Heating Technologies)를 창립하게 되었다. LG전자(주)가 메인 스폰서를 맡아주었고, LG(주) 베트남 법인장 등 여러 사람이 적극적으로 도와주었다. 그리고 그곳에서 중국 대련이공대학의 Sheng-qiang Shen 교수와 국제협력에 대한 MOU를 체결하고, 지금도 같이 하는 국제적인 친구가 되었다. ICCHT는 제7회를 2014년 11월 말레이시아에서 개최하면서 마무리하였다. 그간 ICCHT 학술대회를 통하여 수많은 외국 학자를 만나서 친구가 되고 많은 도움을 받기도 하였다. 2012년 7월 태국과 한국 간의 학술 교류를 위하여 ISFT(International Symposium on the Fusion Sicence and Technologies) 학술대회를 창립하게 되었다. ISFT는 2018년 7회까지 각 국가를 순회하며 개최하면서 융합 학문에 대한 국제학술대회의 위상을 갖추게 되었다. 2020년 1월에는 인도에서 개최하기로 하는 등 계속된 발전을 기대하고 있다. 나는 창립회장으로서 위 학회가 장차 더욱 발전하기를 바라는 마음으로 6회부터 FAA(Founded Academic Award)를 설립하고, 상금으로 수상자 1인당 100만 원을 현금 출연하기로 하였다. 첫 FAA 수상자로 태국의 Rajamangala University of Technology Suvarnabhumi의 Napat Watjanatepin 교수가 수상하게 되었고, 2018년 태국에서의 7회 ISFT에서는 두 분의 수상자로 한국의 서울대학교 김민수 교수와 인도의 Delhi Technological University의 Naveen Kumar 교수가 수상하였다. 지금까지 3분의 수상자를 배출하였으며, 내가 살아있는 동안에 ISFT도 발전하고, 수상자도 계속 나오길 기원하고 있다. 박사 학위논문에 나를 지도교수로 표기한 제자가 2019년 현재 41명이 되었다. 그리고 우리 연구실에서 배출한 박사 학위자는 총 48명이다.

나는 지도교수로서 부족한 부분들이 참으로 많았다. 동료 교수의 적극적인 도움과 제자들의 수고 덕분으로 박사 학위 제자들을 많이 두게 되었다. 학부, 석사 학위 그리고 박사 학위과정의 제자들 앞길에 행운이 같이 하길 기도하고 있다.

09

객원 연구원 일기

2002년 1월부터 6개월간의 일본 로타리클럽 요네야마 장학생으로 일본 동경대학 외국인 객원 연구원 생활을 하게 되었다. 한 달에 333,000엔을 받으니 우리나라 돈으로 치면 3,330,000원을 받는 셈이다. 재직 학교에서 파견 명령을 받았기에 모든 월급이 그대로 나온다. 다소는 넉넉하게 장기간의 유학생활을 하여볼 기회가 왔다. 동경대학에 와보니 대부분의 교수가 안식년 등으로 와서 자금 사정이 빠듯하였으며, 나 같은 경우가 거의 없었다. 일본에 오면서 몇 가지 다짐을 하였다. 담배를 완전히 끊는다는 것과 일본어를 공부하여 의사소통될 수 있도록 하겠다는 것이었다. 담배는 진작 끊었어야 하는데 이 핑계 저 핑계로 가끔 피웠다. 2002년 1월 4일 김해공항 출국장에서 대학원 제자들 앞에서 금연 선언을 하였다. 마음만 먹으면 되는 것을 사람들은 어렵게 생각한다.

일본에서 많은 사람을 만나게 되었다. 무엇보다도 초청자인 요시끼(吉識) 교수님과 동경대학의 여러 분을 만나게 되었다. 의사소통에 어려움이 있음에도 편안하게 생활할 정도로 친절을 베풀어주었다. 공항까지 나와준 타까마(高間) 기관(技官)의 가족들과도 친한 만남을 가졌다. 나와는 동갑이어서 친구를 하기로 하고, 정말 친한 친구로 대하여주어서 일본 생활이 한결 즐거웠다. 니시무라(西村) 조수(助手)는 항상 웃는 얼굴로 나를 반겨주었다. 실험 자료를 거의 당일 메일로 송부하여 주는 등 과분한 대접을 받았다. 기름 묻은 작업복을 입고는 실험에 열중하는 모습을 보면서 일본의 오늘이 있는 저변에는 이러한 분들이 있기 때문이 아닌가 하는 생각이 들었다. 이외에도 동경대학의 많은 교수님과 대학원생들의 도움에 참으로 감사한 마음을 가지고 있다.

일본에서 일본어 공부를 하였다. 일본에 처음 입국하였을 때 히라가나도 제대로 모르는 상태였다. 이때부터 일본어 배우는 과정이 시작되었다. 처음으로 만난 사람들이 '코마에한국어동호회(拍江韓國語同好會)'였다. 이곳에 일본어를 가르쳐주는 사람들이 있다고 하여 찾았는데, 의외로 그곳은 일본인이 한국어를 배우는 단체였다. 그곳에서 카토(KATO) 회장, 츠치다(土田) 씨, 타케우치(竹內) 씨, 아키코(律田) 씨 등 여러 분께 도리어 일본어를 개별적으로 배우는 기회를 얻었다. 또한, 이곳에서 소개하여 준 JCA에서도 공부를 하였고, 시로가네다이(白金臺)의 비바(VIVA) 일본어 교실의 타카하시(高橋) 선생님에게도 공부를 배우게 되었다. 참으로 바쁜 일과를 보냈다. 다행히 이 모두는 자원봉사자들로서 돈이 들지 않았다. 매일 오전에는 주로 일본어 공부에 매달렸다. 4월부터는 동경대학 내의 공학계 일본어 교실에 들어갔다. 이곳은 자원봉사자들에게 배우는 차원과는 완전히 달랐다. 그도 그럴 것이 대부분 20대의 유학 온 학생들이었다. 우리나라를 비롯하여 태국, 중국, 타이, 캐나다 등지에서 온 15명가량이 우리 반이다. 다들 일본어가 상당한 수준이었다. 나는 한 단계를 건너뛰어 높은 수준 반으로 들어간 게 고생을 사서 하는 경우가 되었다. 역시 어려웠다. 시험 성적도 좋지를 못하고 매일 계속되는 발표와 숙제가 나를 괴롭혔다. 그래도 나를 위로하였다. 상수(上手)하고 하수(下手)가 바둑을 두면 둘 때는 상수가 재미있는데, 바둑을 자꾸 두면 하수는 수가 늘고 상수는 늘지 않는다. 참고 열심히 예습하고 복습하였다. 유학생들은 나를 부럽다고들 한다. 그러나 사실 젊었을 때 이러한 유학을 못 해본 나로서는 그네들이 얼마나 부럽겠는가? 열심히 하여 성공하라고 당부하였다.

김대중 대통령은 아들이 셋인데, 이른바 3홍 게이트가 일본에서도 뉴스거리이다. 어제는 셋째인 홍걸 씨가 구속되었다. 아버지의 권력을 이용하여 많은 이권을 챙겼다고 한다. 그 외에도 세 아들이 모두 문제가 되어있다. 막내가 39살이니까 다 큰 아들이다. 그것도 멀리 미국에 주로 있었는데, 그 아들 때문에 김 대통령은 당적을 버리고, 하야 요구까지 받고 있으니 할 말이 없다. 심각한 레임덕으로 불행한 말기를 향하고 있다. 우리나라 역대 대통령들이 아들이나 가족 관리를 잘못하여 문제가 많았고, 그것이 그분들 모두를 불행하게 하고 있다. 이승만 대통령의 양자 이강석 사건, 박정희 대통령은 사후 자녀들 간의 갈등, 장녀인 박근혜 씨는 정치적으로 성공하였는지 잘 모르겠으나 가문으로는 불행한 일이 많았다. 외동아들인 지만 씨는 마약으로 감옥을 자기 집처럼 드나든다. 전두환 대통령은 그나마 자식 문제가 적었던 것 같다. 큰아들인 재국 씨는 지금 '시공사'라는 출판사를 운영하는데 잘되고 있다고 한다. 전두환 대통령 아들들이 부모님 말씀을 제일 잘 들은 경우이며, 아버지를 유일하게 욕보이지 않았다고는 하지만, 훗날 역사에는 어떠한 결과가 있을는지 모를 일이다. 노태우 대통령은 재임 중에 딸 소영 씨의 외화 밀반출 사건이 일어났고, 미국 법원에서 조사를 받아 나라 망신을 시켰다. 또한, 아들을 무리하게 국회의원 시키려고 지구당 위원장 자리를 주었다가 사퇴하는 헤프닝을 가졌다. 김영삼 대통령의 아들 김현철은 소통령이란 별명으로 권력을 휘두르다 결국 감옥에 갔다 왔다. 그런데 다 큰 아들들 문제를 결국 그들의 아버지가 책임질 수밖에 없었다. 지금의 김대중 대통령이 아들들에게 그렇게 하라고 시켰 겠는가? 그것은 아닐 것이다. 그러나 자식의 행위에 대한 무거운 책임이 결국 아버지한테로 돌아갈 수밖에 없어 보인다. 그러면 자식들은 아버지를 괴롭히려고 하였을까? 그것도 아닐 것이다. 그것은 아버지처럼 고생하지 않고 권력에 접근하였기에 권력의 무상함을 몰랐기 때문일 것이다. 또한, 아버지와 똑같은 전공인 정치 쪽에서 힘을 얻으려고 하여서일 것이다. 나는 아들이 셋이지만 아버지가 그러한 높은 위치에 있지도 않고 또한 나와 전공을 같이 할 자식이 현재로서는 없어 보여 그러한 우려는 적다.

서울에 아파트를 마련하였다. 홍범이와 홍규가 서울에서 지낼 시간을 생각하여보니 무엇보다도 환경 조성이 필요하다는 생각이었다. 2000년 8월 서울 동시 분양 아파트를 분양받아 구로동의 보람아파트에 2003년 5월 3일 이사를 하였다.

10

2003년 일기장

나는 딸이 없다. 그러나 소중한 아들 셋을 두었으니 자식에 대하여 부러운 것이 없다. 큰아이가 서울대학교 법과대학에, 둘째가 서울대학교 경제학부에, 셋째가 미국 노스이스트고등학교에 다니고 있다. 2003년 7월 24일부터 8월 5일까지 우리 가족은 'Chung Family Reunion 2003 in USA'를 하였다. 오랜만에 전 가족이 모였다. 배낭 하나씩 메고 반바지에 모자 눌러쓰고 비행기에 오른 것이다. 애틀랜타공항에서 홍훈이를 2년 7개월 만에 만났다. 홍훈이를 몰라보고 아내와 나는 어리둥절했다. 2년 7개월의 세월은 훈이를 청년으로 만들어놓은 것이다. 우리 가족은 워싱턴에 사는 나의 친구 전선교 집에서 3박 4일, 뉴욕에서 3박 4일 그리고 홍훈이가 있는 플로리다에서 3박 4

일을 보냈다. 홍규와 홍훈이의 가이드 그리고 홍범이의 자동차 운전 덕분에 우리는 참으로 꿈같은 미국 여행을 하였다. 홍훈이가 다니는 고등학교도 방문하여 보았다. 그리고는 홍훈이에 대한 걱정이 다소 사그라졌다. 뉴욕에서 오랜만의 가족회의를 하였다. 새벽 3시까지 계속된 토론에서 우리는 많은 것을 의논할 수 있었다. 캠코더에 그 모습 하나하나를 담았다. 지금도 그때의 사진을 보면서 아내와 나는 추억에 잠긴다.

2003년 3월 아내가 통영으로 근무지를 옮겼다. 아름다운 섬 사량도의 사량중학교로 전근을 하였다. 그리고 마산의 현대아파트를 처분하였다. 2000년 중반까지만 하여도 홍훈이가 고등학교를 졸업할 때까지는 마산에 살 생각이었다. 창원의 성원아파트를 2002년 7월에 처분하고 마산으로 이사한 것이다. 홍훈이는 미국으로 유학을 갔으나 이미 분양받은 아파트였고, 그당시에는 아내가 창원중앙여자고등학교에 재직하고 있었기 때문이었다. 그러나 내가 통영에서 직장 생활을 하는 점을 고려하여 우리 부부가 이제 통영으로 가는 것이 좋겠다고 생각하였다. 2003년 8월 22일 통영 광우로얄맨션으로 이사를 하였다. 1981년부터 2002년 7월까지 창원에 살았고, 마산에 1년을 살았으니 마산 창원에서 우리는 22년을 산 셈이다. 엊그제 같은 세월이다. 가만히 생각하면 나에게는 고마운 지역이다. 그리고 이제 나는 통영 사람이 되었다.

우리 집의 가훈은 '건강하고 보람스럽게'이다. 이 말을 나는 늘 강조하여 왔다. 자식을 키우는 것이나 자신의 인생을 개척하여 나가는 것이나 모두가 최고의 벤처라고 생각한다. 연습도 할 수 없고, 다시 돌아갈 수도 없는 모험들이다. 나는 과연 이 모험을 잘하고 있는 것일까? 이제 나의 자식들의 모습에서 그것을 찾아야 한다. 그 결과는 10년 이내에 모두 나타날 것이다. 그리고 나면 그 후부터는 그들의 역사를 쓸 것이다. 우리 집 가족들은 나의 의견을 전폭 지지하여주었다. 특히 지혜롭고 현명한 아내가 이 모두를 가능하게 하였다. 위기 때마다 용기와 격려를 해주었다. 교육자로서도 존경받는 사람이 되었다. 또한, 나의 세 아들이 아빠의 의견을 적극 지지하여주었다. 어려웠던 5시 30분의 새벽 운동을 같이하였고, 같이 등산하러 다닌 지도 벌써 15여 년이 되었다. 가족회의를 한 지도 11년째이다. 회의록을 쓰고 우리는 다 같이 사인을 하였다. 그러한 것들이 제1막이었다. 우리는 이제 사이버 공간에서 대화를 나눈다. 이렇게 첨단의 기술이 우리 가족의 제2막을 열어주고 있다. 아내도 지금 박사과정을 다니고 있다. 한려수도의 아름다운 섬인 사량도로 우리 부부의 주거를 옮겼다. 아내는 그곳에서 배 타고 또한 운전하여 대학원에 가고 일주일에 3일은 밤 11시가 되어야 귀가한다. 우리는 노력의 결실을 기다리고 있다. 그리고 우리는 노력으로 지금까지의 모든 것을 이루어왔다. 2006년 우리는 감사의 축제를 열 것이다. 우리에게 베풀어준 모든 분께 감사의 인사를 드릴 것이다.

그리고 아내는 그간의 노력으로 2006년 2월 20일 경남대학교에서 교육학 박사 학위를 받았다. 우리 가족은 '오십 하나! 새로움의 시작'이라는 현수막을 걸고는 마산 리베라호텔에서 축하연을 하였다. 일가친지와 친구들이 모여 축하를 하고 다 같이 노래를 불렀던 시간이 지금도 눈에 선하다. 장인과 장모는 진심으로 딸의 박사 학위 취득을 축하하여주었다. 아내는 교감 그리고 교장으로 진급하여 통영의 충무중학교에서 40년의 교직 생활을 마무리하고 2017년 8월에 정년퇴직하였다.

11

성묘

큰아들 홍범이의 이름은 내가 고등학교 때, 만들어둔 이름이었다. '홍'은 돌림자이고, '범'은 호랑이라는 뜻을 나름 붙여두었다. 고등학생인 나에게 형수님이 농담으로 '홍범이 아빠'라고 부르기도 하였는데, 1981년 9월 25일에 홍범이가 태어난 것이다. 그때가 나의 나이가 28살, 아내가 27살이었으니 초보 아빠와 엄마였다. 나는 창원에서 회사원으로서, 아내는 고등학교 음악 교사로서 사회의 초년생이었다. 아내의 육아 휴가 2달을 보내고는 홍범이를 고향 하동의 부모님에게 보냈고, 그곳에서 지내는 일이 시작되었다. 토요일 근무를 마치고 나면 고향으로 갔고, 월요일 새벽에 떠나왔다. 아버지가 별세하시고 난 후부터는 어머니와 같이 창원 대원동에 거주를 시작하였고, 홍범이는 대원초등학교, 반림중학교 그리고 창원중앙고등학교를 졸업하였다. 고등학교 시절에 전국국어경시대회에 출전하였다. 훗날 명칭이 논술경시대회로 바뀌었다. 그 대회에서 전국 1등을 하게 되었다. 이는 기적 같은 일이었다. 별도의 학업이나 과외를 받지 않았던 홍범이가 전국 1등을 차지한 것이다. 그리고 전국 불어경시대회에서 전국 은상을 받았다. 이 두 번의 수상은 당시 창원중앙고등학교의 큰 뉴스가 되었고, 우리에게는 큰 보람이 되었다.

우리 아파트에는 테니스 코트가 있었고, 홍범이는 방과 후에 그곳에서 땀을 흠뻑 흘렸다. 고등학교 때 친구 두 사람과 자전거 거제 트래킹을 다녀온 것은 두고두고 추억담이 되었다. 여름 장마철에 식량과 야외 텐트까지 싣고는 떠나는 아들 친구들을 진동에서 만나서 배웅하였다. 고성, 통영 그리고 거제까지, 야영을 하면서 지내는 동안 세찬 장맛비가 그들의 길을 막았고, 아들 친구 일행은 부득이 일정을 단축하고 집으로 돌아왔다. 이때 막내아들은 큰형님만 야영을 다녀온 데 대하여 불만을 드러내었고, 우리 가족은 곧바로 야영 도구를 챙겨 부산 다대포 해수욕장으로 향하였다. 텐트 밖의 세찬 빗소리 그리고 텐트 바닥으로 차오르는 물구덩이 속에서도 우리 다섯 가족은 그곳의 밤을 보듬고 지냈다. 나는 백사장 텐트에서 출퇴근하면서 세 밤을 지내고야 창원 집으로 돌아왔다.

홍범이는 2001년 서울대학교 법과대학에 입학하였다. 옥탑방, 하숙집, 기숙사, 반지하 방의 생활공간에서 서울 유학 생활이 녹록지 않았을 것이다. 사법시험 공부와 자취 생활의 어려움도 있었을 것이고, 이에 대한 미안함과 고마움도 가지고 있다. 그 후 홍범이는 서울대학교 법학전문대학원에 제1기로서 진학하게 되었다. 이때가 2009년으로 28살이었다. 당시 사법시험을 같이 준비하던 서울대학교 법과대학에서의 1년 후배인 여자 친구가 있음을 알게 되었고, 결혼을 진행하게 되었다.

2009년 2월 22일 오후 2시가 홍범이의 결혼일이다. 우리 부부도 처음 경험하는 아들 결혼식에 허둥지둥하였다. 불과 1개월 만에 준비하는 결혼식에 시간이 다급하여졌다. 결혼 비용도 제대로 준비 못 한 아내의 투정도 나에게는 별로 크게 들리지 않았다. 아내는 자신이 가지고 있던 결혼 예물 반지를 리모델링하여 며느리에게 주기로 하였고, 며느리는 행복하게 그 예물을 받아주었다. 나도 난생처음으로 얼굴에 분칠을 하고, 둘째 아들은 준비 책임을, 셋째 아들은 가족 대표 통기타 연주 그리고 나의 친구의 축시 등이 진행되었다. 예식 말미에는 「비둘기집」을 양가 사돈 등 참석자 모두가 합창하고는 조수미의 「챔피언」을 배경음악으로 마무리를 지었다.

결혼한 아들 내외를 불러서 몇 가지를 주문하였다. 지혜와 지식을 쌓는 데 투자하라. 세상에는 돈보다도 중요한 일들이 참으로 많으며, 그 일을 찾아라. 낮은 데로 임하고 베푸는 삶을 살아라. 조국을 안고 세계의 리더가 되어라. 나의 당부에 적극적으로 동의하여준 아들 내외가 사랑으로 다가왔다. 큰절하는 아들 내외의 손을 붙잡고 이제 세상의 새로운 역사를 쓰자고 하였다.

홍범이가 고등학교 1학년 때 전국백일장에서 장원을 받은 작품이 거실에 걸려있다. 작품 속에 담긴 홍범의 뜻을 나는 소중하게 생각한다. 시제(詩題)로 주어진 '성묘'에 다음과 같이 답하였다. 나는 이 시의 언어 속 홍범의 의미를 찾아가곤 한다.

성묘

창원중앙고등학교
1-3 정홍범

대지에 성문 오르다
성문 안 누각이 오르다

조그만 자연의 물상
그에 대한 수그림

그것은 그 찬란에
그 이름의 주창에 대한
자그만 감사

단지, 갚음에 이르지 못할 예찬

12

명왕성

둘째 홍규는 친구들이 참 많다. 2018년 서울에 참으로 오래된 조그마한 한옥을 구입하여 친구들과 함께 그 집을 손수 리모델링 하고 있었다. 지붕에 올라가기도 하고, 나무를 깎아내고 페인트칠도 친구들과 함께하고 있었다. 며느리는 조금 저렴한 목재를 구하려고 경기도 양평에 다녀오기도 하였다고 한다. 아들 부부는 그 집의 이름을 '명왕성'이라고 하였다. 지구에서 가장 먼 위성으로 명명하였다. 아들 부부는 우주의 각종 위성을 하나씩 만들어나갈 작정인 것 같다.

1983년 4월 3일 홍규가 우리에게 온 날이다. 우리 부부는 어머니의 도움으로 두 살 위의 아들 홍범이를 키우는 중에 둘째를 가지게 되었다. 나는 석사 학위 과정의 마무리를 하고 있을 때로 눈코 뜰 시간이 없다는 말이 맞았을 것이다. 어머니를 모시고 나의 형제들이 모두 모여서 진해 벚꽃놀이 나들이를 하였다. 진해 탑산을 오르고, 벚꽃 터널도 거닐면서 모처럼의 즐거운 시간을 보냈다. 그날 저녁 부산 처가로 출산을 위하여 급히 이동하게 되었고, 부산 침례병원에서 건강한 홍규를 맞이하게 되었다. 오르기 힘들기로 소문난 진해 탑산을 홍규는 엄마 배 속에서 오른 것이다. 대원초등학교와 웅남초등학교를 거쳐 신월중학교, 창원중앙고등학교를 졸업하였다. 늘 넉넉함으로 충만한 홍규는 친구들이 많았다. 창원중앙고등학교에서의 전교 회장을 거치면서 리더십도 갖추는 계기가 되었다. 특히 고등학교 1학년 때 전국과학경시대회에서 전국 동상을 받아서 서울대학교 수시 모집에 응시할 수 있는 조건을 갖추게 되었다. 서울대학교에서 치러진 전국과학경시대회 최종 심사에서 심사 위원들의 치열한 질문과 이에 대응한 응답이 훗날 추억담이 되기도 하였다. 서울대학교 수시 모집에 합격하는 덕분에 조금은 여유 있는 고등학교 3학년 수험 생활을 할 수 있었다. 동생이 있는 미국으로 다소는 긴 여행을 하고는, 2002년 서울대학교에 입학하여 경제학부를 졸업하였다. 또한, 2009년 서울대학교 행정대학원에서 석사 학위를 받고 늦은 나이에 육군 사병으로 입대하여 행정병으로 복무하였다. 입대하기 전 여유 시간에 소록도 병원 한센병 환자를 위한 자원봉사에 나섰다. 환자들의 몸을 씻어주기도, 밥을 먹이기도 하는 일에 기꺼이 나서서 소중한 경험을 하였다. 최전방 원통에서 군대 생활은 새로운 경험과 전국 각지의 전우들을 만나는 소중한 기회가 되었다. 나는 군대가 인생의 전환기를 맞을 수 있는 절호의 기회라고 하였다. 우수훈련병상, 체력왕상 그리고 국방부장관상까지 받았다. 또한, 한식조리기능사 자격증을 따고는, 이제는 조그마한 식당을 개업할 수 있는 자격을 취득한 것이라고 자랑도 하였다.

홍규는 제대 후 다시 학업의 길로 뛰어들어 연세대학교 법학전문대학원에 진학하였다. 만학의 길, 밤잠을 설치면서 학업에 매달렸다. 대학 캠퍼스 옆, 그 원룸은 숨을 크게 쉬기도 조심스러운 분위기였다. 옆방의 소리가 다 들렸다. 2015년 홍규는 변호사 자격을 취득하고 법무법인 동인에 취직하였다. 서울 강남역 근처의 서초동 변호사 사무실에 들러서 아들 의자에 앉아보기도 하고, 회의실에서 우리 부부에게 변호사로서의 업무에 대하여 설명하여 주기도 하는 즐거운 시간을 갖기도 하였다.

2016년 11월 중순 지인들과 베트남 여행 중에 홍규에게 국제전화를 받았다. 결혼하고자 하는 신붓감이 있다는 소식이었다. 그간 홍규가 보여준 신뢰에 답하였다. '아들만 좋으면 부모는 오케이다.'라는 메시지를 전하고는, 그날 저녁에 우리 부부는 참으로 행복한 밤을 지냈다. 신부 부모님에게 인사하고 청혼하여 승낙을 받아 오고난 후에 우리와 상견의 시간을 갖는다는 것이 나의 전달 내용이었다. 아들은 이러한 나의 주장으로 인하여 사돈에게 결혼 승낙을 받기 위하여 고생을 많이 하였다는 후일담을 들을 수 있었다. 예식장 점검 및 양가 상견례를 하고는 2017년 2월 4일 오후 1시에 결혼식을 올렸다. 둘째 며느리가 우리 가족이 되었다. 참한 색시를 며느리로 맞이하니, 가족이 늘어난 기분과 둘째 딸을 만나는 기분으로 많이 들떠있는 하루를 보냈다.

서울 구로동 아파트는 우리 부부에게 늘 행운을 주는 집이다. 아이들이 대학 다닐 때 구매하여 두 아들이 사용하였고, 큰아들이 그곳에서 신혼을 보냈다. 그곳에 있을 때 큰손자를 얻었다. 이제 둘째 아들이 결혼하여 그 집에서 또 신혼을 시작하였다. 이곳에서의 행운이 계속되길 기도하고 있다. 이제 둘째 아들은 부부 변호사로서 세상살이의 초입에 들어섰다. 그간 참으로 열심히 살아온 아들이다. 그러한 초심으로 미래를 개척하고 더욱 행복한 시간을 기대하고 있다.

2009/12/25

13

수레바퀴 밑에서

2000년 12월 28일 우리 가족으로서는 큰 변화를 했다. 막내 홍훈이의 뜻을 받아들여 홍훈이가 미국으로 유학을 떠나게 되었다. 고민도 많이 하였다. 아내와 함께 밤을 새우며 고민하였다. 결론은 본인의 뜻을 받아들이기로 하였다. 12월 22일 창원에서 가족사진을 촬영하였다. 그리고 23일 큰집과 작은집 등 일가친지를 방문하여 출국 인사를 드렸다. 25일에는 조상들과 아버지와 어머니 산소에 성묘하였다. 한편으로는 멀리 떠나는 어린 자식에 대한 생각, 한편으로는 걱정이 교차하는 순간이었다. 강인한 모습으로 유학 생활을 하길 원하는 마음을 조상들에게 기도하면서 위안으로 삼았다. 아내가 동행하여 홍훈이는 2000년 12월 28일 부산 김해공항을 떠났다. 공항 출국장에는 장인과 장모님이 나오셨다. 장인은 눈시울을 붉혔다. 살아서 다시 만날 수 있을는지 하는 말씀 그리고 홍훈이를 안고 눈물을 흘리는 모습이 짠하였다. 굳게 악수하고는 태평양 건너로 보냈다. 홍훈이의 고생스러운 유학 생활은 이렇게 하여 시작되었다. 홍훈이로서의 애로사항을 왜 모르겠는가? 그러나 험난한 국제사회에서 이겨나가야 한다. 그리고 유학을 간 이상, 그곳에서 승리하여야 한다. 가족 카페를 만들고 우리 가족은 이때부터 'netfamily'라는 사이버 공간에서 서로의 근황과 안부를 전하는 새로운 가족 문화가 생겨났다.

월 생활비 100불로 미국 생활이 시작되었다. 100불로 모든 생활을 충당하여야 하였다. 훗날 들은 이야기로는, 기타 개인 교습을 받았는데 근 절반을 쓰다 보니 쓸 수 있는 용돈이 50불 남짓하였다고 한다. 2년 7개월 후에 그곳을 방문하였을 때, 하숙집의 사모님은 우리에게 운동화 두 켤레를 사주고 가라고 간곡히 부탁하였다. 이유를 들어보니, 한국에서 올 때 신고 온 운동화를 계속 손수 기워 사용하다 보니, 운동화 안에 모래가 늘 가득하고, 모래가 집안에 많이 들어와서 청소하기가 힘들다는 것이었다. 홍훈이 방에서 늦은 밤 기타 소리가 '둥~둥~' 하고 나면 고향 부모님을 생각하나 보다 하였다고 하숙집 사모님이 전하여주기도 하였다. 'The Bus'라는 록 밴드를 만들기도 하고, 미국 전국 츄잉껌 광고 영상전에도 출전하고, 학생회 활동도 열심히 하였다. 사춘기 고등학생의 즐거움과 고통도 같이 품고 가는 모습이었다. 졸업식에는 가질 못하였다. 졸업장과 각종 상장을 받은 막내의 모습을 그곳 하숙집 할머님의 전달로 알게 되었고, 막내에게 두고두고 미안한 마음을 가지고 있다. 대학 진학을 위하여 많은 SNS 대화를 하였다. 노스캐롤라이나에 있는 듀크대학교의 BME(Bio Medical Engineering) 전공으로 진학하였다. 호주 시드니대학에서의 한 학기, 남이공 케이프타운대학에서의 한 학기의 교환학생을 지내고 대학 졸업을 하였다. 우리 부부는 졸업식에 참석하기 위하여 5일간의 여정으로 미국에 갔다. 졸업식 전날 해 질 무렵 캠퍼스 숲속 곳곳에서 맥주 파티가 열렸다. 삼삼오오 만나서 담소하고, 지난 학창시절의 순간을 추억하는 모습을 우리도 즐겼다. 캠퍼스를 뒤덮은 어둠 그리고 그 속에 잔잔한 음악이 흐르는 듀크대학교의 졸업 전야는 그렇게 아름다운 추억을 만들어주었다. 졸업식은 대학 내 스타디움에서 거행되었다. 우리는 관람석에 자리를 잡았고, 졸업생들과 대학의 교수님들은 운동장 가운데로 입장하였다. 관람석의 축하객 모두는 기립하여 박수를 보내면서 졸업식이 시작되었다. 그 엄숙함 그리고 장엄한 졸업식이 연출되었다. 학과 졸업식장에도 참석하여 홍훈의 졸업장 그리고 각종 상장을 한 아름 안았다. 전공 학업도 열심히 하였지만, 영상(visual) 동아리 활동도 멋지게 하여 각종 상장과 인증서도 받았다.

프린스턴대학교로 대학원에 진학하였다. 하버드대학교, 예일대학교 그리고 프린스턴대학교의 미국 삼대 명문 대학 중에서 아들의 전공 분야인 컴퓨터 생물학(Quantitative Computational Biology)의 최고 명문 대학으로 진학하였다. 뉴저지의 어둑어둑한 길가 아파트, 더위를 물리쳐주기는 역부족한 조그마한 에어컨이 있는, 위생을 논하기에는 무리인 홍훈의 숙소에서 같이 지냈다. 프린스턴대학교에서 좋은 지도교수님을 만나고, 연구하는 동료들을 만나서 박사 학위를 받았다. 이때가 28살이었다. 홍훈이는 박사 학위 소감 발표장에서, 14년간을 한국에서 그리고 14년간을 미국에서 지내서 절반씩의 시간을 두 나라에서 보내게 되었다고 하였다. 우리 가족은 강당에서 박사 학위 논문 공개발표와 토론의 모습을 보면서 든든하고 멋진 자식의 모습에 박수를 보냈다. 동료들이 베푸는 축하연 그리고 늦은 밤까지 이어진 파티에 나도 덩달아 만취의 기쁨을 같이하였다.

홍훈의 도전은 계속되었다. 아프리카 잠비아 루사카에서 박사 후 연구(포스트 닥터 과정)를 수행하였다. 그러한 덕분에 둘째 아들, 홍규도 그곳으로 여행을 다녀오고, 갖가지의 새로운 풍경을 사진으로도 즐길 수 있는 기회를 나에게 주었다. 루사카에서의 연구를 마치고 폴란드 바르샤바대학교(Warsaw University)로 이동하게 되었고, 브라츠와프(Wroclaw)에 주거를 마련하였다. 그러한 덕분에 우리 가족들은 폴란드 여행을 몇 번 하는 기회를 얻게 되었고, 독일과 폴란드의 아픈 전쟁의 역사 그리고 번성하였던 유럽의 역사도 챙겨볼 수 있었다. 브라츠와프의 길거리의 난쟁이 조형물 수를 세기도 하고, 그것들을 사진으로 담는 것이 여행의 한 부분이 되기도 하였다. 바르샤바대학교의 조교수(Assistant Professor)로 임용되었고, 미국 대학과의 공동 연구와 교환교수를 계속하면서 연구에 열중하고 있다. 세계적인 논문집인 네이처지에도 저자로서 이름을 올리는 등, 학문하는 아빠로서는 큰 기쁨이 아닐 수 없다. 예술에 대한 끝없는 추구로 최근에는 폴란드의 Academy of Fine Arts in Wroclaw 대학원에서 Media Arts를 전공하고 있다. 대학교수직과 대학원생을 겸하여 생활하는 멋진 시간을 보내고 있다. 끝없는 도전과 성취를 즐기는 홍훈에게 큰 박수를 보낸다.

중학생 때는 축제에 영화 한 편을 만들어 상영하였다. 엄마의 성화로 선잠을 깨고, 허겁지겁 아침밥을 먹고, 교문에서는 지각생으로 학생부장선생님의 회초리를 만나고, 힘든 학업의 시간 그리고 저녁 길에는 선배 깡패들의 손찌검까지, 끝없는 암흑 터널을 달리는 중학생의 애환을 막내는 『수레바퀴 밑에서』라고 하였다. 그 영화의 배우는 엄마, 홍훈이의 형님, 학생부장 선생님 그리고 주인공으로는 같은 반 친구였다. 나는 자동차를 몰고 창원 터널 안을 달리기도 멈추기도 하면서 홍훈이의 큐 사인을 따랐다. 축제 때 교실 상영이 시작되었고, 그 덕분에 홍훈이는 인기 높은 '정 감독'이라는 별명을 갖게 되었다.

이제 막내 홍훈에게 『수레바퀴 밑에서』의 장면, 암흑 터널을 달려서 밝은 세상을 나서듯 즐겁고 큰 보람으로 하는 미래가 늘 함께하길 기도한다.

14

손자와 할배

나후와 선후가 나의 손자들이다. 우리는 나후와 선후의 이름을 합쳐서 '나선후'라고 부르는데, 아들 내외는 '후후'라고 부른다. 큰 손자 나후는 2010년 10월 10일 태어났다. 그때 우리 부부는 인도네시아에서 연구년을 보내고 있을 때였다. 인도네시아의 여러 대학에 강연하러 다닐 때이다. 강연 말미에서는 새로 태어난 손자의 출생 사진을 빔프로젝터에 띄워두고는 나와의 관계를 퀴즈로 물어서 선물을 주곤 하였다. 모두 축하하고 즐거운 시간을 보내는, 그러한 순간의 행복을 놓치지 않았다. 이때부터 외갓집에서 어린이집에 다니는 손자의 사진 또는 동영상을 보면서 우리 가족은 행복의 참맛을 알 수 있는 시간을 보냈다. 친구들과 잘 어울리고, 선생님과 교감도 잘하여서 아들 내외, 사돈 그리고 우리 부부는 늘 나후의 그러한 모습에 고맙고 감격해하였다.

둘째 손자 선후가 2014년 5월 21일 우리에게 왔다. 튼튼하고 건강한 선후가 태어났다. 출생한 날 영아실 창밖에서 동생을 첫 대면 하며 동생의 탄생을 축하하는 나후의 모습 그리고 선후에게 우유병을 물리고 있는 모습, 그 모두가 우리에게는 하늘이 준 복이었다. 며느리가 자원하여 창원지방법원 통영지원으로 전근하게 되었고, 그러한 덕분에 우리 부부, 며느리, 나후와 선후 등 5명의 대가족을 이루는 계기가 되었다. 집안이 북적거렸다. 일과표도 만들었고, 가족들의 생활 계획도 공유하게 되었다. 아침 6시면 온 가족이 기상하였다. 체조하자고 외치는 사람은 큰손자이다. "체조합시다!"라고 소리치면 우리는 안방에서, 며느리는 작은방에서 우르르 뛰어나와서 체조를 한바탕하고, 스트레칭까지 마치고 나서 아침의 시간이 움직였다. 나는 큰손자 담당, 아내는 둘째 손자 담당이 되었다. 나는 출근길에 나후와 손잡고 나왔다. 갈림길에서 세계 각 국가의 온갖 말로 인사를 나누고, 손을 흔들면서 헤어졌다. 학교 수업 그리고 태권도 수강을 마친 나후와 어린이집 일과를 마친 선후를 데리고, 어린이 놀이터에서 미끄럼틀 타기와 그네 놀이를 한참하고 나야 집으로 올 수 있었다. 간혹 동네 슈퍼마켓으로 손을 끌기도 하고, 좀 더 놀다가 집에 가자는 손자들의 간청을 모른

척하기도 하였다.

　나후는 통영초등학교 1학년 입학부터 학교 적응을 잘하였고, 친구들도 많았다. 분기별 반의 친구들이 투표로 뽑는 이달의 '착한 어린이'에 매번 선발되기도 하고, 꾸준한 태권도 운동으로 학교 행사의 태권도 시범을 하기도 하였다. 우리 가족에게는 나후 학교 행사에 가서 사신 찍고, 같이하는 것이 힐링이었다. 선후는 우리 아파트 앞 동에 있는 어린이집에 다녔다. 그곳까지는 며느리가 데리고 가기도 하고, 아내가 데리고 가기도 하였다. 이곳저곳을 구경하며, 재잘거림으로 건강한 아침을 늘 열어갔다. 주말이면 아들이 왔다. 이때에는 그간 나후와 선후에게 못다 한 장난감 쇼핑 그리고 아들 가족만의 시간을 보내기도 하는 모습을 보면서, 그 옛날 우리 부부가 아들을 키우던 그때로 시간 여행을 하기도 하였다.

　손자들의 절대적인 사랑과 신뢰는 아내였다. 할머니에 대한 사랑과 믿음은 엄청났다. 저녁 잠자리에서는 누가 할머니 옆에 잘 것인가 경쟁을 하였다. 나는 할아버지 쪽에 몸을 붙여서 자길 원하는 제스처를 하면, 못마땅한 표정으로 한 번씩 배려하여주곤 하였다. 우리 부부 사이에서 잠든 손자 둘의 모습을 볼 때마다, 그 어떤 행복도 이보다 큰 것이 있겠는가? 그 옛날 나의 어머니가 하동 고향에서 큰아들 홍범과 둘째 홍규를 육아

하던 시간이 오버랩 되기도 하면서 그 날과 오늘이 나에게 주는 감사와 사랑이 되었다.

2018년 8월 큰아들 부부는 독일 하이델베르크 대학으로 연수를 떠났다. 손자들도 국제 학교에 입학하고, 그곳에서 큰아들 부부 가족만의 시간을 지금은 보내고 있다. 독일, 그곳에서 우리 가족 모두가 추석 명절을 보냈다. 나후와 선후의 등교에 동행하였다. 트램을 타고 학교 가는 길에 적응되어있었다. 여러 나라에서 온 어린이들과의 친교가 벌써 시작되어있었다. 말이 아닌 감성으로 먼저 가까워지는 것이 어린이들 같다. 그곳에서도 태권도 운동과 기타 배우기를 한다고 한다.

무더운 태국 여행길에 선후가 "할부지! 다리가~."라고 하면, 나는 나의 등을 내밀어주었다. 나의 등에서 편안한 잠을 청하기도 하던 선후가 오늘은 무척이나 그리워진다.

15

안식년의 시간들

대학교수에게 주어진 안식년을 우리 대학교에서는 연구년이라고 하여 외국이나 국내에서도 1년간 휴식과 연구에 전념하는 시간을 주고 있다. 2002년의 6개월간의 일본 동경대학(University of Tokyo), 2010년 9월부터 1년간 인도네시아 반둥공과대학(ITB)와 디포네고르대학(UNDIP) 그리고 2018년 3월부터 1년간 태국 라자망갈라기술대학(Rajamangala University of Technology Suvarnabhumi)에서 각각 안식년을 하였다.

2002년의 일본 동경대학에서의 연구년은 그곳의 연구 환경을 직접 경험하는 소중한 기회였다. 1년의 주어진 안식년을 국책 프로젝트 기간으로 스스로 6개월만 안식년을 하게 되었다.

매주 실시하는 연구 미팅에서 대학원생들과 교수님들과 활발한 토론을 하였고, 그것을 종합하여 다음 주에 토론이 계속되는데, 이것이 연구 진행의 과정이었다. 이 중에서 울트라 터빈을 개발하는 연구 주제가 진행되었는데, 매주 세계의 본 연구주제의 연구 동향을 분석하고, 참고 문헌을 정리하는 것이 큰 특징이었다. 세계의 동향을 살피는 것부터 시작하는 그들의 연구 자세가 큰 특징이었다. 그리고 기계 가공 공장에는 각종 공작기계가 많이 있었다. 대학원생이나 연구자는 그들이 설계한 것을 직접 가공하고 조립하여 실험에 적용하여야 하는 과정이 있었다. 학부 과정에 실험과 공작기계의 실습이 철저하게 이루어지는 그들은 대부분의 실험 장비를 스스로 제작할 수 있는 능력을 갖추고 있었다. 단기적으로는 1~2개월 또는 6개월 이상씩 유수의 기업체 연구소 연구원들이 대학의 연구실에 파견되어 공동 연구를 추진하고, 회사로 복귀하는 과정을 볼 수 있었다. 10년 프로젝트의 첫해 모습은 지금 생각하여도 우리와는 사뭇 다른 모습이었다. 모두가 장단점이 있을 것이다. 그들의 철저한 배경 분석 그리고 한 걸음씩 나아가는 연구의 모습이 생생하다. 지금도 그곳에서 학생들의 실험을 지원하고 있을 것으로 여겨지는 조교와 기사들이 묵묵히 소임을 다할 것으로 생각이 든다. 속내는 모르겠으나 방문 연구자인 나에게는 참으로 친절한 많은 일본인을 만났다. 무료로 일본어를 가르치는 자원봉사자들, 한국어를 배우는 모임의 사람들의 김치 담그기와 한국 TV 보기 그리고 회식 때에는 노래방에서 한국어 노래를 나보다 더 많이 알고 즐겼다. 철저한 그들의 모습이 지워지지 않는다.

인도네시아의 안식년은 6개월은 반둥공과대학(ITB) 그리고 6개월은 디포네고르대학(UNDIP)에서 지냈다. 반둥 지역은 고산 지역으로 기온이 낮아서 자카르타의 부호들이 휴양하는 지역이기도 하고, 인도네시아 최고 명문 대학인 ITB에 유학 오는 국내외 학생들을 품고 있는 대학 도시이기도 하다. 대학의 게스트 하우스에서 지냈다. 이른 아침 관리인이 하루도 빠짐없이 마당을 쓰는 소리에 잠자리에서 일어났다. 기계항공공학부의 대학원생 강좌를 맡아서 바쁜 일정을 소화하였다. 40여 명의 대학원생 중에서 절반 정도는 외국에서 유학을 온 학생들이었다. 말레이시아, 베트남, 캄보디아, 미얀마 및 태국에서 온 유학생들이었다. 우리의 학부 학사 운영과 같았다. 강의, 리포트, 시험들의 학사 운영이 철저하게 운영되는 모습 그리고 열악한 실험 실습 장비에서 우수한 연구 논문이 나오고, 유학생들의 학위논문이 갖추어지는 모습을 보면서, 그 원천이 무엇인가 내내 궁금하였다. 지금은 고인이 된 나의 파트너 교수인 스와노 교수님이 그 학부의 최고 연장자이며, 대부분의 교수님이 학부 과정을 그분에게 배웠다. 교수님들의 박사 학위 취득 국가들이 참으로 다양하였다. 미국, 영국, 프랑스, 독일, 일본 등 각각이었다. 다양한 나라의 대학에서 박사 학위를 하였다는 것을 알게 되었고, 이분들이 조화롭게 토론하고 선의의 경쟁을 통하여 학문이 발전하고 있었다. 스마랑 디포네고르대학에서의 6개월은 우리 연구실에서 박사 학위를 한 토니(Tony) 교수 덕분에 편안한 생활을 보냈다. 인도네시아의 두 대학은 팜오일을 주제로 하는 바이오 디젤에 관한 연구가 대단히 활발하였다. 주유소에는 '솔라'라는 바이오 디젤을 판매하고 있었으며, 광활한 팜 농장을 곳곳에서 볼 수 있었다. 우리나라의 LG에서 대규모의 팜 농장을 장기 임대하여 생산한다는 소식도 들을 수 있었다. 포스코도 현지 공장을 건설하고 있었고, 천연고무의 주산지인 그곳에 우리나라의 타이어 생산 공장도 건설하는 등 우리나라와의 교류와 협력이 활발한 모습을 볼 수 있었다. 특히 방위산업 분야에서 육군의 전차, 공군의 고등훈련기, 해군의 잠수함 등이 모두가 우리나라로부터 수출된 것으로 진행되고 있었다. 청소년들은 스스로 단체를 만들어서 K-POP 열풍이 전파되고 있었다.

태국의 라자망갈라기술대학(Rajamangala University of Techunology Suvarnahumi)에서의 안식년은 낫팟 교수님과의 인연으로 시작되었다. 우리 대학에서 개최한 한국-태국 심포지엄을 계기로 하여 거의 매년 교류하고 학회에 참석하는 등의 활발한 인연이 연속되었다. 나는 라자망갈라기술대학에서

2014년 12월에는 명예박사 학위를 받게 되었고, 특히 태국 국민이 존경하는 시리돈 공주로부터 직접 학위기를 수여받는 행사에 주인공이 되기도 하였다. 낫팟 교수님은 나를 큰형님(big brother)이라고 호칭하면서 서로 가족들 간의 친교도 많이 있었다. 이러한 인연으로 2018년 3월부터 태국의 라자망갈라기술대학에서 연구년의 1년간을 보내게 되었다. 태국은 불교를 국교로 하고 있고, 태국인들은 늘 미소 띤 부처님의 모습으로 나에게 다가왔다. 대부분의 집, 관공서, 호텔, 아파트, 콘도 등의 입구에는 부처님을 모신 제단이 있고, 아침에 출근하면 제일 먼저 그곳에서 기도하고 일상을 시작하고 있다. 라자망갈라기술대학의 본부는 아유타야에 있고, 많은 캠퍼스가 각 지역에 산재하여 있다. 내가 소속된 캠퍼스는 연구실의 창을 열면 차오프라야 강이 유유하게 흐르고 있는 논타부리에 있다. 왕실에 의하여 대학 통합이 이루어졌고, 이러한 인연으로 왕실로부터의 각종 재정 혜택을 누리고 있었다. 학부생부터 한 명 한명에게 개별적으로 왕실의 공주가 졸업장을 수여하는 졸업식의 엄숙함과 광경은 잔칫날의 모습 그대로였다. 여러 캠퍼스를 포용하고 있는 대학으로서 총장–부총장–처장 등의 대학 기구의 특징이 남달라보였다. 9명의 부총장 그리고 다양한 처장들이 대학 운영을 진두지휘하고 있었다. 대학의 주요 보직자가 각 캠퍼스로 거의 균등하게 배분되고 있음을 알 수 있었다. 나의 파트너 교수인 낫팟 교수는 Director of the Research and development institute를 맡고 있었다. 1차 임기 4년을 마치고, 2019년 2월에 2차 임기가 시작되었다. 월요일과 화요일은 대학 본부에서 결재와 각종 회의에 참석하고, 그 외는 자기가 소속된 캠퍼스에서 수업과 연구를 수행하고 있었다. 총장님도 각 캠퍼스에 소속된 사람으로 거의 돌아가면서 선임되는 등 통합 대학으로서의 대학 운영 시스템이 우리와는 사뭇 다른 모습이었다. 장단점이 있을 것이다. 그러나 우리나라의 대학 통합 그리고 그 후의 대학 운영 체제에서 한 번쯤은 눈여겨볼 것도 있을 것이다. 국민의 절대적인 존경의 대상인 왕실이 있기에 태국의 오늘이 있다는 생각이다. 정치적으로는 쿠데타가 일어나고 군부 통치가 진행되는 등 불안한 정국이 있지만, 그 위에 왕실이 있다는 것이 태국의 오늘이다. 감사함을 뒤로하고 2019년 2월 28일 태국에서의 연구년을 마치고 귀국하였다.